KB252588

우스운 사랑들

우스운 사랑들

Milan Kundera　02　Risibles amours

밀란 쿤데라 전집

밀란 쿤데라　방미경 옮김

민음사

RISIBLES AMOURS
by Milan Kundera

차례

누구도 웃지 않으리

누구도 웃지 않으리

1

"슬리보비체 한 잔 더 줘." 클라라가 말했고 나는 그녀 말에 따랐다. 우리는 술병을 딸 만한 구실, 대단한 건 아니나 근거 있는 구실을 얻은 참이었다. 미술사 잡지 한 군데에 실린 긴 논문으로 그날 내가 꽤 많은 원고료를 손에 넣었던 것이다.

그 논문이 결국 실리긴 했지만 아무 문제가 없었던 건 아니었다. 내가 쓴 글은 가시 투성이에 온통 논쟁거리뿐이었다. 바로 그래서 《조형 예술 사상》은 그 노인네 티 나는 조심스러운 평과 더불어 그 논문을 거절했고, 결국 나는 거기보다 좀 규모가 작긴 해도 편집자들이 더 젊고 또한 더 경솔한 다른 경쟁지에 논문을 맡겼다.

우편배달부가 학교로 우편환을 배달했는데 다른 편지도 한 통 같이 왔다. 별것 아닌 편지여서 그 새로운 영예를 막 맞이한 그날 아침엔 그저 쓱 훑어보기만 했다. 하지만 집에 돌아온 뒤에 자정이 다가오고 술병이 비어 가면서 장난 삼아 책상에 놓인 그 편지를 집어 클라라에게 읽어 주었다.

"친애하는 동지 — 그리고 이런 어휘를 써도 된다면 — 친애하는 동료께, 생전 말도 해 본 적 없는 사람이 마음대로 이런 편지를 쓰는 것을 용서하십시오. 제가 이렇게 편지를 쓰는 것은 동봉된 제 글을 한번 읽어 봐 주십사 청하기 위해서입니다. 선생님을 개인적으로 알지는 못하지만, 선생님께서 보여 주시는 견해와 생각과 결론 들이 저 자신의 연구 결과들을 놀랍도록 확증해 주는 것 같아서 저는 선생님을 존경하며……." 그러고는 나에 대한 엄청난 찬사들이 이어지고 나서 요청 하나가 나왔다. 여섯 달째 자기 논문을 거절하며 비방하고 있는 《조형 예술 사상》에 논평 하나만 써 달라는 것이었다. 그곳의 누군가가 그에게 내 의견에 따라 결정하겠다고 했으며, 그래서 이제 내가 그의 유일한 희망, 끈질긴 암흑 속 유일한 빛이라는 것이었다.

클라라와 나는 그 이름도 거창하여 우리를 홀려 놓는 자투레츠키 씨에 대해 온갖 농담을 주고받았다. 물론 아주 우호적인 농담들이었다. 그가 보낸 찬사들이 나를 너그러워지게 한 데다가 특히 근사한 슬리보비체 병이 앞에 있었으므로. 너무 너그러워진 나머지 나는 그 잊지 못할 순간에 온 세상을 향해 사랑을 느꼈다. 온 세상에게 할 수는 없으니 적어도 클라라에게 나는 선물을 했다. 선물은 아니라면 적어도 약속을 했다.

클라라는 스무 살로 좋은 집안 아가씨였다. 좋은 집안이라니! 대단한 집안이었다. 전직 은행장이며 따라서 대 부르주아

계급을 대표하는 그녀의 아버지는 1950년경 프라하에서 축출
되었고, 수도에서 상당히 떨어진 첼라코비체 마을에 정착했
다. 그의 딸은 당 간부들에게 찍혀 프라하의 한 제조 공장 거
대한 작업장에서 재봉틀에 앉아 재봉사로 일했다. 그녀와 마
주 앉아 있던 그날 저녁 나는 내 친구들에게 부탁해서 좋은 자
리를 구해 주겠노라 경솔하게 허풍을 쳐 대며 그녀 마음을 끌
려고 했다. 나는 이토록 매력적인 아가씨가 재봉틀 앞에서 아
름다움을 허비하고 있다는 건 용납할 수 없는 일이라 단언했
고, 그러니 그녀는 모델이 되어야 한다고 단정했다.
　클라라는 내 말에 반박하지 않았고 우리는 행복하게 조화
를 이루는 밤을 보냈다.

2

우리는 눈을 가린 채 현재를 지나간다. 기껏해야 우리는 현재 살고 있는 것을 얼핏 느끼거나 짐작할 수 있을 뿐이다. 나중에서야, 눈을 가렸던 붕대가 풀리고 과거를 살펴볼 때가 돼서야 우리는 무엇을 겪었는지 이해하게 되고 그 의미를 깨닫게 된다.

그날 저녁 나는 성공을 위해 축배를 든다고 생각했지 그것이 내 종말의 장엄한 개막식이라고는 꿈에도 생각 못 했다.

그리고 아무 짐작도 못 했으므로 다음 날 아침 기분 좋게 잠에서 깼고, 클라라가 아직 행복한 잠 속에 빠져 있는 동안 침대에서 자투레츠키 씨의 편지에 동봉된 논문을 꺼내 재미 삼아 무심히 읽기 시작했다.

「체코 회화의 거장 미콜라스 알레스」라는 제목의 이 논문은 내가 그저 쓱 훑어본 그 삼십 분의 값어치조차 없는 글이었다. 논리적 전개도, 독창적인 생각도 전혀 없이 그저 상투적인 말들만 잔뜩 모아 놓은 것이었다.

이론의 여지없이 말도 안 되는 멍청한 글이었다. 칼루세크 박사,《조형 예술 사상》편집장(그러니까 가장 불쾌한 인간들 중 하나)이 바로 그날 내게 전화로 말해 준 대로였다. 그는 학교로 전화를 해서 말했다. "자투레츠키 씨 글 받았어? 저기, 부탁인데 그 논평 좀 하나 써 줘. 전문가 다섯 명이 그 사람 글에 대해 혹평을 했는데도 끈질기게 물고 늘어지면서 자기는 당신만이 유일한 권위자라고 생각한다는 거야. 거 말도 안 되는 글이라고 몇 마디 좀 써 줘. 당신 그런 거 잘하니까, 독하게 할 줄 알잖아, 그러면 그 사람 떨어져 나갈 거야."

하지만 무언가가 내 안에서 반발했다. 왜 내가, 하필 내가, 자투레츠키 씨의 사형 집행인이 되어야 한단 말인가? 그러면 내가 편집장 월급이라도 받나? 게다가 나는《조형 예술 사상》이 내 논문을 싣지 않는 게 현명하다고 판단했던 것을 아주 잘 기억했다. 더욱이 자투레츠키 씨라는 이름은 내게 클라라와 슬리보비체 술병, 아름다운 밤의 기억과 굳게 얽혀 있었다. 그리고 또 ─ 인지상정이니 부정하지 않겠다. ─ 나를 "단 하나의, 유일한 권위자"라고 여기는 사람을 꼽으라면 한 손에, 어쩌면 손가락 하나에 꼽을 수 있을 터였다. 이 유일한 숭배자를 무엇 때문에 적으로 만든단 말인가?

나는 칼루세크와의 대화를 몇 마디 재치 있고 모호한 말, 그러니까 각자 자기 뜻대로, 그는 약속으로, 나는 피해 가는 것으로 여길 수 있는 말로 마쳤고, 자투레츠키 씨 글이 어떻다고 단

한 줄도 써 보내지 않으리라 굳게 결심한 채 전화를 끊었다.

나는 그리하여 서랍에서 편지지를 꺼내 자투레츠키 씨에게 편지를 썼다. 그의 작업에 대해서는 그 어떤 평도 하지 않으려고 조심하고, 19세기 회화에 대한 내 견해는 대개 잘못이라고 받아들여지며 특히 《조형 예술 사상》 편집부에서 그렇다고, 그러므로 내가 개입하면 유익하기보다 해로울 수 있다고 설명했다. 그러면서 동시에 자투레츠키 씨가 자신에 대한 호감의 표현이라 보지 않을 수 없는 우정 어린 말들을 잔뜩 쏟아 놓았다.

이 편지를 우체통에 넣자마자 나는 자투레츠키 씨를 잊었다. 그러나 자투레츠키 씨는 나를 잊지 않았다.

3

어느 화창한 날, 막 강의를 마친 참에(나는 미술사를 가르친다.) 사무직원인 마리 씨가 — 나이가 좀 있는 상냥한 부인으로 내게 커피도 타 주고, 전화에서 원치 않는 여자 목소리가 들리면 내가 자리에 없다고 답해 주기도 한다. — 와서 강의실 문을 두드렸다. 그녀는 머리를 내밀고 어떤 남자분이 나를 기다리고 있다고 말해 주었다.

나는 남자들은 두렵지 않다. 학생들에게 인사를 하고 가벼운 마음으로 복도로 나가니 낡은 검은색 양복에 흰 셔츠를 입은 자그마한 남자가 인사를 해 왔다. 그러고는 몹시 공손하게 자기가 자투레츠키라는 사람이라고 밝혔다.

나는 빈 방에 손님을 들여 의자를 권한 후 당시의 끔찍한 여름이나 프라하의 전시회들 등 별것 아닌 이런저런 이야기로 쾌활하게 대화를 시작했다. 자투레츠키 씨는 쓸데없는 내 말들에 예의 바르게 동의하면서도 매번 기를 쓰고 곧 자기 논문 이야기로 다시 이어 가서 문득 그 논문은 저항할 수 없는 자석처럼 우리 사이에 보이지 않는 실체로 자리 잡았다.

"저야 뭐 선생님 글에 대해 기꺼이 몇 마디 써 드리고 싶지만 제가 편지에 말씀드렸듯이 아무도 저를 19세기 체코 회화 전문가로 여기지 않고 또 게다가 저를 고질적인 모더니스트로 보는 《조형 예술 사상》 편집진하고 사이가 좋질 않아서 제 편에서 우호적인 평가를 하는 것 자체가 선생님께 해만 끼칠 수 있거든요." 결국 내가 이렇게 말했다.

"어휴, 너무 겸손하세요." 자투레츠키 씨가 답했다. "어떻게 선생님 같은 전문가께서 자기 위치에 대해 그렇게 비관적일 수 있나요! 편집진에서 이제는 모든 게 선생님 의견에 달렸다고 그랬어요. 선생님께서 제 글에 호의적이시면 출판이 될 겁니다. 선생님은 제게 주어진 유일한 기회예요. 이 논문은 삼 년 내내 공부하고 삼 년 내내 연구한 겁니다. 이제는 전부 선생님 손에 달렸어요."

우리는 얼마나 아무 생각 없이, 그리고 얼마나 한심한 금속으로 얕은꾀를 벼려 내는가! 나는 자투레츠키 씨에게 뭐라 답해야 할지 알 수 없었다. 기계적으로 눈을 들어 그를 마주 보니 순진무구한 구닥다리 작은 안경이 보였으나 또한 이마에 수직으로 새겨진 강력한 깊은 주름도 보였다. 한순간 정신이 번쩍 들며 등줄기를 따라 전율이 일었다. 한군데 집중한 이 고집스러운 주름은 미콜라스 알레스의 그림에 코를 박고 있는 그 주름 주인의 지적 순교만을 드러내는 것이 아니라 보기 드문 강력한 의지를 드러내고 있었다. 머리가 텅 비면서 나는 적당한 핑계를 도저히 만들어 낼 수가 없었다. 나는 내가 논평을 쓰지 않으리라는 것을 알고 있었지만 또한 간청하는 이 작은 남자 면전에 대고 그 말을 할 힘이 없다는 것 또한 알고 있었다.

나는 미소를 지으며 모호한 약속을 하기 시작했다. 자투레츠키 씨는 결과를 알아보러 곧 다시 오겠노라 말하며 감사하다고 했다. 나는 만면에 미소를 가득 띤 채 그를 보냈다.

그는 정말로 며칠 후 다시 왔고 나는 교묘하게 그를 피하는 데 성공했으나 다음 날 그가 또 학교에서 나를 찾았다는 전언을 들었다. 나는 뭔가 잘못 돌아가고 있다는 것을 깨달았다. 나는 필요한 조처를 취하기 위해 즉각 마리 씨를 찾아갔다.

"부탁인데요, 마리, 그 사람이 또 와서 저를 찾으면 독일에 연구하러 갔는데 한 달 안에는 돌아오지 않을 거라고 좀 해 주세요. 또 하나. 제 강의는 다 화요일하고 수요일에 있는데요. 이제부터는 목요일하고 금요일에 할게요. 제 학생들만 알게 하고 아무에게도 말하지 마시고 시간표도 바꾸지 마세요. 몰래 다녀야 해요."

4

　과연 얼마 지나지 않아 자투레츠키 씨는 학교에 나를 찾으러 왔고, 내가 급히 독일에 갔다고 비서가 알려 주자 몹시 상심한 것 같았다. "그럴 리가 없는데. 교수님이 내 논문에 논평을 써 주셔야 해요. 어떻게 이렇게 그냥 떠나셨을 수가 있어요?" "저야 모르죠. 하지만 한 달 후에는 돌아오실 거예요." 마리 씨가 말했다. "한 달이나……." 자투레츠키 씨가 탄식했다. "그럼 독일 주소는 모르시나요?" "모르는데요." 마리 씨가 말했다.

　그러고 한 달은 평화로웠다.

　하지만 상상한 것보다 한 달은 빨랐고 자투레츠키 씨는 과 사무실에 다시 나타났다. "아직 안 돌아오셨어요." 마리 씨는 이렇게 말해 주었지만 나를 보고는 "그 남자가 또 왔는데 이젠 뭐라고 해야 해요?"라고 애원하듯 물었다. "마리 씨, 내가 독일에서 황달이 걸려서 예나에 있는 병원에 있다고 해 주세요."
며칠 후 비서가 자투레츠키 씨에게 이 소식을 알렸을 때 그는
이렇게 외쳤다. "병원요? 아니 말도 안 돼요, 교수님은 내 논문
에 논평을 써 주셨어야 한다고요!" 비서가 나무라는 투로 말
했다. "자투레츠키 씨, 교수님이 외국에서 큰 병에 걸리셨는데
선생님은 자기 논문 생각만 하세요!" 자투레츠키 씨는 풀이
죽어 어깨를 움츠리고 나갔으나 보름 후 다시 나타나 말했다.
"예나에 등기로 편지를 보냈어요. 그런데 편지가 돌아왔네요."
다음 날 마리 씨는 내게 말했다. "그 남자 때문에 제가 돌아 버
리겠어요. 화내지 마세요. 제가 뭐라 그러겠어요? 교수님이
돌아오셨다고 했어요. 이제 혼자 해결하세요."

　마리 씨는 자기가 할 수 있는 일을 한 것이니 그녀를 원망하
진 않았다. 또한 내가 졌다고 생각하지도 않았다. 나는 안 잡
힐 것이었다. 나는 이제 아무도 모르게 생활하며 목요일, 금요
일에 몰래 강의를 했고 화요일, 수요일에는 역시 아무도 모르
게 학교 맞은편 건물 대문에 숨어서, 자투레츠키 씨가 내가 학
교에서 나오기를 지키고 서 있는 광경을 재미있게 지켜봤다.
가발을 쓰고 가짜 수염을 달고 싶었다. 나를 셜록 홈즈로, 잭
더 리퍼로, 도시를 누비는 투명인간으로 여겼다. 기분이 무척
좋았다.

　그러나 어느 날 자투레츠키 씨는 결국 망보기에 지쳐서 마
리 씨 사무실 문을 쾅쾅 두드렸다. "아니, 도대체 그 교수 동지
가 언제 강의를 하는 겁니까?" "저 시간표 보시면 되잖아요."
네모 칸에 아주 모범적으로 명확하게 강의 시각이 표시된 벽

위 커다란 게시판을 가리키며 마리 씨가 대답했다.

"알아요. 하지만 그 동지가 화요일에도 수요일에도 강의를 하러 한 번도 오질 않잖아요. 휴직 중이신가요?" 속아 넘어가지 않고 자투레츠키 씨가 말했다.

"아니요." 마리 씨가 거북해하며 답했다.

그러자 그 작은 남자는 마리 씨를 몰아붙였다. 그는 그녀가 시간표를 제대로 맞춰 놓지 않았다고 비난했다. 어떻게 교수들이 언제 강의를 하는지도 모를 수 있느냐고 빈정거렸다. 그녀를 고발하겠다고 했다. 고래고래 소리를 질러 댔다. 강의를 하지 않는 교수 동지도 역시 고발하겠노라 선언했다. 그는 학장이 지금 자리에 있느냐고 물었다.

불행히도 학장이 있었다.

자투레츠키 씨는 그의 사무실 문을 두드리고 들어갔다. 십 분 후 그가 마리 씨 사무실에 돌아와 차갑게 내 집 주소를 물었다.

"리토미슬의 스칼니코바 거리 20번지요."

"뭐라고요? 리토미슬?"

"프라하엔 임시 거처밖에 없고 교수님은 그 주소를 알려 주는 걸 원치 않으시는데⋯⋯."

"교수님 프라하 주소를 달라고요." 그 작은 남자는 떨리는 목소리로 소리쳤다.

마리 씨는 기운이 다 빠져 버렸다. 내 다락방, 내 가여운 피난처, 내 행복한 은신처, 내가 이제 사냥몰이를 당하게 될 그 은신처의 주소를 그녀는 내주었다.

5

그렇다. 내 주소지는 리토미슬에 있다. 거기에는 내 어머니가 있고 내 아버지에 대한 추억들이 있다. 상황이 될 때마다 나는 프라하를 떠나 집으로, 엄마의 작은 집으로 일이나 공부를 하러 간다. 그래서 나는 어머니의 주소를 내 주민등록 주소로 두었다. 그런데 프라하에서는 꼭 필요하고 당연히 있어야 할 적절한 원룸 하나조차 구할 수가 없어서, 변두리 동네에 세입자의 세입자로 세 들어, 완전히 독립된 작은 지붕 밑 다락방에서, 잠시 스쳐 가는 내 동거녀들과 불청객들이 쓸데없이 마주치는 것을 피할 수 있도록 최대한 내 존재를 감춰 주는 다락방에서 살고 있었다.

그러니까 그 건물에서 내 평판이 아주 좋았다고 내세울 수는 없을 것이다. 게다가 내가 리토미슬에서 지내는 동안 친구들에게 수차례 방을 빌려준 적이 있는데 그들이 거기서 어찌나 흥겹게 놀았던지 사람들이 밤새 잠을 못 잤다고 했다. 이 모든 것이 몇몇 주민들의 분노를 사는 바람에 그들이 내게 소리 없는 싸움을 걸어와, 때로 구역 위원회가 내게 작성해 보낸 통지서로 나타나기도 했고 심지어 주거 관할 부서에 고소장이 제출되는 것으로 나타나기까지 했다.

지금 말하고 있는 그 시기에 클라라가 첼라코비체에서 프라하까지 일하러 오기가 고달파져서 내 집에서 지내기로 했는데, 처음에는 조심스럽게 특별한 경우에만 자고 가다가 나중에는 원피스 한 벌, 다음엔 몇 벌 이렇게 갖다 놓더니 얼마 지나자 내 양복 두 벌은 옷장 구석에 처박혔고 다락방은 여자 거실로 변하고 말았다.

나는 클라라에게 몹시 약했다. 그녀는 아름다웠다. 우리가 같이 나갔을 때 사람들이 돌아보는 것이 나는 좋았다. 그녀는 나보다 열세 살이 적었고 이런 상황은 내 학생들에게 내 위신을 더 높이 세워 주었다. 한마디로 내가 그녀를 좋아할 만한 이유가 천 가지는 되었다. 그렇지만 그녀가 내 집에 사는 것을 사람들이 알기는 원치 않았다. 사람 좋은 집주인, 조심스러운 데다 아무 간섭도 하지 않는 그 나이 든 남자에게 누가 뭐라 할까 두려웠다. 어느 날 하는 수 없이 그가 찾아와 안됐지만 자기 평판을 지키기 위해서는 내 여자 친구를 내보내 줘야겠다고 할까 봐 떨렸다. 그래서 클라라는 아무에게도 문을 열어 주지 말라는 엄중한 지시를 받고 있었다.

그날 그녀는 집에 혼자 있었다. 햇볕이 화창한 아름다운 날이어서 다락방에서는 거의 숨이 막힐 지경이었다. 그래서 그녀는 내 소파에 알몸으로 누워 천장을 골똘히 바라보고 있었다.

바로 그때 갑자기 누가 문을 쾅쾅 두드리기 시작했다.

걱정할 건 없었다. 내 다락방 문에는 초인종이 없어서 누가 오면 문을 두드려야 했다. 그러므로 클라라는 그 소란에 신경도 쓰지 않았고 천장 바라보기를 멈출 생각도 전혀 하지 않았다. 그런데 문 두드리는 소리가 멈추질 않았다. 오히려 태연하고도 뭔지 모르게 끈질기게 계속되었다. 클라라는 마침내 짜증이 치밀었다. 그녀는 문 앞에 서 있는 한 남자, 천천히 웅변적으로 웃옷 깃을 뒤로 접고는 그녀에게 왜 문을 열지 않는지, 뭘 감추고 있는 건지, 그녀가 이 주소에 거주하는 것으로 신고가 되어 있는지 거칠게 물어보려 하는 남자를 상상하기 시작했다. 그녀는 죄책감에 못 이겨 천장 바라보기를 멈추고 옷을 놓아두었던 데를 눈으로 찾았다. 하지만 문 두드리는 소리가 하도 집요해서 정신이 너무 혼란스러운 나머지 입구에 걸어놓은 내 트렌치코트밖에 찾을 수가 없었다. 그것을 획 끼워 입고 그녀는 문을 열었다.

뭔가 캐내려는 사악한 얼굴 대신 문간에는 그저 자그마한 한 남자가 모습을 보이고 "교수님 계신가요?" 하며 인사를 했다. "아니요. 나가셨어요." "저런, 그렇군요." 작은 남자는 이렇게 말하고 예의 바르게 사과했다. "교수님께서 제가 쓴 논문에 논평을 써 주셔야 하거든요. 저한테 약속을 하셨는데 그 일이 이제 아주 급하게 됐어요. 괜찮으시다면 메시지라도 하나 남기고 싶은데요."

클라라는 그 사람에게 종이와 연필을 내주었고, 그날 저녁

나는 미콜라스 알레스에 대한 그의 논문의 운명이 내 손에 달
렸으며, 자투레츠키 씨는 내가 그 약속된 논평을 써 주기를 기
다리며 경의를 표하노라는 글을 읽을 수 있었다. 그는 다시 학
교로 찾아오겠노라고 덧붙였다.

6

다음 날 마리 씨는 자투레츠키 씨가 자기를 위협하고, 고래고래 고함을 지르다 항의를 하러 갔다고 말해 주었다. 가여운 그녀는 목소리가 떨렸고 울음을 터뜨리기 직전이었다. 나는 이번에는 화가 났다. 이제까지 이 숨바꼭질을(나한테 잘해 주려고 그랬다기보다는 자기가 정말 재미있어서) 즐기던 마리 씨가 이제 감정이 상하고 나니까 당연히 그 골치 아픈 일이 나 때문이라고 생각하게 된 것 아닌가. 게다가 마리 씨가 내 다락방 주소를 밝혔고, 누가 내 방 문을 십 분간 두드려 댔고, 그래서 클라라에게 겁을 줬다는 것까지 생각하면 분노가 머리끝까지 치밀었다.

그래서 내가 마리 씨 사무실을 왔다 갔다 하고, 입술을 깨물고, 분노로 부글부글 끓어오르고, 복수를 상상하고 있을 때, 문이 열리고 자투레츠키 씨가 나타났다.

나를 보자 좋아서 그의 얼굴이 환해졌다. 그는 머리를 숙이며 내게 인사를 했다.

그는 내가 복수에 대해 곰곰이 생각해 볼 시간을 가지기 전에 너무 일찍 도착했다.

그는 전날 자기가 남긴 메시지가 내게 잘 전달되었는지 물었다.

나는 아무 말도 하지 않았다.

그는 다시 물었다.

"예." 내가 결국 대답했다.

"그럼 그거, 논평, 쓰실 거죠?"

내 앞의 그를 보았다. 왜소하고 고집스럽고 무서운. 단 하나의 열정만을 아로새긴 이마 위의 세로 주름이 보였다. 그 선을 보고 나는 그것이 두 개의 점으로, 즉 내 논평과 그의 논문으로 확고하게 그어진 직선임을 깨달았다. 그리고 그 고약한 편집증적인 선만 빼면 그의 삶엔 오로지 성인에 걸맞을 고행만 있을 뿐이었다. 그리하여 나는 나를 구원해 줄 나쁜 생각에 넘어가고 말았다.

"어제 일 이후 이제 저는 선생한테 아무 말도 할 게 없다는 걸 아셨으면 싶습니다." 내가 말했다.

"무슨 말씀인지 모르겠습니다."

"모르는 척하지 마세요. 그녀가 다 말해 줬어요. 아니라고 해 봐야 소용없습니다."

"무슨 말씀인지 모르겠어요." 조그만 그 남자가 다시, 그러나 이번에는 더 강력한 어조로 되풀이했다.

나는 경쾌하고 거의 친근하기까지 한 말투로 말했다. "이보세요, 자투레츠키 씨, 비난하고 싶지는 않습니다. 저도 바람둥이고 다 이해해요. 저라도 그렇게 예쁜 아가씨하고 아파트에 단둘이 있고 그녀가 알몸에 트렌치코트만 걸치고 있었다면 그 아가씨한테 접근했을 겁니다."

그 작은 남자는 하얗게 질렸다. "이건 모욕입니다!"

"아뇨, 사실입니다, 자투레츠키 씨."

"교수님께 그렇게 말한 게 그 여자분입니까?"

"그녀는 저한테 숨기는 게 없어요."

"교수 동지, 이건 모욕입니다. 전 결혼한 사람이에요! 아내가 있다고요! 아이들이 있어요!" 그 작은 남자는 앞으로 한 걸음 내디뎌 나를 뒷걸음질 치게 했다.

"그러면 더 나쁜 상황이지요, 자투레츠키 씨."

"무슨 말씀이시죠?"

"제 말은, 기혼자라는 사실은 바람둥이에게 더 나쁜 상황이라는 거죠."

"그 말 취소하세요!" 자투레츠키 씨는 위협적인 어조로 말했다.

"아, 예!" 나는 한 발 물러서서 이렇게 말했다. "바람둥이에게 결혼이 반드시 더 나쁜 상황인 것만은 아니지요. 하지만 뭐 상관없어요. 나는 선생에게 나쁜 감정도 없고 선생을 아주 잘 이해한다니까요. 그렇지만 아무리 그래도 나한테는 도를 넘은 게 있는데, 그러니까 어떤 사람 여자 친구를 유혹하려 해 놓고 그 사람한테 자기 논문에 논평을 써내라고 하는 거죠."

“교수 동지, 당신에게 이 논평을 쓰라고 요구하는 건《조형 예술 사상》편집장이자 문학 박사이신 칼루세크 씨고, 그러니 당신은 그걸 써야 합니다!”

“선택하세요! 내 논평이나 내 여자 친구 중에서. 둘 다 원하실 순 없다고요!”

“어떻게 이렇게 행동하실 수가!” 자투레츠키 씨는 절망적인 분노에 사로잡혀 소리쳤다.

이상한 것이, 나는 갑자기 자투레츠키 씨가 정말로 클라라를 유혹하려 했다는 느낌이 들었다. 이번에는 내가 울컥해서 고함을 치기 시작했다. “감히 나한테 도덕가인 척해요? 우리 비서 앞에서 나한테 싹싹 빌어야 할 당신이!”

나는 등을 돌렸고 자투레츠키 씨는 어찌할 바를 모른 채 비틀비틀 방을 나섰다.

“이제 됐네!” 어려웠으나 승리한 그 전투 후에 나는 한숨을 내쉬며 말했다. 그리고 마리 씨에게 덧붙였다. “이제 그 사람 그 논평 가지고 날 못살게 굴지 않을 것 같네요.”

잠시 가만히 있다가 마리 씨가 머뭇거리며 물었다.

“그런데 왜 그 논평을 써 주지 않으시려는 건데요?”

“아, 마리 씨, 그 사람 논문이 완전히 바보짓거리거든요.”

“그럼 그게 바보짓거리라고 하는 논평을 왜 쓰지 않으세요?”

“그걸 왜 제가 써야 합니까? 왜 내가 나서서 내 적을 만들어야 하느냐고요?”

마리 씨가 한참 너그러운 미소를 지으며 나를 바라보는데

문이 다시 열렸다. 팔을 앞으로 쭉 뻗은 자투레츠키 씨가 나타
났다.

"누가 누구한테 빌어야 할지 두고 봅시다!"

그는 떨리는 목소리로 이 말을 토해 놓고 사라졌다.

7

정확히 기억나지는 않는데, 바로 그날 아니면 며칠 후 우리는 우편함에서 주소가 적히지 않은 봉투 하나를 발견했다. 이 봉투에 담긴 편지에는 크고 서투른 필체로 몇 마디가 적혀 있었다. 아가씨, 내 남편이 당한 모욕에 대해 이야기를 좀 해 보게 일요일에 우리 집으로 와요. 하루 종일 집에 있을 겁니다. 당신이 오지 않으면 나는 행동으로 나설 수밖에 없을 거예요. 안나 자투레츠키, 달리몰로바 14번지, 프라하 3구.

클라라는 겁을 먹고 나 때문이라 말하기 시작했다. 나는 손짓으로 휙 그 걱정들을 날려 버렸고, 삶의 의미란 바로 삶과 더불어 노는 것이며, 그러기에 삶이 너무 무기력하다면 살짝 찔러 줄 필요가 있다고 떠들어 댔다. 사람은 끊임없이 새로운 모험에, 그러니까 지치지 않는 암말, 이런 말이 없다면 사람은 지친 보병처럼 먼지 속을 터덜터덜 걸어갈 뿐일 그런 말에 안장을 얹어야 하는 법이다. 클라라가 자기는 그 어떤 모험에도 안장을 얹을 의향이 없다고 답했을 때 나는 그녀가 자투레츠키 씨도 그의 부인도 절대 만날 일이 없을 것이며 내가 스스로 올라타기로 선택한 모험은 누구의 도움도 없이 내가 잘 길들일 것이라고 장담했다.

아침에 우리가 건물을 나서는데 관리인이 불러 세웠다. 관리인은 적이 아니다. 얼마 전에 내가 현명하게도 50코루나를 쥐여 주어서, 그때부터 나는 그가 내 일을 모르는 척하고, 이 건물의 적들이 나한테 불태우는 적의의 불꽃에 기름을 붓지 않는다는 것을 흐뭇하게 확신하며 지내고 있었다.

"두 사람이 어제 선생님을 찾았어요." 그가 말했다.

"누가요?"

"난쟁이 하나랑 부인이랑요."

"그 부인이 어떻던가요?"

"그 사람보다 머리 둘은 더 크던데요. 아주 기운이 넘치는 여자예요. 근엄하고요. 온갖 걸 다 묻더라고요." 그러고는 클라라를 보며 "특히 아가씨에 대해서요. 아가씨가 누군지, 이름이 뭔지." 하고 말했다.

"세상에, 뭐라 그러셨어요?" 클라라가 소리쳤다.

"제가 뭐라 그러겠어요? 교수님 집에 누가 오는지 제가 아나요? 매일 저녁 다른 여자가 온다고 그랬지요."

"최고로 잘하셨어요." 이렇게 말하고 나는 주머니에서 10코루나짜리 지폐를 꺼냈다. "계속 그렇게 하세요!"

그러고 나서 클라라에게 말했다. "걱정 마. 너, 일요일에 아무 데도 안 갈 거고 누가 너를 찾아내지도 못할 거야.”

일요일이 왔고, 일요일 다음 월요일, 화요일, 수요일이 왔다. 아무 일도 일어나지 않았다. “그거 봐.” 내가 클라라에게 말했다.

그러나 목요일이 왔다. 평소처럼 몰래 하는 수업에서 내 학생들에게, 어떻게 하여 젊은 야수파들이 열정적으로 힘을 합쳐 색채를 묘사적인 인상주의로부터 해방했는지 설명하고 있는데 마리 씨가 문을 열고 나직이 말했다. “그 자투레츠키 씨 부인이 교수님을 찾아요!” “나 여기 없는 거 잘 알잖아요. 내 시간표를 보여 주세요.” 하지만 마리 씨는 고개를 저었다. “안 계시다고 했는데 그 여자분이 교수님 사무실을 흘깃 보더니 옷걸이에 걸린 코트를 본 거예요. 그러고는 복도에 버티고 교수님을 기다리고 있어요.”

막다른 골목은 나의 가장 아름다운 영감의 장소다. 나는 내가 제일 좋아하는 학생에게 말했다. “내 부탁 하나만 들어주겠나? 내 사무실에 가서 내 코트를 입고 학교 밖으로 나가. 어떤 여자 하나가 자네가 나라는 걸 증명해 내려고 애를 쓸 텐데 자네 임무는 바로 무슨 일이 있어도 아니라고 하는 거야.”

그 학생이 나갔다가 십오 분 후에 돌아왔다. 그는 임무가 완수되었으며, 길은 열리고 부인은 날아갔음을 알렸다.

이번에는 내가 이겼다.

그러나 금요일이 왔고 클라라는 저녁에 일터에서 돌아오며 떨고 있었다.

그날, 의류 제조 공장의 예쁜 살롱에서 고객을 맞는 상냥한 남자가, 클라라가 직공 열다섯 명과 같이 재봉틀에 매달려 일하는 작업장 문을 벌컥 열더니 소리쳤다. "여러분 중 샤토 가 5번지가 주소인 사람 있어요?"

샤토 가 5번지는 내 주소였으므로 클라라는 자기 이야기임을 즉각 깨달았다. 하지만 내가 철저하게 교육해 아주 신중했던 그녀는 자신이 우리 집에 몰래 살고 있으며 그건 아무하고도 상관없는 일임을 알고 있었기 때문에 실수를 하지 않았다. 여공들이 아무 말이 없는 것을 보고 그 상냥한 남자는 "그러게 내가 그 사람한테 그랬지."라고 하며 나갔다. 그다음 클라라는 목소리가 엄격한 어떤 여자가 전화를 해서 그에게 여직원 모두의 주소를 조사하게 만들었으며, 그중 하나가 틀림없이 샤토 가 5번지에 산다는 것을 믿게 하려고 십오 분 동안 무진 애를 썼음을 알게 되었다.

우리의 목가적인 다락방에 자투레츠키 씨의 그림자가 드리웠다.

"그런데 당신이 어디에서 일을 하는지 그 여자가 어떻게 알아냈을까? 여기 이 건물에서는 당신에 대해 아무도 모르는데!" 내가 목소리를 높여 말했다.

그렇다. 나는 정말로 우리 삶에 대해 아무도 아무것도 모른다고 굳게 믿었다. 나는 높은 벽의 보호 아래 호기심 어린 시선들에서 벗어나 있다고 생각하는 저 괴짜들처럼 살고 있었으니, 왜냐하면 이들은 한 가지 작은 사실, 즉 이 벽들이 투명한 유리로 되어 있다는 것은 놓치고 있었기 때문이다.

클라라가 내 집에 머문다는 것을 드러내지 않도록 관리인

을 매수하고, 클라라에게 철저하게 조심하고 몰래 다니도록
시켰지만 그런데도 건물 전체가 그녀의 존재를 알고 있었다.
어느 날 그녀가 2층 주민과 부주의하게 몇 마디 이야기를 나
눈 것만으로도 그녀가 어디서 일하는지 다 알려져 버렸다.

짐작도 못 하는 사이에 우리는 오래전부터 알려져 있었다.
우리의 박해자들에게 아직 알려지지 않은 것은 딱 하나 남아
있었다. 클라라의 이름이었다. 체계적인 정신과 소름 끼치는
집요함으로 전투를 개시하고 있는 자투레츠키 부인의 손아귀
에 우리가 아직 잡히지 않을 수 있는 것은 바로 이 단 하나의
작은 비밀 덕분이었다.

나는 일이 심각하게 돌아가고 있음을 깨달았다. 그리고 이
번에는 내 모험의 말에 아주 멋들어지게 안장이 잘 얹혔음을.

8

　그러니까 그건 금요일의 일이었다. 그리고 토요일, 클라라는 작업장에서 돌아오며 또다시 덜덜 떨고 있었다. 일은 이렇게 되었다.

　자투레츠키 부인이 남편을 대동하고 전날 전화를 걸었던 그 제조 회사로 찾아와서는 자기가 남편하고 직접 작업장에 가서 거기 있는 여직공들 얼굴을 볼 수 있게 해 달라고 요구했다는 것이다. 물론 공장장 동지는 이런 요구에 놀랐으나 자투레츠키 부인의 태도를 마주하고는 그냥 지나칠 수가 없었다. 그녀는 명예 훼손이니 삶을 망쳤다느니 소송이니 하는 불안한 말들을 내뱉었다. 자투레츠키 씨는 그녀 옆에 서서 아무 말 없이 눈썹을 찌푸리고 있었다.

　그리하여 그들은 작업장으로 들어가게 되었다. 여직공들은 무심히 머리를 들었고 클라라는 그 작은 남자를 알아보았다.

그녀는 얼굴이 하얗게 질려서는 너무 눈에 띄게 몸을 감추며 계속 바느질을 했다.

"자, 보시지요." 꼼짝 않고 서 있는 그 부부에게 공장장이 빈정대듯 정중하게 말했다. 자투레츠키 부인은 자기가 나서야 한다는 것을 알아차렸다. "자, 잘 봐 봐." 남편을 독려하며 그녀가 말했다. 자투레츠키 씨는 어두운 시선을 들어 방 안을 처음부터 끝까지 둘러보았다. "여기 그 여자가 있어?" 자투레츠키 부인이 작은 소리로 물었다.

자투레츠키 씨는 안경을 끼고 있긴 했으나, 온갖 잡동사니로 뒤죽박죽에다 기다란 막대들에 옷이 잔뜩 걸린 이 무질서한 드넓은 공간, 게다가 부산한 여직공들이 출입문 쪽으로 가만히 있지 못하고 등을 돌리든가, 의자에서 들썩이든가, 일어서기도 하고 얼굴을 돌리기도 하는 이런 곳을 한 번에 휙 파악할 수 있을 만큼 시선이 예리하진 못했다. 자투레츠키 씨는 결국 작업장 안으로 걸음을 옮겨 한 사람씩 살펴보기로 작정했다.

여자들은 그런 식으로, 게다가 그렇게나 탐나지 않는 인물이 자기 얼굴을 훑어보자 무언가 혼란스러운 수치심을 느꼈고, 야유와 불평으로 분노를 표현했다. 덩치가 큰 젊은 여자 하나는 거칠게 소리쳤다. "저 사람, 나 임신시킨 년 어디 있나 온 데 다 찾아 헤매고 있는 거네!"

여자들에게서 터져 나온 왁자한 웃음소리가 부부에게, 머뭇거리면서도 집요하게 묘한 위엄과 더불어 거기에 대적하고 있는 이 부부에게 쏟아졌다.

"엄마, 아드님 감독을 잘 못하시네! 나한테 저렇게 예쁜 아

들이 있으면 바깥에 코빼기도 못 내밀게 할 텐데!" 그 방약무
인한 여자가 자투레츠키 부인에게 소리쳤다.

"잘 봐." 부인이 남편에게 속삭였고, 그 가엾은 작은 남자는
침울한 모습으로 쭈뼛거리며, 마치 타격과 모욕으로 이루어진
두 장애물 사이를 나아가듯, 하지만 하나도 빠짐없이 얼굴을
다 살펴보며 단호한 자세로 한 걸음 한 걸음 작업장을 돌았다.

이런 소동 내내 공장장은 중립적인 미소를 짓고 있었다. 그
는 자기 여직원들을 잘 알고 있었으므로 그 남자가 분명 허탕
을 칠 것이라 여겼다. 그녀들의 소란이 들리지 않는 척하며 그
는 자투레츠키 씨에게 물었다. "그런데 그 여자가 어떻게 생겼
는데요?"

자투레츠키 씨는 공장장을 돌아보며 유장하고도 장중한 목
소리로 답했다. "그 여자는 아름답고…… 몹시 아름답고……."

그러는 동안 클라라는 작업장 구석에서 몸을 웅크리고 있
었는데, 그 불안한 태도와 푹 숙인 머리, 작업에 너무 열을 올
리는 모습 때문에, 잔뜩 흥분한 그 여자들 전부와 완연히 대
조를 이루었다. 아, 그녀는 눈에 띄지 않는 평범한 아가씨라는
자기 역할을 얼마나 제대로 연기하지 못하고 있었던가! 그런
데 자투레츠키 씨는 이제 그녀의 재봉틀 두 걸음 앞에 와 있었
다. 잠시 후면 그가 그녀 얼굴을 살펴볼 것이었다.

"그 여자가 아름다웠다고 하시는데 그건 아무것도 알려 주
는 게 없지 않습니까?" 공장장 동지가 자투레츠키 씨에게 정
중하게 일러 주었다. "예쁜 여자들은 많아요! 키가 컸나요, 작
았나요?"

“컸어요.” 자투레츠키 씨가 말했다.

“갈색 머리였나요 금발이었나요?”

“금발이었어요.” 잠시 망설이다가 자투레츠키 씨가 답했다.

내 이야기의 이 부분은 아름다움의 위력에 대한 우화로 쓰일 수 있을 것이다. 자투레츠키 씨가 우리 집에서 클라라를 봤던 날 그는 그 정도로 눈이 부셨고 놀랐다. 아름다움이 그의 눈앞에 불투명한 막을 가로막아 놓았던 것이다. 베일처럼 그녀를 가려 버린 빛의 가로막을.

왜냐하면 클라라는 키가 크지도 않았고 금발도 아니었다. 단지 아름다움 속에 깃든 위대함이 자투레츠키 씨의 두 눈에 그녀가 신체적으로 키가 커 보이게 해 줄 수 있었던 것이다. 그리고 아름다움으로부터 퍼져 나오는 빛이 그녀 머리를 황금빛으로 보이게 했던 것이다.

그 작은 남자는 마침내 클라라가 밤색 작업복 차림으로 치마 원단들 위로 몸을 오그리고 있는 쪽에 도달했을 때 그녀를 알아보지 못했다. 그는 그녀를 아예 본 적이 없었기 때문에 그녀를 알아보지 못했다.

9

클라라가 횡설수설 알아듣기 힘들게 이야기를 마쳤을 때 내가 말했다. "거봐, 우리가 운이 좋잖아!"

하지만 그녀는 흐느끼며 반발했다. "뭐? 우리가 운이 좋다고? 오늘은 나를 못 찾아냈어도 내일은 찾아낼 거야."

"어떻게 찾아낼지 알고 싶네."

"여기, 당신 집으로 찾으러 오겠지."

"난 아무한테도 문 안 열어 줄 건데."

"그 사람들이 경찰을 보내면? 끈질기게 찾아오고 당신한테 내가 누군지 털어놓게 만들면? 그 여자가 고소한다는 말도 했고 내가 자기 남편을 중상모략했다고 그랬다고."

"제발! 내가 그 사람들 우습게 만들어 버릴 거야. 이거 전부 그저 농담일 뿐이라니까."

"농담하는 시대가 아니야. 지금 우리 시대엔 모든 걸 심각하게 받아들여. 그 사람들은 내가 고의적으로 그 남자 평판을 더럽히려 했다고 그럴 거야. 그 남자를 보면 여자를 유혹하려 했다고 어떻게 믿겠어?"

"그래 맞아, 클라라. 어쩌면 너를 체포할 거야."

"바보 같은 소리 마." 클라라가 답했다. "내가 조심해야 하는 거 알잖아. 내 아버지가 누군지 잊지 마. 그냥 조사 한번 받는 거라도 형사위원회에 소환되는 건 바로 내 서류에 들어갈 거고 그럼 난 작업장에서 절대 못 빠져나올 거야. 그런데 참 그거, 당신이 약속한 모델 자리, 어떻게 돼 가고 있는 거야? 그리고 이제 당신 집에서 지내지 않을래. 여기선 누가 나를 찾으러 올까 봐 무서울 것 같아. 첼라코비체로 돌아갈래."

이것이 그날의 첫 번째 논쟁이었다.

같은 날 오후, 학과 교수 회의 후에 또 다른 논쟁이 있었다.

머리가 희끗희끗한 미술사가인 우리 학과장, 이해심이 많은 이 사람이 나를 자기 사무실로 불렀다.

"이번에 발표한 논문이 선생님 상황에 안 좋게 작용하고 있다는 거, 알고 계시지요?" 그가 내게 말했다.

"예, 압니다."

"학교에서 교수들 여럿이 자신이 표적이 됐다고 느끼고 학장님도 자기 생각에 대한 공격이라고 여기고 있어요."

"그럼 어떻게 하죠?"

"아무것도." 교수가 답했다. "그런데 조교수는 삼 년 기한으로 임용되죠. 선생님 경우 이 기한이 다가오고, 자격 심사를 통해 그 자리가 채워질 겁니다. 물론 통상적으로 위원회는 대학 강의 경험이 있는 지원자에게 그 자리를 주게 돼 있지만, 선생님 경우에 이 관례가 지켜지리라고 확신하시나요? 여하튼 이런 이야기를 하려던 게 아니고요. 지금까지는 선생님한테 늘 좋은 방향으로 이야기가 됐었죠. 강의도 성실하게 하고, 학생들도 선생님을 좋아하고, 선생님께 배우는 것도 많고 말이에요. 하지만 이제는 그런 것에도 기대를 거실 수 없을 겁니다. 학장님이 방금 선생님이 아무런 사유도 없이 삼 개월 전부터 강의도 하지 않았다는 걸 내게 알려 왔어요. 선생님을 당장 해고할 충분한 이유가 될 거예요."

나는 그 교수에게 강의를 한 시간도 소홀히 하지 않았다고, 이 모든 게 다 농담일 뿐이라고 설명했고 자투레츠키 씨와 클라라 이야기를 전부 해 주었다.

"좋아요. 나는 선생님 말을 믿어요. 하지만 내가 그 말을 믿는다고 이 일은 전혀 달라지지 않아요. 지금 온 학교가 다 선생님이 강의를 하지 않았다는 말을 하고 있어요. 이 문제는 벌써 임원 운영 위원회에서 제기되었고 어제는 대학 이사회에서 제기가 됐어요."

"아니, 그런데 왜 저한테는 미리 그런 이야기가 없었죠?"

"선생님한테 무슨 이야기를 해 주길 바랍니까?" 교수가 말했다. "모든 게 빤히 보여요. 이제 선생님의 지난 행동을 거슬러 올라가 검토할 테고, 그러고는 선생님의 과거와 지금 행동 사이의 관계를 찾겠죠."

"제 과거에서 무슨 나쁜 걸 찾을 수 있는데요? 제가 제 일을 얼마나 사랑하는지 바로 선생님께서 잘 아시잖아요? 전 강의를 단 한 시간도 빼먹지 않았어요. 저는 떳떳합니다."

"사람들의 삶에는 모두 헤아릴 수 없는 의미들이 있어요."
교수는 말했다. "우리 중 그 누구의 과거든 사람들이 제시하
는 방식에 따라 아주 사랑받는 국가 원수의 전기가 될 수도 있
고 범죄자의 전기가 될 수도 있는 겁니다. 선생님 본인 경우만
해도 한번 잘 들여다보세요. 회의에 모습을 보인 적도 별로 없
고, 나타난 경우조차 대부분 입을 다물고 있었죠. 선생님이 정
확히 무슨 생각을 하는지 아무도 알 수 없었어요. 나도 우리가
중요한 일을 논의하고 있을 때 선생님이 불쑥 농담을 던져 의
심을 불러일으켰던 기억이 있어요. 그런 의심들은 당장은 잊
히지만 오늘 과거 속에서 다시 건져 올리게 되면 갑자기 정확
한 의미를 담게 되는 겁니다. 또는, 선생님이 지금 자리에 없
다는 대답을 듣게 했던 그 모든 여자들을 떠올려 보세요. 아니
면 선생님 최근 연구를 봅시다. 누구든지 그 논문이 정치적으
로 의심스러운 입장에서 씌었다고 분명히 말할 수 있을 겁니
다. 물론 이건 각기 다 다른 일이에요. 하지만 현재의 죄목에
비추어 이 모든 걸 같이 검토하게 되면 선생님의 정신 상태와
태도를 아주 잘 드러내 보여 주는 일관적인 총체를 이루게 되
는 거죠."

"아니, 죄목이라니요!" 내가 소리쳤다. "일이 어떻게 돌아간
건지 공개적으로 설명할 겁니다. 사람이라면 다 웃을 거예요."

"그러세요. 하지만 사람이 사람이 아니라는 걸, 아니면 사
람이 뭔지 몰랐다는 걸 깨닫게 될 겁니다. 그들은 웃지 않을
거예요. 일이 어떻게 된 건지 설명하면 사람들은 선생님이 시

간표대로 책임을 다하지 않았을 뿐 아니라, 그러니까 해야 할 일을 하지 않았을 뿐 아니라 강의를 몰래 했다는 것을, 즉 하지 말아야 할 일을 하기까지 했음을 확인하게 되는 거죠. 그다음엔 선생님이 자기에게 도움을 청하는 한 사람을 모욕했다는 것을 확인하게 될 겁니다. 문란한 생활을 했고, 신고도 하지 않고 집에 젊은 여자를 묵게 했다는 것이 확인될 테고, 이건 임원 운영 위원회 위원장에게 극도로 좋지 않은 인상을 줄 거예요. 틀림없이 일이 다 알려질 테고, 그럼 싫은 건 선생님 생각이지만 다른 핑계로 선생님을 치고 싶어 하는 사람들이 좋아 어쩔 줄 모를 어떤 소문이 퍼질지 아무도 모르지요."

이 교수가 나를 겁주려는 것도 아니고 모두 내 잘못으로 만들려는 것도 아니라는 것은 알고 있었지만 나는 그를 좀 특이한 사람으로 여겼고 그의 회의적인 생각을 수긍하고 싶지 않았다. 나는 나 스스로 이 말에 올라탄 것이었다. 그러므로 나는 그가 내 손에서 고삐를 빼앗는 것도, 또 자기 마음대로 아무 데나 나를 데리고 가는 것도 받아들일 수 없었다. 나는 전투 준비가 되어 있었다.

그리고 그 말은 전투를 거부하지 않았다. 집에 들어가는 길에 나는 편지함에서 다음번 구역 위원회 회합에 출두하라는 소환장을 발견했다.

10

구역 위원회는 문을 닫은 옛날 상점 안에서 기다란 탁자에
둘러앉아 있었다. 안경을 끼고 턱이 들어간 데다 머리가 희끗
희끗한 남자가 내게 의자를 가리켰다. 내가 고맙다는 인사를
하고 자리에 앉자 그가 말을 시작했다. 그는 구역 위원회가 얼
마 전부터 나를 주시하고 있었으며, 내가 문란한 생활을 하고
있음을 아주 잘 알고, 그래서 내 주위에 아주 나쁜 인상을 준
바 있음을 내게 알렸다. 또한 내가 살고 있는 건물 주민들이 벌
써 내 집 소음 때문에 밤새 한숨도 못 잤다는 불만을 제기한 바
있다고, 이 모든 것으로 충분히 나라는 사람을 정확하게 알 수
있다고, 이에 더하여 학문 근로자의 부인, 자투레츠키 동지가
지역 위원회의 도움을 청해 왔다고, 내가 육 개월 전부터 그녀
남편의 연구 작업에 논평을 써 주어야 했으며 이 작업의 운명
이 내 손에 달렸음을 아주 잘 아는데도 그 일을 하지 않았다고.

"그 연구 작업은 뭐라 말하기가 참 힘듭니다. 그냥 뻔한 생각들을 모아 놓은 거예요." 턱이 들어간 남자의 말을 막으며 내가 주지시켰다.

그때 사교계 여자 차림을 한 삼십 대 금발 여자가 얼굴에 붙인(아예 완전히 붙여 놓은 것 같은) 환한 미소를 지으며 끼어들었다. "그거 참 이상하군요, 동지. 질문 하나만 해도 될까요? 선생님 전공이 뭔가요?"

"미술사요."

"그럼 자투레츠키 동지의 전공은 뭔가요?"

"모릅니다. 아마 같은 분야에서 연구를 하려는 것일 수 있겠죠."

"자, 보세요, 이 동지에게 자기 전공 분야의 학자는 동지가 아니라 경쟁자라니까요." 금발 여자는 위원회의 다른 위원들을 향해 열정적으로 외쳤다.

"계속하겠습니다." 턱이 들어간 남자가 말했다. "자투레츠키 여성 동지는 자기 남편이 당신을 보러 집으로 갔고 거기에서 한 여자를 만났다고 우리에게 말했습니다. 이 여자는 자투레츠키 동지가 자기를 성희롱했다고 주장하며 당신에게 그를 비방했습니다. 물론 자투레츠키 여성 동지는 자기 남편이 그런 행위를 할 수 없음을 확실하게 증명할 수 있는 분명한 증거들을 내놓을 수 있습니다. 그녀는 자기 남편을 중상모략한 이 여자의 이름을 알기 원하며 또한 국가 형법 위원회에 고소를 하고자 하니, 이는 이러한 중상모략이 남편에게 해를 입힐 수 있고 그의 생계 수단을 앗아 갈 수 있기 때문입니다."

그래도 다시 한 번 나는 이 일에서 너무 확대된 부분을 떼어 내려 해 보았다. "저기요, 동지, 다 필요 없는 일이에요. 문제의 그 글은 너무 형편없어서 나뿐만 아니라 그 누구도 추천하겠다고 하지 않을 거예요. 그리고 그 여자하고 자투레츠키 씨 사이에 무슨 오해가 있었다 하더라도 그게 위원회를 소집할 만한 이유가 되지는 못합니다."

"우리 회합의 적합성을 결정하는 건 다행히도 당신이 아닙니다, 동지." 턱이 들어간 남자가 내게 답했다. "그리고 이제 당신이 자투레츠키 동지의 작업이 아무런 가치도 없다고 주장한다면 우리는 그것을 복수로 여길 수밖에 없어요. 자투레츠키 여성 동지가 당신이 그 연구를 접하고 난 후 자기 남편에게 쓴 편지를 우리가 읽어 보게 했거든요."

"그래요. 하지만 그 편지에서 나는 연구의 질에 대해 단 한마디도 하지 않았어요."

"맞아요. 하지만 당신은 자투레츠키 동지에게 기꺼이 돕겠다고 썼어요. 그리고 당신 편지를 읽어 보면 그의 작업을 높이 평가한다는 것이 분명히 나타납니다. 그런데 이제 그게 그저 짜깁기라고 합니다. 왜 그에게 곧바로 논평을 써 주지 않았나요? 왜 그에게 솔직하게 말하지 않았나요?"

"저 동지는 두 얼굴을 한 사람입니다." 금발이 말했다.

그때 나이 지긋한, 파마를 한 여자가 끼어들었다. 그녀는 단도직입적으로 문제에 접근했다. "동지, 우리는 자투레츠키 씨가 당신 집에서 만난 그 여자가 누군지 말해 주기를 원합니다."

나는 이 일에서 이 얼토당토않은 심각성을 제거하는 것이 확연히 내 능력 밖의 일임을, 그리고 이제 단 하나의 해결책만이 남았음을 깨달았다. 즉 흔적을 지우는 것, 클라라로부터 사람들을 멀리 떼어 놓는 것, 자고새가 새끼들 대신 자기 몸을 내줌으로써 사냥개를 둥지에서 돌려놓듯 그들을 그녀에게서 돌려놓는 것.

"그거 참 난처한데, 그 여자 이름이 기억이 안 납니다."

"뭐라고요? 같이 사는 여자 이름이 기억 안 나요?" 파마한 여자가 물었다.

"여자들에게 품행이 모범적인 모양이군요, 동지." 금발이 말했다.

"어쩌면 기억이 날지도 모르는데, 잘 생각을 해 봐야 해요. 자투레츠키 씨가 나를 보러 온 날이 언제인지 아십니까?"

"그게…… 잠깐만요." 턱이 들어간 남자가 자기 서류를 들여다보며 말했다. "14일, 그러니까 수요일 오후네요."

"14일, 수요일…… 잠깐만요…….'' 나는 손으로 머리를 감싸 쥐고 곰곰이 생각했다. "아, 이제 생각나요. 헬레나예요." 나는 그들이 모두 내 말에 온통 집중한 것을 발견했다.

"헬레나…… 그래요, 그다음 성은?"

"성요? 안타깝지만 그거야 모르죠. 그 여자한테 뭘 물어보고 싶은 마음이 없었어요. 사실 이름이 헬레나인지도 확실하진 않아요. 그 여자 남편이 메넬라오스처럼 빨간 머리로 보여서 그녀를 헬레나라고 부른 겁니다. 화요일 저녁에 클럽에서 그 여자를 알게 돼서, 그녀의 메넬라오스가 바에서 코냑을 마시는 사이 몇 마디 나누는 데 성공했죠. 그녀가 다음 날 나를 찾아와서 우리 집에서 오후를 보냈어요. 저녁 무렵 나는 학교에 회의가 있어서 두 시간 집을 비워야 했고요. 집에 돌아왔더니 그녀가 엄청 불쾌해하며, 어떤 남자가 찾아와서 그녀에게 접근했다고 하더군요. 그녀는 내가 그 사람하고 아는 사이인 줄 알았고 기분이 몹시 상해서 내 이야기는 더 이상 들으려고도 하지 않았어요. 자, 그렇게 됐으니 그 여자 진짜 이름을 알 시간조차 없었던 거예요.”

“동지, 당신 말이 진짜든 아니든 당신 같은 사람이 젊은이들을 교육한다는 건 완전히 생각할 수조차 없어 보이는군요.” 금발 여자가 말했다. “아니, 어떻게 당신은 우리나라에서 술 마시고 여자 유혹하는 일만 하고 살아요? 우리는 반드시 이 점에 대해 우리 의견을 책임자에게 알릴 테니 그리 아십시오.”

“관리인은 헬레나라는 여자 이야기는 안 했고…….” 이번에는 파마 머리 여자가 끼어들었다. “당신이 한 달 전부터 신고도 하지 않고 집에다 제조 공장에서 일하는 젊은 여자 하나를 머물게 했다고 말했어요. 당신은 세입자가 다시 세를 준 세입자라는 걸 잊지 말아요, 동지! 아무나 집에 들여도 된다고 생각해요? 당신 집이 사창가인 줄 알아요? 그 여자 이름을 못 대겠다면 경찰이 잘 찾아 줄 겁니다.”

<h1 style="text-align:center">11</h1>

내 발 아래 땅이 꺼져들고 있었다. 전에 학과장 교수가 말해 주었던 비우호적인 분위기가 나 자신에게도 느껴지기 시작했다. 분명 아무도 아직 나를 소환하지는 않았으나 여기저기에서 쑥덕거리는 소리가 들렸고, 마리 씨는 자기 사무실에 교수들이 커피를 마시러 와 거침없이 내뱉는 소리들을 동정 어린 말로 전해 주었다. 위원회가 며칠 후 열릴 예정으로 여기저기 모든 곳에서 의견과 평가를 받고 있었다. 나는 위원회 위원들이 구역 위원회 보고서, 그러니까 내가 단 한 가지, 즉 그것이 기밀 서류이며 나는 아무런 언급도 할 수 없다는 것만을 알고 있을 뿐인 그 서류를 읽는 모습을 머릿속에 떠올려 보았다.

살다 보면 후퇴해야만 하는 순간들이 있다. 사활이 걸린 입장들을 지켜 내기 위해 덜 중요한 입장들을 버려야 하는 순간. 그런데 나한테 최후의 입장은 내 사랑인 것 같았다. 그랬다.

이 혼란스러운 시기에 나는 문득 내가 나의 재봉사 아가씨를 사랑한다는 것을, 정말로 사랑한다는 것을 깨닫게 되었다.

그날 나는 그녀에게 성당 앞에서 만나자고 했다. 집에서가 아니라. 왜냐하면 집이 어디 집이었는가? 유리벽으로 된 방이 여전히 집일 수 있겠는가? 관찰자들이 망원경으로 지켜보고 있는 방이? 사랑하는 여자를 밀수품처럼 감춰야 하는 방이?

그러니까 우리 집에서 우리는 우리 집에 있는 것이 아니었다. 우리는 꼭 외국 땅에 들어와 언제든 포위될 위험에 처한 침입자가 된 느낌이었고, 복도에서 발걸음 소리만 울려도 불안해졌고, 매 순간 누군가 와서 집요하게 문을 두드릴 것만 같았다. 클라라는 이미 첼라코비체에 돌아가 있었고, 우리는 이제 이 우리 집, 우리에게 낯선 곳이 된 이 우리 집에 아주 잠깐이라도 다시 들어가 있고 싶지 않았다. 내가 그날 밤을 위해 화가 친구에게 작업실을 좀 빌려 달라고 한 것은 바로 그래서였다. 그리고 그날 처음으로 그는 내게 집 열쇠를 맡겼다.

그리하여 우리는 지붕 아래, 작은 소파 하나만 놓이고 경사진 벽에 커다란 창이 하나만 나 있고 그 창으로 저녁 불빛 속 프라하가 내다보이는 아주 커다란 방에 함께 있었다. 벽들을 따라 기대 놓인 많은 그림들 가운데에서, 예술가의 무신경한 더러움과 무질서 속에서 나는 대번에 내 예전 정다운 자유의 느낌들을 되찾았다. 나는 소파에 척 앉아서 병따개를 마개에 꽂아 넣고 포도주를 땄다. 나는 자유롭고 기분 좋게 이야기를 했고, 이 아름다운 저녁을 그리고 우리가 보내게 될 아름다운 밤을 즐겼다.

그런데 내게서 떠난 불안이 온 무게를 다해 클라라에게 떨어졌다.

이미 말했던 것처럼 그녀는 조금도 주저하지 않고, 그리고 심지어 그지없이 자연스럽게 내 집으로 옮겨 왔었다. 하지만 우리가 잠시 낯선 작업실에 있게 된 지금, 그녀는 불편해했다. 불편해하는 것 이상이었다. "이건 굴욕스러워." 그녀가 말했다.

"뭐가 굴욕스러워?" 내가 물었다.

"당신이 아파트를 빌린 거."

"내가 아파트를 빌린 게 너한테 왜 굴욕스러워?"

"거기엔 뭔가 굴욕스러운 게 있으니까."

"달리 어쩔 수 없었잖아."

"알아. 하지만 빌린 아파트에 있으니 내가 꼭 창녀가 된 느낌이야."

"세상에! 우리가 빌린 아파트에 있다고 왜 네가 창녀가 된 느낌이 들어? 창녀들은 보통 빌린 아파트가 아니라 집에서 일을 한다고."

비이성의 견고한 장벽, 여자의 영혼이 이 비이성으로 빚어진 것이라고들 하는데, 이 장벽을 이성으로 공략해 봐야 아무 소용이 없었다. 초반부터 우리 이야기는 불길한 전조 아래 시작되고 있었다.

나는 클라라에게 우리 과 교수가 내게 했던 이야기를 해 주었고, 구역 위원회에서 일어났던 일을 말해 주며 우리가 결국 이 모든 장애물의 끝에 도달할 것이라고 그녀를 설득하려 해 보았다.

클라라는 잠시 가만히 있더니 모든 것이 내 책임이라고 말했다. "적어도 나를 그 의류 작업장에서 빼내 줄 수는 있는 거야?"

나는 지금은 좀 기다려야 할 거라고 답했다.

"거 봐." 클라라가 말했다. "그저 말뿐이었고 결국 당신은 아무것도 안 할 거야. 그리고 당신이 잘못해서 내 서류에 흠이 생겼으니 이제는 다른 사람이 도와주려 해도 난 빠져나가지 못하게 됐어."

나는 클라라가 절대 나와 자투레츠키 씨 사이의 분란들로 피해를 보지 않을 거라고 내 명예를 걸고 맹세했다.

"그런데 나는 정말 당신이 왜 그 논평을 써 주려 하지 않는지 도저히 이해가 안 가. 써 주기만 하면 우리는 금방 편해질 텐데."

"어쨌거나 그러기에도 너무 늦었어, 클라라." 내가 말했다. "지금 논평을 써 주면 그 사람들은 내가 복수로 그 글을 비난한다고 할 거고 더 길길이 날뛸 거야."

"왜 그 글을 비난해야 하는데? 우호적인 견해를 보여 줘!"

"그럴 수는 없어, 클라라. 그 글은 말도 안 돼."

"그럼 그다음엔? 진실의 수호자 연기가 당신한테 잘 어울리네! 그 남자한테 당신이 《조형 예술 사상》에 아무런 영향력도 없다고 쓴 건 거짓말 아니야? 그 사람이 나를 유혹하려 했다고 그 사람에게 말했을 때는 거짓말하지 않았어? 그 헬레나 어쩌고 할 때는 거짓말한 거 아니야? 그러니까, 그렇게 거짓말을 많이 했는데 한 번 더 거짓말을 해서 그 사람 논문에 호의적인 견해를 보여 주는 게 대체 뭐 어때서 그래? 그것만이 모든 걸 정리할 유일한 방법이야."

"있잖아, 클라라, 당신은 거짓말이 다 같다고 생각하는데 그게 아니야." 내가 말했다. "난 아무거나 다 지어낼 수 있고, 사람들을 조롱할 수도 있고, 온갖 속임수를 다 꾸며 낼 수 있고, 온갖 농담을 다 할 수 있지만 내가 거짓말쟁이라는 느낌은 들지 않아. 그런 거짓말들은, 당신이 그걸 거짓말이라 부르고 싶다면, 그게 나야, 있는 그대로의 나. 그런 거짓말들로 나는 아무것도 감추지 않아. 그런 거짓말들로 나는 실은 진실을 말하는 거야. 하지만 내가 거짓말을 할 수 없는 그런 것들이 있어. 내가 깊이 알고 있는 것, 내가 의미를 알고 있는 것, 내가 사랑하는 것이 있어. 이런 것들을 가지고 난 장난치지 않아. 거기에 대해 거짓말을 한다는 건 나 자신을 비참하게 만드는 일이고 난 그럴 수 없어, 나한테 그걸 요구하지 마, 난 하지 않을 거야."

우리는 서로 이해하지 못했다.

그러나 나는 정말로 클라라를 사랑했고, 그녀가 나를 비난하지 않게 무슨 일이든 할 작정이었다. 다음 날 나는 바로 자투레츠키 부인에게 그다음 날 2시에 내 연구실에서 기다리겠다고 편지를 썼다.

철저한 정신의 소유자답게 자투레츠키 부인은 정해진 시
각에 정확히 내 연구실 문을 두드렸다. 나는 문을 열고 그녀를
들어오게 했다.

그러니까 그녀를 마침내 본 것이었다. 키가 큰, 매우 큰 여
자였고, 시골 여자의 마르고 긴 얼굴에서 연한 푸른색 눈이 두
드러져 보였다.

"겉옷을 벗으시지요." 내가 그녀에게 말하자 그녀는 어색한
동작으로 긴 짙은 밤색 코트, 허리에서 묶게 되어 있고 이상하
게 재단된, 옛날 군대 외투를 연상시키는 코트를 벗었다.

나는 먼저 공격하고 싶지 않았다. 적이 자기 수를 드러내 보
이는 것으로 시작하기를 바랐다. 자투레츠키 부인이 자리에
앉자 나는 그녀가 대화를 시작하도록 몇 마디 건넸다.

그녀는 심각한 목소리로, 전혀 공격적이지 않게 말했다.

"제가 왜 선생님을 뵈려 했는지 아시지요. 제 남편은 선생님을 한 사람으로 또 학자로 늘 무척 존경해 왔답니다. 모든 게 선생님 논평에 달렸었는데. 그런데 선생님은 못 써 준다 그랬죠. 제 남편은 그 일에 삼 년을 전부 바쳤어요. 그 사람은 선생님보다 힘겹게 살았지요. 교사였는데요, 애들을 가르치러 시골에 가느라 매일 60킬로를 다녔답니다. 오로지 학문에만 전념할 수 있게 작년 한 해를 쉬게 한 게 바로 저예요."

"자투레츠키 씨가 일을 하지 않나요?" 내가 물었다.

"네……."

"그럼 생활은 어떻게 하세요?"

"당장은 저 혼자 어떻게 꾸려 가야죠. 학문은 그 사람 열정이거든요. 그 사람이 얼마나 공부를 많이 했는지 아시면 참. 얼마나 수없이 종이에다 뭘 썼는지 아시면 놀라실 거예요. 그이는 진정한 학자는 삼백 페이지를 쓰고 거기서 삼십 페이지만 남겨야 한다고 늘 말해요. 그담에, 그 여자분 말이에요. 절 믿으세요, 전 그이를 알아요, 그이는 그 여자분이 말한 것 같은 그런 일은 결코 하지 않을 사람이라고요, 그 여자분더러 우리 앞에서 다시 말해 보라고 하세요! 제가 여자들을 아는데요, 아마 그 여자분은 선생님을 사랑하는데 선생님은 그 여자를 사랑하지 않았을 거예요. 그 여자는 아마 선생님이 질투하길 바랐을 거라고요. 하지만 절 믿으셔도 돼요, 절대 제 남편은 그랬을 리가 없어요!"

자투레츠키 부인의 이야기를 듣고 있는 동안 문득 내게 이상한 일이 일어났다. 이 여자 때문에 이제 학교를 떠나야 하게 생겼고, 이 여자 때문에 클라라와 나 사이에 구름이 끼어 들어왔고, 이 여자 때문에 분노와 괴로움 속에서 그토록 많은 나날들을 보냈다는 것을 잊어버렸던 것이다. 우리가 둘 다 뭔지 모를 어떤 슬픈 역할을 하고 있는 이 이야기와 그녀 사이의 모든 연관이 지금은 희미하고 느슨하고 그저 우연일 뿐으로 보였다. 나는 문득 깨달았다. 우리가 스스로 자신의 모험이라는 말에 안장을 맸다고 생각한다면, 그리고 스스로 방향을 잡아 말을 달린다고 생각한다면 그것은 환상일 뿐임을. 그 모험들은 어쩌면 전혀 우리 것이 아니라 어떻게 보면 외부로부터 부과된 것임을. 그 모험들은 전혀 우리를 특징지어 주지 않는다는 것을. 우리는 그 모험들의 기이한 흐름에 전혀 책임이 없음을. 그 모험들 자체가 알 수 없는 어떤 이상한 힘에 의해, 알 수 없는 어떤 곳에서부터 다른 어디로 향한 채 우리를 이끌어 간다는 것을.

그러다 자투레츠키 부인의 눈을 보게 됐는데, 이 눈은 행동들의 종착점은 볼 수 없는 것 같았다. 아니, 아예 아무것도 못 보는 것 같았다. 그저 얼굴 표면 위에 떠 있을 뿐인 것 같았다.

"그럴 수도 있을 겁니다, 자투레츠키 부인." 나는 타협적인 어조로 말했다. "제 여자 친구가 거짓말을 했을지도 몰라요. 하지만 남자가 질투할 때 어떤지 아시잖습니까. 여자 친구 말을 믿었고 그래서 정신이 나가 버렸지요. 누구한테나 일어날 수 있는 일이에요."

"그럼요, 그렇다마다요." 큰 짐을 던 듯 눈에 띄게 안심하며 자투레츠키 부인이 말했다. "선생님 본인이 알고 계시니 정말 다행이네요. 저희는 선생님이 그 여자분 말을 믿을까 봐 겁났어요. 그 여자가 제 남편 인생을 송두리째 망칠 수도 있었어요. 정신적인 면에서 그이한테 쓸 먹구름만을 말하는 게 아니에요. 그건 그래도 견딜 수 있었을 거예요. 하지만 제 남편은 선생님 논평에 모든 걸 기대해요. 그 잡지 편집부에서 그건 오로지 선생님께 달렸다고 확실히 말했거든요. 제 남편은 자기 논문이 출판되면 자기가 학술 연구 분야에 마침내 받아들여지는 거라고 굳게 믿어요. 이제 다 밝혀졌으니 그 논평을 쓰실 거죠? 그리고 좀 빨리 해 주실 수 있을까요?”

마침내 내가 복수를 해서 화를 풀 순간이 왔는데 그 순간 전혀 화가 나지 않았고, 그래서 내가 자투레츠키 부인에게 뭐라고 한 것은 이제는 더 이상 어디로 빠져나갈 수가 없어서 그런 것이었다. “자투레츠키 부인, 그 논평은 좀 어려움이 있습니다. 일이 모두 어떻게 된 건지 솔직히 설명드리지요. 저는 면전에서 안 좋은 소리 하는 걸 아주 싫어합니다. 제 약점이지요. 전 자투레츠키 씨와 마주치지 않으려고 온갖 수를 다 썼는데 그러면 제가 왜 피하는지 그분이 나중엔 알아채리라고 생각했어요. 사실은 그분 연구가 너무 약하다는 겁니다. 학문적 가치가 전혀 없어요. 제 말을 믿으시겠어요?”

“그건 제가 참 믿기 힘드네요. 아니, 선생님 말을 못 믿겠어요.”자투레츠키 부인이 말했다.

“우선 그 작업은 전혀 독창적이지 않아요. 이해하시겠어요? 학자는 언제나 무언가 새로운 것을 가져와야 해요. 학자는 이미 다 알려진 것들, 다른 사람들이 써 놓은 것을 그대로 베끼서는 안 되는 겁니다."

"제 남편은 분명 베껴서 논문을 쓰지 않았어요."

"자투레츠키 부인, 분명 읽어 보셨을 테니……." 내가 계속 말을 하려는데 자투레츠키 부인이 말을 막았다.

"아뇨, 안 읽었어요."

나는 깜짝 놀랐다. "그럼 읽어 보세요."

"전 눈이 나빠요." 자투레츠키 부인이 말했다. "오 년 전부터 글은 단 한 줄도 안 읽었지만 내 남편이 정직한지 아닌지 알기 위해 뭘 읽을 필요는 없어요. 그런 건 그냥 느끼는 거지 그것 때문에 뭘 읽을 필요는 없지요. 전 어머니가 자식을 알듯이 내 남편을 알아요. 그이의 모든 걸 다 알아요. 그리고 그 사람이 하는 거 모두가 언제나 정직하다는 걸 알아요."

나는 최악의 상황을 겪어야 했다. 자투레츠키 부인에게 남편 논문에 나오는 몇 대목들을 읽어 주고, 자투레츠키 씨가 생각을 차용한 다른 저자들의 글에서 상응하는 대목들을 읽어 주었다. 물론 고의적인 표절이라기보다는 자투레츠키 씨에게 진정 과도한 존경을 불러일으킨 권위자들에 대한 맹목적 복종이었다. 그렇지만 그 어떤 학술 잡지도 그 글을 실어 줄 수 없다는 것은 명백했다.

어느 정도까지 자투레츠키 부인이 내 설명에 주의를 기울였는지, 어느 정도까지 그녀가 내 말을 따라오고 이해했는지 나는 모른다. 그녀는 자기 자리를 떠나면 안 된다고 알고 있는 군인처럼 순종적으로 가만히 자기 자리에 온순하게 앉아 있었다. 나는 족히 삼십 분은 이야기를 했다. 그다음 그녀는 자

리에서 일어나 그 반투명한 눈으로 나를 뚫어지게 보고는 아
무 억양 없는 소리로 그만 실례하겠다고 했다. 하지만 나는 그
녀가 자기 남편에 대한 믿음을 잃지 않았다는 것을 알았다. 그
녀가 누군가에게 잘못했다고 나무란다면 그건 바로 자기 자
신일 터인데, 무슨 소리인지도 모르겠고 이해도 안 가는 내 논
지에 제대로 맞서지 못했기 때문이다. 그녀가 그 군복 외투를
걸치는데 나는 깨달았다. 이 여자는 군인임을, 몸과 마음이 모
두 철저한 군인, 충성스럽고 슬픈 군인, 기나긴 원정들로 지친
군인, 명령의 의미는 이해하지 못하나 언제나 거역하지 않고
시행하는 군인, 패했으나 오점 없이 떠나는 군인임을.

13

“자, 이제 너는 아무 걱정할 거 없어.” 달마티아 카페에서 클라라에게 자투레츠키 부인과 나눈 대화를 전해 주고 나서 내가 말했다.

“내가 걱정할 게 뭐가 있었는지 모르겠네.” 클라라가 이렇게 태평하게 대답해서 나는 깜짝 놀랐다.

“무슨 소리야? 너를 위해서가 아니면 난 자투레츠키 부인을 절대 안 만났을 거라고!”

“당신이 그 사람들에게 한 짓은 정말 나빴으니 그 여자를 만난 건 참 잘한 거지. 양식이 있는 사람은 참 이해하기 힘든 일이라고 칼루세크 박사님이 그러더라.”

“언제 칼루세크를 봤는데?”

“하여간 봤어.” 클라라가 말했다.

“그래서 그 사람한테 다 말했어?”

“그러면? 비밀인가 보지? 이제 난 당신이 어떤 사람인지 아주 잘 알아.”

“아, 그래?”

“말해 줄까?”

“그러시죠.”

“당신은 판에 박힌 냉소주의자야.”

“칼루세크가 그래?”

“왜 칼루세크야? 나 혼자선 그런 생각 못 할 것 같아? 내가 당신 연기를 환히 들여다보지 못한다고 생각해? 당신은 감언이설로 사람들을 속여 넘기는 걸 아주 좋아하지. 자투레츠키 씨에게 논평을 써 주겠다 약속을 해 놓고는…….”

“난 한 번도 그 사람한테 논평을 약속한 적이 없어…….”

“그리고 나한테는 모델 자리를 약속했지. 자투레츠키 씨한테는 나를 이용하고 나한테는 자투레츠키 씨를 이용했어. 하지만 혹시 알고 싶다면 말인데, 그 자리, 난 어쨌든 가지게 될 거야.”

“칼루세크 덕분에?” 나는 빈정거리려고 애를 썼다.

“분명히 당신 덕분은 아니지! 온 몸을 다 데고도 당신은 어느 정도인지 알지도 못해.”

“그럼 너는, 너는 알아?”

“그럼. 당신 계약은 갱신되지 않을 거고, 지방 화랑에서 직원으로 받아 주면 아주 다행이라 여겨도 될 거야. 하지만 당신은 이 모든 게 당신 잘못으로 일어난 일이라는 걸 알아야 해. 내가 충고를 하나 해도 된다면, 앞으로는 좀 진실해지고 거짓말은 하지 않는 게 좋을 거야. 여자가 거짓말하는 남자를 존경할 수는 없으니까."

그녀는 자리에서 일어나 (확연히 마지막으로) 내게 손을 내밀었고, 뒤돌아 나갔다.

잠시 후에야 나는 내 이야기가 (나를 둘러싼 얼음 같은 침묵에도 불구하고) 비극이라기보다는 차라리 희극이라는 것을 깨달았다.

그것이 내게 어떤 위안 같은 것을 가져다주었다.

영원한 욕망의 황금 사과

마르틴

나한테 불가능한 것들을 마르틴은 할 수 있다. 아무 길에서나 아무 여자한테나 다가가는 일 같은 것. 그를 알고부터 (꽤 오래됐다.) 내가 그 재주 덕을 많이 보았음을 인정해야 하는 것이, 나도 그 친구만큼 여자들을 좋아하지만 그렇게 열정적인 대담함은 없기 때문이다. 반면에 마르틴은 여자에게 접근하는 일을 묘기 부리는 일쯤으로 깎아내려 목적 자체로 만드는 잘못을 범했다. 그리하여 그는 얼마간 씁쓸해하며 종종 자기 자신을 너그러운 공격자, 확실한 총알들을 팀원에게 넘겨줘서 쉬운 표적들을 맞히고 쉽게 영광을 얻게 하는 그런 너그러운 공격자에 비유한다.

월요일 오후 일을 마치고 나는 성 벤체슬라우스 광장의 한 카페에서, 고대 에트루리아 문명을 다루는 두꺼운 독일 책을 읽는 데 푹 빠친 채 그를 기다리고 있었다. 대학 도서관에서는 이 책을 독일에서 빌려 와 내게 대출해 주기 위해 몇 달이 걸렸다. 그날 마침내 그 책을 받은 참이어서 나는 마치 성스러운 유물처럼 책을 지니고 있었고, 속으로는 마르틴이 나를 기다리게 하는 것도, 그렇게 원했던 책을 카페 탁자에서 훑어볼 수 있는 것도 참 좋았다.

　나는 이런 옛 고대 문명을 생각하면 늘 향수가 인다. 향수, 그리고 천천히 흘러간 그 시대 역사의 부드러운 속도를 생각만 해도 일어나는 부러움. 고대 이집트 문명은 수천 년을 차지하며, 고대 그리스 문명은 거의 천 년간 지속되었다. 이런 관점에서 보면 인간의 삶은 역사를 모방한다. 인간의 삶은 처음에는 움직임 없는 느림 속에 파묻혀 있다가 나중에 조금씩 조금씩 더 빨라진다. 두 달 전 마르틴은 마흔 살을 넘어섰다.

모험이 시작되다

내 생각을 중단시킨 것은 그였다. 그는 카페 유리문에 불쑥 나타나서는, 탁자에 커피 한 잔을 놓고 앉아 있는 한 아가씨 쪽으로 인상을 쓰고 의미심장한 몸짓을 하며 내 쪽으로 다가왔다. 그는 여자에게서 눈을 떼지 않은 채 내 옆에 앉아 물었다. "어때?"

나는 부끄러웠다. 사실 나는 내 책에 너무 깊이 빠져서 그 아가씨를 보지도 못했던 것이다. 그녀가 아름답다는 것을 인정해야 했다. 그 순간 그녀가 상체를 펴고, 검은색 나비넥타이를 맨 웨이터를 불렀다. 계산을 하려는 것이었다.

"너도 계산해!" 마르틴이 내게 명령했다.

우리는 길에서 그녀를 쫓아 달려야 할 거라고 벌써 생각하고 있었는데 운이 좋게도 그녀가 휴대품 보관소에서 다시 멈춰 섰다. 그녀가 맡겨 놓았던 가방을 직원이 어딘가로 가서 찾아와 카운터 위에 올려놓았다. 그러고 나서 그 아가씨가 직원에게 동전 몇 개를 건네주는데, 그 순간 마르틴이 내 손에서 두꺼운 독일 책을 낚아챘다.

"이걸 여기 좀 넣죠." 그는 이 세상에서 최고로 자연스럽게 말하고는, 깜짝 놀란 듯하지만 뭐라 말할지 모르는 아가씨의 가방에 그 책을 잘 챙겨 넣었다.

"손에 이걸 들고 있기가 쉽지 않거든요." 마르틴이 다시 말했고, 아가씨가 가방을 들려고 하니까 그는 나보고 올바르게 행동할 줄 모른다고 나무랐다.

그녀는 한 지방 병원 간호사였다. 프라하에는 그저 잠시 들른 것이고 서둘러 시외버스를 타야 했다. 그녀에 대해 핵심적인 것을 알아내고, 마르틴이 빠뜨리지 않고 웅변적으로 강조한 바대로 틀림없이 예쁜 동료가 있을 이 매력적인 아가씨를 다시 만나기 위해 우리가 다음 토요일에 B에 가기로 합의하는 데에는, 그녀를 전차 정거장까지 데려다 주는 것으로 충분했다.

전차는 천천히 도착했다. 내가 아가씨에게 가방을 건네자 그녀는 책을 꺼내려는 듯했는데 마르틴은 너그러운 몸짓으로 그녀를 막았다. 다음 토요일에 주면 되니 그때까지 읽어 보라면서……. 그녀는 어색하게 웃었고, 전차가 그녀를 데려갔으며, 우리는 크게 손을 흔들었다.

도리가 없었다. 내가 그토록 오랫동안 기다려 온 책이 느닷없이 위험하게 멀리 가 있게 돼 버렸다. 냉정하게 생각해 보면 정말 짜증나는 일이었다. 하지만 알 수 없는 어떤 광기가 순식간에 날개를 펼치고 나를 올려 태웠다. 마르틴은 단 일 분도 놓치지 않고 즉각 토요일 오후와 토요일에서 일요일까지의 밤을 위해 자기 아내에게 뭐라 할지 구실을 찾기 시작했다.(왜냐하면 사정이 이렇다. 즉 마르틴은 결혼을 했고, 젊은 아내가 있으며, 더 나쁜 건 그가 아내를 사랑한다는 것이다. 그리고 그보다 더 나쁜 건 그가 아내를 겁낸다는 것이다. 그리고 그보다 더더욱 나쁜 건 그녀를 위해 그가 겁을 낸다는 것이다.)

성공적인 탐지

그리하여 나는 우리의 탐험을 위해 예쁜 피아트 한 대를 빌려 토요일 2시에 마르틴을 태우러 그의 집 앞에 갔다. 그는 나를 기다리고 있었고 우리는 바로 길에 올랐다. 7월이어서 끔찍하게 더웠다.

우리는 최대한 빨리 B에 도착하고 싶었지만 어떤 마을에서 체육복 반바지 차림에 머리가 젖은 젊은이 둘을 보고는 차를 멈추었다. 멀지 않은 곳에, 주택들 뒤에 연못이 있었다. 나는 열기를 좀 식히고 싶었고 마르틴도 그러자고 했다.

우리는 수영복을 입고 수영을 했다. 나는 빠르게 맞은편에 도달했지만 마르틴은 몸을 살짝 적시기만 하고는 물기를 털고 나왔다. 연못을 도로 가로질러 물가에 발을 디디며 바라보니, 그는 넋을 잃고 무언가를 골똘히 응시하고 있었다. 아이들 무리가 흙 비탈에서 시끄럽게 장난치고 있었고 마을 젊은이들이 좀 떨어진 곳에서 공놀이를 하고 있었는데, 마르틴은 우리한테서 한 15미터 떨어져 등을 돌리고 있는 한 아가씨의 건강한 몸에 시선을 박고 있었다. 그녀는 거의 완벽하게 꼼짝하지 않고 연못 물을 바라보고 있었다.

"저기 좀 봐." 마르틴이 말했다.

"보고 있어."

"어떻게 생각해?"

"어떻게 생각하길 바라?"

"어떻게 생각해야 할지 모르겠냐?"

"돌아서길 기다려 봐야겠는데."

"난 돌아서길 기다릴 필요 없어. 저 여자가 이쪽으로 보여주는 것만으로 나한테는 충분하고도 남아."

"그래! 하지만 우리 시간 없어."

"탐지 말이야, 탐지!" 마르틴은 이렇게 말하고는 체육복을 입은 어린아이에게 갔다. "저기, 꼬마야, 저 여자 이름이 뭔지 아니?" 그는 묘하게 무념무상에 빠진 채 여전히 같은 자세를 취하고 있는 그 아가씨를 가리켰다.

"저 여자요?"

"그래, 저 여자."

"여기 사람이 아니에요." 아이가 말했다.

그러자 마르틴은 우리 옆에서 일광욕을 하고 있는 열두어 살쯤의 여자아이에게 말을 걸었다.

"애, 물가에 서 있는 저 여자 누군지 아니?"

여자아이는 순순히 일어섰다. "저기, 저 여자요?"

“그래.”

“마리예요.”

“마리하고 성은?”

“마리 파네크요, 푸즈드라니에서 온…….”

그 아가씨는 여전히 우리에게 등을 보인 채 연못가에 서 있었다. 그녀가 수영 모자를 집으려고 몸을 숙였다가, 다시 허리를 펴고 머리에 모자를 썼을 때 마르틴은 벌써 내 곁에 와 있었다. “푸즈드라니에서 온 마리 파네크라는군. 이제 떠나도 돼.”

그는 아주 차분하고 진정이 돼 있었으며 길을 계속 가는 것 외에 다른 생각은 없는 게 분명했다.

약간의 이론

그것이 바로 마르틴이 탐지라고 부르는 것이다. 광대한 경험을 통해 그는, 이 분야에서 수많은 경험을 한 누구에게든 최대의 난점은 여자를 유혹하는 것이라기보다 유혹하지 않은 여자들이 충분히 몇이나 되는지를 아는 것이라고 결론을 내렸다.

그러니까 그는 우리가 끊임없이 모든 곳, 모든 상황에서 조직적으로 여자들에 대한 탐지를 시행해야 한다고, 다시 말해 마음에 든 여자들과 접근 가능할 여자들의 이름을 수첩이나 머릿속에 기록해 놓아야 한다고 주장했다.

접근은 행동의 상위 단계로, 어떤 여자와 접촉할 수 있다는 것, 그리고 그 여자를 알게 된다는 것, 그로 인해 보다 용이하게 가까이 다가갈 수 있다는 것을 의미한다.

허풍을 떨며 과거를 돌아보길 즐기는 사람들은 정복한 여자들의 수를 강조하지만 앞을, 미래를 바라보는 사람들은 탐지되고 접근이 이루어진 여자들을 충분히 몇 명이나 보유하고 있는지 먼저 신경을 써야 한다.

접근 위에는 마지막 행동의 단계 딱 하나만 존재하는데, 나는 마르틴이 기분 좋으라고, 이 마지막 단계만을 바라는 사람들은 한심하고 저급한 남자들임을, 이런 남자들은 상대편 골문을 향해 머리를 처박고 앞으로 돌진하는 동네 축구 선수 같은 꼴에다, 골 하나를 (또 여러 골을) 넣으려고 슛을 하려는 미칠 듯한 욕망만으로는 안 되며 먼저 경기장에서 의식적이고 조직적인 게임을 해야만 한다는 것을 망각하고 있다고 즐겨 강조한다.

"정말 푸즈드라니에 그 여자를 보러 갈 기회가 있을 거라고 생각하는 거야?" 다시 길을 달리게 되자 내가 마르틴에게 물었다.

"알 수 없지." 그가 답했다.

"하여간 오늘 시작이 좋네." 이번에는 내가 이렇게 말했다.

게임과 절대적 필요성

우리는 최고의 기분으로 B의 병원에 도착했다. 거의 3시 30분이었다. 경비실에서 전화로 우리의 간호사를 불러냈다. 잠시 후 그녀가 간호사 복장으로 내려왔는데, 얼굴이 빨개지는 것을 보니 좋은 징조였다.

마르틴이 얼른 말을 걸자 그 아가씨는 일이 7시에 끝난다고 했다. 그녀는 우리에게 그 시각에 병원 앞에서 기다리라고 했다.

"동료한테 이야기했나요?" 마르틴이 묻자 아가씨가 그렇다고 했다.

"네. 둘이 나올 거예요."

"아주 좋아요. 그런데 우리가 말이죠, 제 친구더러 그냥 나오는 사람 아무하고나 짝이 되라 할 수는 없잖아요." 마르틴이 말했다.

"좋아요, 제 동료를 보러 가면 되죠. 외과에 있어요."

병원 마당을 천천히 가로질러 가면서 내가 쭈뼛거리며 물었다. "제 책 그대로 가지고 계시죠?"

간호사는 고개를 끄덕였다. 그대로 가지고 있을 뿐 아니라 바로 여기, 병원에 있다고 했다. 나는 크게 안도했고 책을 먼저 좀 갖다 달라고 청했다.

물론 마르틴은 내가 그렇게 드러내 놓고 소개받을 여자보다 책을 더 찾은 것이 못마땅했을 테지만 나도 어쩔 수가 없었다. 사실 나는 에트루리아 문화에 대한 그 책이 며칠간 내 시야 밖에 있는 것이 무척 괴로웠다. 나는 군말 없이 조용히 견디기 위해 굳센 의지로 엄청 노력해야 했는데, 무슨 일이 있어도 게임을 망치고 싶지는 않았기 때문이며, 그 가치를 어릴 때부터 존중하도록 배웠고 내 개인적인 모든 관심과 욕망을 거기에 복종시킬 줄 알았기 때문이다.

내가 감동적으로 책을 다시 찾아 드는 사이 마르틴은 간호사와 뭘 계속 의논하더니 결국은 아가씨가 오늘 밤을 위해 호테르 연못 근처에 동료의 오두막 하나를 빌려 놓겠다고 약속하는 데까지 이야기를 밀고 나갔다. 우리 셋은 더할 나위 없이 만족해하며 외과 병동이 있는 작은 초록색 건물을 향해 걸음을 옮겼다.

바로 그때 의사와 함께 간호사 하나가 맞은편에서 마당을 가로질러 왔다. 이 의사는 키가 크고 마른 우스꽝스러운 모습에 귀가 앞으로 펼쳐져 있었다. 그 모습이 나를 사로잡았다. 우리의 간호사가 나를 팔꿈치로 찔렀고 나는 키득거렸다. 그 커플이 멀어지자 마르틴이 나를 돌아보았다. "야, 너 운 좋다.

저렇게 근사한 아가씨가 너한테 웬 말이냐!"

나는 차마 그 비쩍 마른 키다리만 봤다고 대답하지 못하고 그냥 기분을 맞춰 주는 말만 했다. 그렇다고 내가 위선적이었던 건 전혀 아니다. 나는 나 자신의 취향보다 마르틴의 취향을 더 믿었는데, 왜냐하면 나보다 훨씬 더 큰 관심이 그의 취향을 뒷받침하고 있음을 알기 때문이었다. 나는 모든 것에 있어서, 사랑의 문제까지 포함하여 질서와 객관성을 좋아하며, 애호가보다는 전문가를 훨씬 존중한다.

어떤 사람들은 나처럼 이혼한 사람이, 그리고 바로 (예외적으로 일어난 일이 분명 아닌) 자기 연애 이야기를 하는 사람이 자신을 애호가라 칭한다는 것은 위선적이라고 할지도 모른다. 그래도 할 수 없다. 나는 애호가다. 마르틴은 살아 내는 것을 나는 놀이한다고 할 수도 있을 것이다. 때로 여러 여자와 보내는 내 인생 전체가 다른 사람들의 모방일 뿐인 것 같기도 하다. 이런 모방에서 어떤 즐거움을 찾는다는 것을 부정하지는 않겠다. 하지만 그 즐거움 속에는 무언가 완전히 자유로운 어떤 것, 아무 의미 없는 것, 도로 물릴 수 있는 어떤 것이 있다고 생각하지 않을 수 없는데, 이는 미술품 전람회를 가 본다거나 이국적인 풍경을 발견할 때와 같은 것으로, 마르틴의 관능적 삶의 배후에서 내게 감지되는 저 절대적 필요성에 전혀 종속되지 않는 것이다. 마르틴이 내게 경외심을 불러일으키는 것, 그것은 바로 이 단호한 절대적 필요성이다. 그가 어떤 여자에 대한 평을 내릴 때면 자연의 화신이, 자연 그 자체가 그의 입을 통해 말을 하는 것같이 보인다.

집의 반경

병원에서 나오자 마르틴은 모든 게 아주 멋지게 되었다고 내게 강력하게 주지시켰다. 그러고는 덧붙였다. "오늘 저녁에 빨리빨리 해야 해. 9시에는 집에 가 있으려고."

내 팔에 힘이 쭉 빠졌다. "9시에? 아니 그럼 여기서 8시에 떠나야 한다는 거야! 그러면 올 필요도 없었잖아! 난 밤 내내 있는 줄 알았지!"

"너는 왜 시간을 낭비하길 원하냐?"

"한 시간 있자고 여기 온 건 말이 안 돼. 7시에서 8시까지 뭘 하려고?"

"전부. 아까 들었잖아, 오두막을 구했다고. 그러면 일사천리로 가는 거야. 너한테 달렸어, 네가 아주 결단력 있게 행동해야 해."

"그런데 말이야, 왜 9시까지 들어가야 하는지 좀 말해 줄 수 있겠어?"

"야르밀라에게 약속했어. 토요일 저녁마다 자기 전에 카드 게임을 하거든."

"세상에!" 내가 한숨을 내쉬었다.

"야르밀라가 어제 직장에서 또 안 좋은 일이 있었는데, 너는 내가 토요일의 이 작은 기쁨조차 빼앗길 원하는 거냐? 너도 알잖아, 내가 이제껏 안 여자 중에 제일 좋은 여자란 말이야."

그리고 덧붙였다. "게다가 너도 프라하에 돌아갔을 때 밤 시간이 다 남아 있는 거 좋을 거 아냐."

나는 더 말해 봐야 소용없음을 깨달았다. 마르틴이 자기 아내 마음을 편안하게 해 주려고 노심초사하는 것은 아무도 못 말리며, 또한 그가 매시간, 매 순간 무한히 여자들을 사귈 수 있다고 믿는 것도 절대 흔들림이 없다.

"이리 와. 지금부터 7시까지 우리한테 아직 세 시간이 남았어. 공치지 않을 거라고!" 마르틴이 내게 말했다.

속임수

우리는 그 도시 사람들에게는 도로인 공원 속 큰 길에 접어들었다. 근처에서 둘씩 짝지어 지나가는 아가씨들이나 벤치에 앉아 있는 여자들을 살펴보았지만 생김새들이 마음에 들지 않았다.

마르틴은 그래도 두 명에게 다가가 말을 걸었고 약속까지 받아 냈지만 진심이 아니라는 것을 나는 알고 있었다. 그것은 그가 접근 훈련이라 부르는, 솜씨가 떨어질까 봐 이따금 시행하는 훈련이었다.

떨떠름한 기분으로 공원에서 나와 우리는 지방 소도시의 공허와 권태 속으로 뻗어 나간 도로들로 접어들었다.

"뭐 좀 마시게 이리 와. 나 목 마르다." 마르틴에게 내가 말했다.

우리는 '카페'라는 글자가 쓰인 건물을 발견했다. 들어가 보니 셀프서비스였다. 홀에 타일이 깔려 있고, 냉랭하니 별로 친절하지 못한 곳이었다. 우리는 계산대로 가서 험상궂은 여자에게서 색깔 있는 음료를 사 가지고 와서 탁자에 놓았는데, 탁자는 소스로 더러웠고 최대한 빨리 나가라고 우리를 부추기는 것만 같았다.

"신경 쓰지 마." 마르틴이 말했다. "추함은 우리 세상에 긍정적인 기능을 하지. 아무도 어디든 오래 머무르려 하질 않아, 어느 한 곳에 가자마자 얼른 나가려고 서두른단 말이야, 그게 삶에다가 바람직한 리듬을 주는 거야. 하지만 우리는 걸려들지 말자고. 우리는 이 카페의 고요한 추함의 보호 아래 많은 걸 이야기할 수 있어." 그는 자기 레모네이드를 마시고 내게 물었다. "너 그 의대생한테 접근해 본 거야?"

"그럼 물론이지."

"어떻게 생겼어? 잘 좀 묘사해 봐."

나는 그에게 그 의대생의 모습을 묘사해 주었는데, 그런 의대생이 존재하지도 않았지만 별로 힘들지 않았다. 그렇다. 아마 내가 안 좋게 보일 수도 있겠지만 그렇게 됐다. 그녀를 지어 냈다.

내 말을 믿어도 된다. 나는 무슨 나쁜 의도로, 마르틴 앞에서 으스댄다거나 그를 속여 먹으려고 그런 것이 아니었다. 나는 오로지 마르틴이 하도 밀어붙여서 더 이상 버틸 수가 없었기 때문에 이 의대생을 지어낸 것이었다.

마르틴은 내 활동에 대해 막무가내로 요구가 강경했다. 그는 내가 매일 새로운 여자들을 만나야 한다고 굳게 믿었다. 그는 나를 나 아닌 다른 사람으로 보았고, 일주일 내내 내게 새로운 여자가 단 한 명도 없었거나 심지어 스치지도 못했다고 솔직하게 말하면 나를 위선자 취급했다.

그래서 며칠 전에 할 수 없이 의대생 하나를 찍어 두었다고 말할 수밖에 없었다. 그는 만족스러워 보였고 이제 접근으로 넘어가라고 격려해 주었다. 그날 그는 내게 무슨 진전이 있는지 확인해 본 것이었다.

"그럼 누구 같은 부류야? 그러니까……." 그는 눈을 감고서 희미한 어둠 속에서 비교 지점을 찾았다. 그러더니 공동의 친구 하나를 생각해 냈다. "실비 같은 부류?"

"훨씬 낫지."

마르틴은 깜짝 놀랐다. "에이 농담도……."

"야르밀라 같은 부류."

자기 부인이 마르틴에게는 최고의 기준이다. 마르틴은 내 보고에 매우 만족했고, 몽상에 빠져들었다.

성공적인 접근

잠시 후 벨벳 바지를 입은 아가씨 하나가 카페 안으로 들어섰다. 그녀는 계산대로 가서 자기 음료를 기다렸다. 그러고는 우리 옆 탁자에 멈춰 서더니 자리에 앉지 않은 채 음료를 마셨다.

마르틴이 그녀를 돌아보았다. "아가씨, 저, 우리가 여기 사람이 아니어서요, 뭘 좀 여쭤보고 싶은데요."

아가씨가 미소 지었다. 너무나 예뻤다.

"더워서 숨이 막히는데 뭘 해야 좋을지 몰라서⋯⋯."

"수영하러 가세요!"

"바로 그거예요. 이 도시에 수영장이 어디 있는지 몰라서요."

"없어요."

"없다니요?"

"수영장이 하나 있긴 한데 비워 놓은 지 한 달이에요."

"그럼 강은요?"

"지금 준설 작업 중이에요."

"그러면 어디서 수영을 할 수 있어요?"

"호테르 연못밖에 없는데 적어도 7킬로미터는 가야 돼요."

"그건 문제없어요, 차가 있거든요, 그쪽이 우리한테 길만 일러 주면 될 텐데."

"우리의 뱃사공이 되실 거예요." 내가 말했다.

"그보다는 우리의 조종사." 마르틴이 말했다.

"우리의 별." 내가 말했다.

아가씨는 어찌할 바를 모르다가 결국 우리와 함께 가겠다고 수락했다. 하지만 그녀는 아직 쇼핑할 것이 더 있었고 수영복을 가지러 가야 했다. 우리는 정확히 한 시간 후에 같은 장소에서 그녀를 다시 만나기로 했다.

우리는 흐뭇했다. 예쁘게 엉덩이를 흔들고 구불구불한 검은 머리를 찰랑이며 멀어져 가는 그녀를 우리는 바라보고 있었다.

"거봐, 인생은 짧고, 매 순간을 활용해야 한다고." 마르틴이 말했다.

우정 예찬

우리는 벤치에 앉아 있는 아가씨들을 살펴보러 다시 공원에 갔으나, 둘 중 하나가 예쁜 경우는 가끔 있어도 옆의 아가씨까지 예쁜 적은 한 번도 없었다.

"참 괴이한 자연의 법칙이야." 내가 마르틴에게 말했다. "못생긴 여자는 자기보다 예쁜 친구의 광채를 이용하길 원하고, 예쁜 여자는 추함을 배경으로 더 커다란 광채로 빛나고 싶어 하는 거지. 그 결과 우리 우정은 끊임없는 시련에 놓이는 거야. 그리고 나는 우리가 스스로 결정하지 못하고 우연이나 경쟁에 그 수고를 떠맡긴 적이 한 번도 없다는 게 매우 자랑스러워. 우리 사이에서 선택은 늘 상호 존중의 문제야. 각자 다른 사람에게 더 예쁜 아가씨를 권하잖아. 그러니까 우린 꼭 그 구닥다리 두 신사 비슷해. 자기가 방에 먼저 들어가는 걸 받아들일 수 없기 때문에 서로 권하느라 방에 못 들어가는 신사들 말이야."

"그래." 마르틴이 감동에 젖어 말했다. "너는 진정한 친구야. 자, 여기 잠시 앉자. 다리 아프다."

그래서 우리는 자리에 앉으러 갔고, 온 얼굴에 햇살을 받으며 뒤로 기분 좋게 몸을 젖히고, 잠시 아무 생각 없이 주변 세상이 저 혼자 돌아가게 두었다.

하얀 옷의 소녀

갑자기 마르틴이 (신비로운 어떤 감각에 이끌려) 자리에서 일어났는데, 하얀 원피스를 입은 한 소녀가 걸어오는 공원의 인적 없는 오솔길에 시선을 박고 있었다. 멀리서도, 몸의 비율과 얼굴 윤곽이 아직 뚜렷하게 보이지 않아도, 그녀에게서는 무언가 알 수 없는 특별한 매력이 감지되었다. 일종의 순수함 또는 부드러움.

그녀가 우리 앞을 지날 때 우리는 그녀가 매우 어리다는 것을 확인했다. 아이도 아니고 아가씨도 아니었는데, 그것이 즉시 우리를 극도로 흥분하게 만들었다. 마르틴은 벌떡 일어났다. "아가씨, 저는 포르만 감독입니다. 아시죠, 영화 감독."

그가 소녀에게 손을 내밀자 그녀는 눈에 엄청 놀란 표정을 담고 그 손을 잡았다.

마르틴은 내게로 머리를 돌려 말했다. "제 카메라맨을 소개

하죠."

"난 온드리체크예요." 나도 손을 내밀며 말했다.

그녀는 고개를 숙였다.

"우리가 지금 아주 난처한 상황이랍니다, 아가씨. 저는 여기서 다음 영화를 위한 야외 촬영지들을 찾고 있어요. 이 지역을 잘 아는 조감독이 여기서 우릴 기다리기로 했는데 오질 않네요. 어디서부터 이 도시하고 인근 지역들을 둘러봐야 할지 모르겠어요. 제 카메라맨이 — 마르틴이 장난을 쳤다. — 이 두꺼운 독일 책을 보고 그 문제를 연구하고 있는데 안됐지만 아무것도 못 찾을 거예요."

일주일 내내 곁에 두지 못했던 이 책에 대한 언급이 내 신경을 건드렸다. 나는 내 감독에 대한 공격에 들어갔다. "이제 이 책에 관심이 더 없으시다니 유감이네요. 준비를 좀 더 진지하게 하셨으면, 그리고 카메라맨들에게 자료 수집 작업을 다 맡기지 않으셨으면 감독님 영화들이 좀 덜 피상적이고 오류가 좀 덜할 텐데요." 그러고서 나는 소녀에게 사과했다. "미안합니다, 아가씨. 우리의 직업적 토론으로 이렇게 괴롭히려던 게 아니었어요. 실은 우리가 보헤미아의 에트루리아 문화에 대한 역사 영화를 준비하고 있거든요."

"네." 고개를 숙이며 그녀가 말했다.

"정말 대단한 책이에요. 보세요!"

내가 소녀에게 책을 내밀자 그녀는 거의 종교적인 두려움 속에 책을 잡았고, 내가 권한다고 여겼는지 건성으로 들춰 보았다.

"내 생각에 프하체크 성이 여기서 멀지 않을 것 같은데, 그곳이 체코 에트루리아인들의 중심이었죠, 거길 어떻게 가죠?" 내가 또 말했다.

"금방이에요." 소녀가 말했다. 그녀는 갑자기 활기를 띠었는데, 프하체크로 가는 길을 안다는 것이 이 애매모호한 대화에서 마침내 자기가 발을 디딜 단단한 지반을 제공해 주었기 때문이다.

"네? 그 성을 알아요?" 크게 안도하는 척하며 마르틴이 물었다.

"그럼요. 여기서 한 시간 거리예요."

"걸어서요?" 마르틴이 말했다.

"네, 걸어서요."

"그런데 우린 차가 있어요." 내가 말했다.

"우리의 뱃사공이 돼 주세요." 마르틴이 이렇게 말했지만, 나는 마르틴보다 더 확실한 심리 진단을 하고 있었고, 쉬운 농담들이 우리에게 해가 될 수 있으며 전적인 진지함이 최선의 패일 것 같은 느낌이 들었기 때문에 우리가 늘 하는 말장난 의례를 계속하지 않기로 했다.

"시간을 너무 뺏고 싶지 않지만, 한두 시간 정도 시간을 내서, 우리가 이 지역에서 보려고 하는 장소들을 알려 주면 정말 너무 고맙겠어요."

"아, 그럼요." 다시 고개를 숙이며 소녀가 말했다. "저도 그러고 싶어요, 그런데……." 이때서야 우리는 그녀가 양배추 두 개와 이런저런 것들이 든 장바구니를 들고 있는 것을 확인했다. "엄마에게 배추를 갖다드려야 하는데, 하지만 여기서 아주 가까워요. 금방 올게요."

"그럼요, 어머니께 배추를 갖다드려야죠. 여기서 기다릴게요." 내가 말했다.

그녀는 다시 고개를 숙였고 서둘러 멀어져 갔다.

"와 죽여준다!" 마르틴이 말했다.

"최고 중에 최고, 그렇지?"

"그러네. 간호사 둘은 얼마든지 희생하겠어."

과도한 믿음의 함정

십 분이 흘렀고, 다시 십오 분이 흘렀고, 소녀는 오지 않았다.

마르틴이 나를 달랬다. "걱정하지 마, 내가 확신하는 게 하나 있다면 그 애가 올 거라는 거야. 우리 레퍼토리는 완벽하게 그럴듯했고 그 애도 아주 좋아했잖아."

나도 같은 의견이었고, 그리하여 우리는 아직 어린아이인 이 꼬마 아가씨에 대한 욕망을 매 순간 더 불태우면서 계속 기다렸다. 그 때문에 우리는 벨벳 바지 아가씨와의 약속 시간을 지나쳐 버렸다. 하얀 옷 소녀의 이미지에 푹 빠져 우리는 자리에서 일어날 생각조차 하지 못했다.

그리고 시간은 흘러갔다.

"저기, 마르틴, 이제 안 올 것 같다." 결국 내가 말했다.

"넌 이걸 어떻게 설명하겠냐? 그 애는 우리를 하느님 아버지처럼 믿었는데."

“그래. 그런데 그게 바로 우리의 불행이야. 우리를 너무 믿었어.”

“그래서? 너는 그 애가 우리를 믿지 않았길 바라는 모양이지?”

“그게 어쩌면 더 나았을지도 몰라. 너무 열렬한 믿음은 최악의 동맹군이야.” 이 생각에 이끌려 나는 연설을 시작했다. “무엇을 말 그대로 믿게 되면 믿음은 이것을 밑도 끝도 없이 밀고 나가. 어떤 정치를 정말 옹호하는 사람은 이 정치의 궤변을 절대 심각하게 받아들이지 않고 단지 그 궤변 뒤에 감춰진 실제 목적을 파악하는 거야. 왜냐하면 정치적 클리셰와 궤변들은 사람들이 믿으라고 만들어진 게 아니거든. 그것들은 오히려 암묵적으로 합의된 핑계 역할을 하지. 그걸 심각하게 받아들이는 순진한 이들은 언젠가 모순을 발견하게 될 거고, 저항하게 될 거고, 결국은 치욕스럽게 이교도나 배교자가 되고 말아. 과도한 믿음은 절대 좋은 걸 가져올 수가 없어. 종교나 정치 시스템에서만 그런 게 아니야. 우리 시스템, 그 여자애를 끌어들이려고 사용한 그 시스템에서도 마찬가지라고.”

“무슨 소린지.” 마르틴이 말했다.

“아주 이해하기 쉬운데. 그 아이한테 우리는 매우 진지한 아저씨들일 뿐이었던 거고, 그 애는 전차에서 나이 든 사람들에게 자리를 양보하는, 잘 교육받은 아이로 행동하고 싶었던 거야.”

“아니 그럼 왜 끝까지 잘 행동하지 않아?”

“바로 우리를 너무 믿었기 때문이지. 그 애는 엄마한테 배

추를 갖다주었고 신이 나서 다 이야기한 거야. 역사 영화, 보
헤미아의 에투르리아인……. 그리고 엄마는…….”

　마르틴이 내 말을 잘랐다. “그래……. 그다음은 알겠다.” 그
러고는 자리에서 일어섰다.

배신

해가 도시의 지붕으로 천천히 내려오기 시작했다. 바람이 조금 서늘해지고 있었고 우리는 서글펐다. 우리는 만일을 생각하여, 혹시 그 벨벳 바지 아가씨가 아직 우리를 기다리는지 보려고 셀프서비스 카페에 갔다. 물론 그녀는 없었다. 6시 30분이었다. 우리는 자동차가 있는 곳으로 다시 내려왔다. 문득 우리는 낯선 도시로부터, 그리고 그 도시의 기쁨들로부터 내몰린 사람처럼 느껴졌고, 이제는 이곳에서 치외 법권의 특권을 누리는 듯한 자동차 속에서 피난처를 찾는 수밖에 없었다.

"야! 그렇게 초상 치른 얼굴 좀 하지 마! 제일 중요한 게 남았잖아." 차에 타자 마르틴이 소리쳤다.

나는 그의 야르밀라와 카드 게임 때문에, 그 제일 중요한 걸 위해 한 시간밖에 쓰지 못한다고 대답하고 싶었지만 그냥 잠자코 있었다.

"게다가 지금까지 양호했던 거야." 마르틴이 덧붙였다. "푸즈드라니의 아가씨 탐지, 벨벳 바지 아가씨 접근. 이 도시에는 우리를 위해 모든 것이 다 준비되어 있고 다음에 다시 오기만 하면 되는 거야."

나는 아무 대답도 하지 않았다. 그렇다. 탐지와 접근은 감탄할 만하게 성공했다. 모든 것이 제대로였다. 그런데 나는 문득 마르틴이 일 년 전부터 이런 탐지와 접근 들 외에 다른 어떤 것도 해낸 적이 없다는 생각이 들었다.

나는 그를 바라보았다. 그의 눈은 늘 그렇듯 영원히 불타오르는 욕망으로 빛났다. 나는 그 순간 느꼈다. 마르틴이 내게 얼마나 소중한지, 그가 평생을 행진하며 앞세운 깃발을 내가 얼마나 소중히 여기는지. 여자들을 쫓아다니는 영원한 추적의 깃발.

시간이 흘렀고 마르틴이 말했다. "7시야."

백미러로 입구를 지켜볼 수 있도록 우리는 차를 병원 철문에서 10여 미터 되는 곳에 주차했다.

나는 계속 이 깃발 생각을 했다. 그가 여자를 쫓아다니는 일이, 해가 흐르면서 점점 여자가 문제가 아니라 추적 그 자체가 문제가 됐다는 생각이 들었다. 애초에 쓸모없는 추적인 경우 매일 무수히 많은 여자들을 쫓아다닐 수 있고, 그렇게 해서 절대적인 추적을 추구할 수 있다. 그렇다. 마르틴은 절대적인 추적의 상황에 놓여 있었다.

우리는 오 분째 기다리고 있었다. 여자들은 오지 않았다.

나는 전혀 걱정되지 않았다. 여자들이 오든 안 오든 전혀 중요하지 않았다. 왜냐하면 온다 하더라도 우리가 한 시간 만에 여자들을 멀리 떨어진 오두막으로 데려가고, 믿음을 얻고, 같이 자고, 그러고는 8시에 예의 바르게 작별 인사를 하고 떠날 수가 있겠는가? 아니, 마르틴이 이 모든 것이 8시에 끝나야 한다고 결정했을 때 그는 (수도 없이 그랬듯이!) 이 모험을 환상 속 게임의 영역으로 옮겨 놓았던 것이다.

우리는 십 분째 기다리고 있었다. 아무도 병원 입구에 모습을 나타내지 않았다.

마르틴은 화가 치밀어서 거의 소리를 질러 댔다. "내가 딱 오 분을 주겠어, 더 이상은 안 기다려."

나는 또 생각했다. 마르틴은 이제 젊지 않다. 그는 자기 아내를 충실히 사랑한다. 사실 그는 최대한 견실하게 결혼 생활을 해 나가고 있다. 그것이 현실이다. 그리고 이 현실 너머에, 결백하고 감동적인 환상의 차원에서, 마르틴의 젊음이 지속된다. 불안하고 혼란스럽고 방탕한 젊음, 단순한 게임으로 축소된 젊음, 자기 영토의 경계선을 넘어 삶에 가 닿고 현실이 되는 법이 없는 그런 젊음. 그리고 마르틴은 절대적 필요성을 따르는 눈먼 기사이기에, 짐작조차 하지 못한 채 자신의 모험들을 결백한 게임으로 변환한다. 그는 계속해서 거기에 자신의 불타는 영혼을 다 바친다.

나는 생각했다. 좋다. 마르틴은 자기 환상의 죄수라지만 나는? 그럼 나는? 무엇 때문에 나는 이 우스꽝스러운 게임에 참여하는 것인가? 이 모든 것이 다 환상이라는 것을 아는 내가? 나는 마르틴보다 더 우스꽝스럽지 않은가? 상관도 없는 모르는 두 여자와 기껏해야 한 시간, 애초부터 망친 그 한 시간을 날려 버리는 거나 기대할 수 있다는 것을 아주 잘 알면서 무엇 때문에 모험을 원하는 척한다는 말인가?

그 두 아가씨가 병원 철문을 넘어오는 것을 내가 백미러로 본 것은 바로 그때다. 그 거리에서도 얼굴의 화사한 분과 붉은 빛이 눈에 띄었고 요란하게 예쁜 옷차림이었는데, 늦게 나온 것이 분명히 그렇게 잘 꾸미고 차려입은 것과 관련 있었다. 그 녀들은 주위를 둘러보더니 우리 차를 향해 왔다.

"마르틴, 할 수 없다." 두 여자를 보지 못한 척하며 내가 말했다. "십오 분 지났어. 가자." 그리고 나는 액셀을 밟았다.

후회

우리는 B시를 떠나고, 맨 끝에 있는 집들을 지나고, 들판과 나무의 풍경 속으로 들어가려 했고, 태양은 나무 꼭대기로 내려오고 있었다.

우리는 아무 말도 하지 않았다.

나는 유다 이스가리옷을 생각했다. 한 종교 서적 필자가 말하길, 그가 예수를 배신한 것은 바로 예수를 한없이 믿었기 때문이다. 그에겐 기적을 기다릴 인내심, 기적을 통해 예수가 모든 유대인들에게 자신의 신적 능력을 드러내길 기다릴 인내심이 없었다. 그는 그러니까 결국 예수가 행동하지 않을 수 없게끔 하기 위해 그를 로마군에게 넘겼다. 그는 예수의 승리의 시간을 앞당기고 싶었기 때문에 그를 배신했던 것이다.

나는 생각했다. 아, 내가 마르틴을 배신했다면 그것은 반대로 내가 이제 그를 (그리고 여자들을 쫓아다니는 그의 신적인 능력에 대해서) 믿지 않기 때문이다. 나는 유다 이스가리옷과 의심 많은 이라 불리는 도마의 비열한 혼합이다. 내 죄의식이 마르틴에 대한 연민을 더 커지게 하는 것 같았고, 그의 영원한 여자 추적의 깃발(우리 머리 위에서 끊임없이 나부끼는 소리가 들리는 깃발)이 눈물이 솟을 만큼 내 마음을 울컥하게 했다. 나는 서두른 것을 자책하게 되었다.

과연 나 자신은 젊음이 의미하는 이 행동들을 언젠가 포기할 수 있을 것인가? 그리고 그것들을 모방하는 데 족하지 않는다면, 내 바른 생활 속에 이 비상식적인 행동을 위한 작은 영토 찾기를 시도하는 데 만족하지 않는다면 나는 다른 무엇을 할 수 있을까? 이 모든 것이 쓸데없는 게임이면 어떻단 말인가? 내가 다 알고 있으면 어떻단 말인가? 단지 아무 소용없다는 이유로 나는 이 게임을 포기할 것인가?

영원한 욕망의 황금 사과

마르틴은 옆 좌석에 앉아서 조금씩 화를 가라앉혔다.

"야, 네 의대생 말이야, 정말 그렇게 대단한 부류란 말이야?" 그가 내게 말했다.

"내가 말했잖아. 야르밀라 부류라니까."

마르틴은 다른 질문들을 했다. 다시 한 번 나는 그에게 의대생을 묘사해 줘야 했다.

그다음 그가 말했다. "너 나중에 나한테 넘길 수 있겠지?"

나는 진짜처럼 하고 싶었다. "힘들 것 같은데. 네가 내 친구라서 그 여자가 거북해할 거야. 그 여자에겐 원칙이 있어서……."

"원칙이 있어서……." 마르틴이 서글프게 따라 말하는데 몹시 아쉬워하는 것이 역력했다.

나는 그를 괴롭히고 싶지 않았다.

“내가 너를 아는 척하지만 않으면 되지, 뭐. 네가 다른 사람
노릇을 해도 될 거고.” 내가 말했다.

“그거 좋은 생각이다! 예를 들면 오늘처럼 포르만이라고 하
는 거야.”

“영화인들한테는 관심 없는데. 운동하는 사람 좋아해.”

“그러지 뭐. 뭐든 가능해.” 마르틴이 말했다. 그리고 우리는
다시 열띤 토론을 벌였다. 한순간 한순간 계획은 점점 더 분명
하게 윤곽이 잡혀 갔고, 저녁이 되어 가면서 그것은 찬란히 빛
나는, 잘 익은 아름다운 사과처럼 이제 곧 우리 눈앞에 살랑일
것이었다.

이 사과를, 좀 부풀려서, 영원한 욕망의 황금 사과라 부르게
허하여 주시기를.

히치하이킹 게임

1

연료 계기판 바늘이 갑자기 0을 향해 흔들리자, 이 컨버터블은 대체 기름을 얼마나 먹어 대는 건지 모르겠다고 운전하던 젊은이가 말했다. "지난번처럼 기름이 바닥나지만 않으면 좋겠네." (스물두 살쯤의) 아가씨가 이렇게 지적하고는 이런 일이 일어났던 여러 장소를 그에게 환기했다. 젊은이는 그녀와 같이 있을 때 일어나는 일들이 자기에게는 모두 모험처럼 매력적이기 때문에 걱정 안 한다고 답했다. 아가씨 의견은 그렇지 않았다. 허허벌판에서 기름이 떨어졌을 때 그것은 언제나, 그가 모험이라고 하니 그 표현을 따르면, 그녀를 위한 그리고 오로지 그녀만을 위한 모험이었으니, 왜냐하면 그는 숨어 있고 그녀가 여성적 매력을 이용하고 악용해야 했기 때문이다. 자동차를 불러 세우고, 제일 가까운 주유소까지 데려다 달라고 하고, 그다음 또 다른 자동차를 세우고, 석유통을 들고 돌아오는 것이었다. 그 일을 그렇게 고역이었다 말하는 걸 보니 그녀를 차에 태워 준 운전자들이 아주 싫었던 모양이라고 청년이 말했다. 아가씨는 (좀 서투른 애교를 섞어) 가끔 아주 괜찮은 사람도 있었지만 기름통을 떠맡고 있는 데다가 뭘 어떻게 해 볼 시간도 없이 차에서 내려야 하는 바람에 기회를 활용할 수가 없었다고 대답했다. "괴물." 그가 말했다. 그녀는 괴물은 바로 그라고 답했다. 그가 혼자 운전할 때 길에서 얼마나 많은 여자들이 그를 멈춰 세울지 누가 알겠는가! 그는 운전을 하면서 그녀의 어깨를 안고 이마에 입을 맞추었다. 그는 그녀가 자기를 사랑한다는 것을, 그리고 질투한다는 것을 알고 있었다. 질투를 잘한다는 것이 그리 좋은 성격은 아니지만 남용만 하지 않으면 (겸손을 동반하면) 모든 부정적인 측면에도 불구하고 어딘가 감동적인 데가 있다. 적어도 그는 그렇게 생각했다. 겨우 스물여덟 살밖에 되지 않았기 때문에 그는 자신이 나이 들었다고 생각했고 여자들에 대해 남자가 알 수 있는 모든 것을 안다고 믿었다. 옆에 있는 아가씨에게서 그가 높이 평가하는 것도 바로 이제껏 여자들에게서 찾아보기 힘들었던 것, 즉 순수함이었다.

바늘이 벌써 0에 가 있을 때 그가 길 오른편에서 500미터 앞에 주유소가 있음을 알리는 표지판을 발견했다. 그녀가 이제 안심이라고 말하기 무섭게 그는 왼쪽 깜빡이를 켜고 주유기가 있는 평지로 올라갔다. 하지만 거대한 유조차가 주유기 앞에 서서 굵은 호스로 주유기에 기름을 채워 넣고 있었다. "가는 날이 장날이네." 그가 이렇게 말하고는 차에서 내렸다.

“오래 걸려요?” 그가 주유원에게 소리쳤다. “일 분이면 됩니다.” “일 분이면 된다, 그게 뭔지 알지.” 그는 차 안에서 면도를 하려고 하다가 아가씨가 다른 쪽 문으로 내렸다는 것을 알았다. “잠깐만.” 그녀가 말했다. “어디 가?” 그녀를 당황하게 하려고 일부러 그가 이렇게 물었다. 안 지 일 년이나 되었는데 그녀는 아직도 그 앞에서 얼굴을 붉혔고 그는 그녀가 이렇게 부끄러움을 타는 순간들이 좋았다. 첫째로, 그녀보다 먼저 알았던 여자들과 그녀가 구별되었기 때문이고, 둘째로 모든 것이 덧없음을 알기에 여자 친구의 수줍음까지도 귀하게 여겨졌기 때문이다.

2

아가씨는 나무들이 모인 곳 앞에서 차를 좀 세워 달라고 (그는 종종 몇 시간씩 쉬지 않고 달리곤 했다.) 그에게 부탁하는 일이 몹시 싫었다. 그녀는 그가 깜짝 놀란 척하며 왜 그러느냐고 묻는 것에 언제나 화가 났다. 그렇게 부끄러움을 타는 것이 우스꽝스럽고 시대에 뒤떨어졌다는 것을 그녀도 알고 있었다. 직장에서 그녀는 그 사실을 여러 차례 확인했는데, 사람들이 그녀를 놀려 댔고, 그녀가 예를 차린다고 의도적으로 그녀를 자극했다. 그녀는 자기가 얼굴을 붉히리라는 생각에 언제나 미리 얼굴을 붉혔다. 그녀는 주변 다른 아가씨들처럼 근심도 걱정도 없이 자기 몸을 편안하게 느끼고 싶은 마음이 간절했다. 그녀는 자기만의 독창적인 자기 설득 방법까지 고안해 내서, 모든 인간은 태어나면서 수백만 기성품 몸 중에서 하나의 몸을 받는다, 마치 거대한 건물 속 수백만 집들 중에서 그녀에게 하나의 집이 배정되는 것처럼, 그러니까 몸은 우연적이고 비개인적인 것이다, 빌려 쓰는 기성품일 뿐이다라고 계속 속으로 되뇌었다. 이런 식으로 이렇게 저렇게 바꾸어 가며 온갖 방법으로 다 되뇌어 보아도 그녀는 그렇게 느끼는 것은 자신에게 가르치지 못했다. 영혼과 육체의 이원론은 그녀에게 낯설었다. 그녀는 자기 몸과 자기 자신을 너무 하나로 여겼기 때문에 불안감 없이 몸을 편히 느낄 수가 없었다.

청년 옆에서까지 그녀는 그 불안감을 느꼈다. 그를 안 지 일년 되었고 그녀는 행복했는데 아마도 그가 육체와 영혼을 결코 구분하지 않아서 그와 함께 있으면 몸과 마음을 다해 살 수 있기 때문이었을 것이다. 그런 이원론의 부재에서 행복이 왔지만 행복과 의심 사이는 멀지 않았고 그녀는 의심으로 가득 차 있었다. 예를 들어 그녀는 그에게 더 매혹적인 다른 여자들이 있다고 (그 여자들에겐 불안감 같은 것도 없고) 생각했고 또 그런 여자를 알고 그걸 감추지도 않는 자기 남자 친구가 언젠가 그 여자들 중 하나를 위해 자기를 떠날 것이라고 생각했다.(앞으로 남은 인생에 더 필요 없을 만큼 그런 여자들은 충분히 많이 만나 봤다고 청년이 말한 것은 사실이지만 그녀는 그 자신이 생각하는 것보다 그가 더 젊다는 것을 알고 있었다.) 그녀는 그가 온전히 자기 것이길 원했고 자신이 온전히 그의 것이길 원했으나, 그에게 모든 것을 주려고 노력할수록 자신이 그에게 깊이 없는 표면적인 사랑이 줄 수 있는 것, 가벼운 연애가 줄 수 있는 것을 거부한다는 느낌이 더 들었다. 그녀는 왜 진지함과 가벼움을 함께 가지지 못하는지 자신을 탓했다.

그러나 그날 그녀는 자신을 괴롭히지도 않았고 그런 생각을 하지도 않았다. 그녀는 기분이 좋았다. 휴가 첫날이었고 (한 해 내내 오매불망 기다린 이 주가의 휴가) 하늘은 파랬으며 (한 해 내내 그녀는 하늘이 정말 파랄지 걱정하곤 했다.) 그가 그녀와 함께 있었다. 그가 "어디 가?"라고 한 뒤 그녀는 얼굴을 붉히고 아무 말 없이 뛰어갔다. 그녀는 허허벌판의 길가에 있는 주유소를 빙 돌아갔다. 100미터쯤에서 (그들이 이제 가야 할 방향으로) 숲이 시작되었다. 그녀는 그쪽으로 달려가 행복감에 빠지며 덤불 뒤쪽으로 사라졌다.(사랑하는 이의 존재가 주는 기쁨도, 그것을 온전히 느끼기 위해서는 혼자가 되어야 한다.)

그다음 그녀는 숲에서 나와 다시 길로 나섰다. 그녀가 있는 곳에서 주유소가 보였다. 커다란 유조차는 벌써 가고 없었다. 컨버터블이 주유기의 빨간색 기둥으로 다가갔다. 그녀는 길을 따라 걸었다. 차가 오지 않나 보려고 그저 가끔 돌아보기만 했다. 마침내 차가 보였다. 그녀는 멈추어 서서 히치하이킹하는 여자가 모르는 차에 신호를 보내는 것처럼 그렇게 신호를 보냈다. 컨버터블이 브레이크를 밟고 바로 그녀 앞에 멈추어 섰다. 청년은 몸을 기울여 창문을 내리고 미소 지으며 물었다. "어디로 가세요, 아가씨?" 이번에는 그녀가 애교스러운 미소를 지으며 물었다. "비스트리카로 가시나요?" "자, 타세요." 차 문을 열며 그가 말했다. 그녀는 차에 탔고 자동차는 달리기 시작했다.

3

청년은 여자 친구의 기분 좋은 모습을 보는 것이 언제나 좋았다. 그리 자주 있는 일은 아니었다. 그녀의 일은 상당히 힘들었고 (불쾌감을 주는 환경, 나중에 빼 주지도 않는 많은 초과 근무) 게다가 집에는 병든 어머니가 있었다. 그녀는 자주 피곤에 지쳐 감정을 잘 통제하지 못했고 자신감도 없었으며 두려움과 불안에 쉽게 빠졌다. 그래서 그는 그녀가 기분이 좋아 보이면 언제든 오빠처럼 다정한 마음으로 기분 좋게 대해 주곤 했다. 그는 그녀에게 미소를 지으며 말했다. "제가 오늘 운이 좋은데요. 운전한 지 오 년 동안 이렇게 예쁜 아가씨가 히치하이킹해서 제 차에 탄 적이 없었거든요."

아가씨는 남자 친구의 찬사마다 모두 감사하다는 말로 인사했다. 그 열기를 좀 더 붙들어 두기 위해 그녀는 말했다.

"거짓말 참 잘하시네요."

“제가 거짓말쟁이같아 보이나요?”

“여자들한테 거짓말하는 걸 아주 좋아하는 것같이 보여요.”
이 말 속에는 그녀도 모르게 오랜 불안이 약간 스며들어 있었
는데, 왜냐하면 그녀는 정말로 남자 친구가 여자들한테 거짓
말하기를 좋아한다고 믿었기 때문이다.

평소에 그는 여자 친구가 질투를 하기 시작하면 바로 화를
내곤 했는데 그날은 자기가 아니라 모르는 운전자에게 그 말
을 하는 것이기 때문에 가뿐하게 신경 쓰지 않을 수 있었다.
그는 그저 평범한 질문 하나만을 했다. “그게 거북하신가요?”

“제가 당신 애인이라면 거북할 것 같은데요.” 이 말은 청년
을 향한 교묘한 권고였다. 하지만 나중에 한 말은 낯선 운전자
만을 향한 것이었다. “저는 당신을 모르니까 거북하지 않아요.”

“여자들은 늘 남자 친구보다 낯선 남자를 더 잘 용서해 주
지요.”(이번에는 그가 아가씨에게 하는 교묘한 권고였다.) “그러니까
우리는 서로 모르는 사이니 잘 통할 겁니다.”

그녀는 이 말 속에 함축된 교육적 뉘앙스를 알아차리지 못
한 척했고 이제는 모르는 운전자에게만 말을 하기로 작정했
다. “몇 분 후면 헤어질 텐데 그게 우리한테 무슨 도움이 되는
데요?”

“왜요?” 그가 물었다.

“제가 비스트리카에서 내릴 거라는 거 아시잖아요.”

“제가 당신하고 같이 내리면요?”

이 말에 그녀는 눈을 들어 청년을 보았고, 질투에 가슴이 찢
어질 때 자기가 상상했던 그대로임을 확인했다. 그녀는 그가

자신에게 (히치하이킹하는 모르는 여자에게) 그렇게 추파를 던지고 그것이 그를 몹시 매혹적으로 만든다는 것에 온몸이 오싹해졌다. 그녀는 그래서 도발적으로 무례하게 받아쳤다.

"당신이 나를 어떻게 할 건지 궁금한데요?"

"이렇게 예쁜 아가씨를 어떻게 할 건지 많이 생각할 필요는 없을 것 같습니다." 그가 정중하게 말했는데, 이번에도 역시 그의 말은 히치하이킹하는 인물보다는 아가씨에게 훨씬 많이 향해 있었다.

이렇게 여자에게 살랑거리는 말을 들으니 그녀는 현행범으로 그를 잡은 것 같았고 교묘한 책략으로 고백을 이끌어 낸 것 같았다. 그녀는 순간 갑작스러운 분노가 온몸을 휘감는 것을 느끼며 말했다. "본인이 바라는 게 현실인 줄 아시나 봐요!"

그는 그녀를 살펴보았다. 아가씨의 고집스러운 얼굴에 경련이 일었다. 그는 그녀에게 묘한 연민을 느꼈고, 평소 그녀의 익숙한 (그가 단순하고 어린아이 같다 말하는) 눈길을 되찾고 싶었다. 그는 그녀에게 몸을 기울여 어깨를 감싸 안고서 이 게임을 그만하려고 부드럽게 그녀 이름을 불렀다.

하지만 그녀는 몸을 빼내며 말했다. "좀 빠르시네요!"

"죄송합니다, 아가씨." 거절을 당한 그가 말했다. 그다음 그는 아무 말 없이 앞의 도로만 바라보았다.

4

아가씨는 질투심에 그렇게 빨리 무너졌다가 또 그만큼 빨리 그 감정을 내려놓았다. 그녀는 이 모든 것이 게임에 지나지 않는다는 것을 알 만큼 충분히 양식이 있었다. 한순간 질투심에 남자 친구를 밀쳐 낸 것이 좀 우습게 여겨지기까지 했다. 그녀는 그가 그것을 알아차리기를 바라지 않았다. 다행히 그녀에겐 자기 행동의 의미를 나중에 수정하는 놀라운 능력이 있어서, 아까는 화가 나서 그렇게 한 것이 아니라 단지 게임을 계속하기 위해, 가볍게 즐길 수 있으니 휴가 첫날에 아주 잘 맞는 그 게임을 계속하기 위해 그런 것으로 하자고 마음먹었다.

그러니까 그녀는 다시 히치하이킹한 여자가 되어, 너무 들이대는 운전자를 밀쳐 내긴 했지만 단지 정복의 순간을 늦추고 양념을 좀 치려고 그런 것으로 했다. 그녀는 그를 살짝 돌아보며 애교스러운 목소리로 말했다. "마음 상하게 하고 싶진 않았어요."

"죄송합니다. 이제 손대지 않을게요." 그가 말했다.

그는 그녀가 자기 마음을 몰라줘서, 몹시 원하는 순간에 그녀 자신으로 돌아와 주길 거부해서 그녀에게 화가 났다. 그리고 그녀가 계속 가면을 쓰고 있으려고 하니까 그녀가 연기하는 낯선 여자에게 그 화를 퍼부었다. 그때 그는 문득 자기 역할의 성격을 찾아냈다. 지금까지 우회적으로 여자 친구를 기쁘게 해 주는 방법이었던 친절과 찬사를 그만두고, 여자들과의 관계에서 남성성의 난폭한 측면들, 즉 강한 의지, 냉소, 자신감을 중시하는 거친 남자를 연기하기 시작했다.

그 역할은 그가 아가씨에게 느끼는 다정한 배려의 마음과 정반대였다. 그녀를 알기 전에 그가 다른 여자들에게는 덜 섬세한 모습을 보였던 것이 사실이긴 하지만 그때에도 그는 의지가 강하거나 저돌적인 면이 두드러지는 사람이 아니었으므로 전혀 거칠고 악마적인 남자는 아니었다. 그러나 그런 남자 같지는 않았다 해도 그래서 더욱 그렇게 하고 싶은 욕망이 있었다. 분명 상당히 순진한 욕망이었지만 어찌하겠는가. 어린아이 같은 욕망들은 어른의 정신의 모든 함정들을 다 벗어나 때로 저 머나먼 노년에 이르기까지 살아남는다. 그리고 이 어린아이 같은 욕망은 어떤 역할이 주어지면 그 속에서 구체화될 기회를 잡는다.

청년이 냉소적으로 거리를 두는 것이 아가씨에게는 마침 잘된 일이었다. 그녀 자신에게서 이 아가씨를 풀어놓아 주었던 것이다. 왜냐하면 그녀 자신이란 바로 질투였기 때문이다.

남자 친구가 여자들을 유혹하는 재주를 과시하기를 그만두고 굳은 얼굴만을 보이자 그녀의 질투는 바로 가라앉았다. 그녀는 자신을 잊고 자기 역할에 빠져들 수 있었다.

그녀의 역할? 어떤 역할인가? 삼류 소설에서 가져온 역할이었다. 그녀가 차를 세운 것은 어디를 가기 위해서가 아니라 운전대에 앉은 남자를 유혹하기 위해서였다. 히치하이킹하는 여자는 오로지 자기 매력을 기막히게 활용할 줄 아는 사악한 요부였다. 아가씨는 자기 자신도 놀라고 신기할 만큼 쉽게 이런 우스꽝스러운 소설 속 인물 속으로 빠져 들어갔다.

바로 그렇게 그들은 나란히 앉아 있었다. 운전자와 히치하이킹한 여자. 모르는 두 사람.

5

청년이 자기 삶에서 가지지 못해 가장 아쉬워한 것은 바로 근심 걱정 없는 태평함이었다. 그의 인생 길에는 빈틈없이 엄격하게 선이 그어져 있었다. 일은 하루 여덟 시간을 더 잡아먹었다. 하루의 나머지 시간은 꼭 참석해야 하는 골치 아픈 회합들과 집에서 하는 학업으로 채워졌다. 그리고 수많은 동료들의 시선 때문에 아주 조금 남은 사적인 시간까지 일이 스며들어 그의 사생활은 결코 감추어지지 못했고 수차례 험담과 공개 토론의 대상이 되었다. 심지어 이 주간의 이 휴가조차 그 어떤 해방감이나 신나는 모험 같은 느낌도 주지 않았다. 여기에도 엄격한 계획의 잿빛 그림자가 드리워 있었다. 휴가지 숙박 시설이 부족해서 그는 여섯 달 전에 미리 타트라에 방을 잡아 두어야 했고, 그러기 위해 그의 직장 노동조합 위원회의 추천이 필요했는데, 그 위원회의 영혼은 어느 곳에서든 단 한순간도 멈추지 않고 그의 행적과 하는 일을 낱낱이 추적했다.

그는 결국 이 모든 것을 다 받아들였지만, 때로 자신이 어떤 길에서 모든 이들이 지켜보는 가운데 절대 벗어날 수 없게 추적당하고 있는 끔찍한 모습을 떠올리곤 했다. 바로 그때 그 모습이 불쑥 떠올랐고, 어떤 기묘한 합선이 일어나 상상 속 길과 지금 달리고 있는 실제 길이 한데 섞이고 말았다. 이 기이하고도 순간적인 연상이 갑자기 그로 하여금 터무니없는 행동을 하게 만들었다.

"어디로 가신다고 했지요?"

"비스트리카요."

"거긴 뭐하러 가세요?"

"약속이 있어요."

"누구하고요?"

"어떤 남자분하고요."

바로 그때 컨버터블은 큰 사거리에 접어들고 있었다. 청년은 이정표를 읽기 위해 속도를 멈추었다. 그런 다음 우회전을 했다.

"약속 장소에 안 가면 어떻게 되는데요?"

"당신 잘못일 테니 저를 책임지셔야죠."

"방금 노베잠키로 들어선 거 못 보셨어요?"

"정말요? 돌았군요!"

"걱정 마세요! 내가 당신을 책임질 테니까."

게임은 단번에 새로운 성격을 띠게 되었다. 자동차는 상상 속 목적지 — 비스트리카 — 에서 멀어졌을 뿐만 아니라 실제

목적지, 그녀가 바로 그날 아침 목표로 삼고 출발했던 목적지, 타트라와 예약된 방으로부터도 멀어져 갔다. 연기한 삶이 실제 삶을 잠식해 들어가고 있었다. 청년은 자기 자신으로부터 멀어져 갔고 동시에 이제껏 한 번도 벗어난 적 없었던 엄격하게 규정된 길에서도 멀어져 갔다.

"하지만 타트라에 가신다고 했잖아요." 그녀가 놀라며 말했다.

"나는 내가 가고 싶은 곳으로 가요, 아가씨. 나는 자유로운 사람이고, 내가 원하는 것, 내 마음에 드는 것을 한다고요."

6

어둠이 내리기 시작할 때 그들은 노베잠키에 도착했다.

청년은 그곳에 한 번도 발을 디딘 적이 없어서 방향을 잡는데 한참이 걸렸다. 그는 길 가는 사람들에게 호텔이 어디 있는지 물어보기 위해 몇 번이나 차를 세웠다. 길들이 파여 있어서 그들은 (그가 길을 물어봤던 사람들 말에 따르면) 아주 가까운 곳에 있는 호텔을 이리저리 우회해서 십오 분 가까이나 걸려서야 겨우 도착했다. 호텔은 하나도 마음에 드는 데가 없었지만 그 도시에서 유일한 호텔이었고 청년은 운전하는 데 지쳐 있었다. "여기서 기다려요."라고 말하고 그는 차에서 나갔다.

밖으로 나서자 그는 다시 그 자신이 되었다. 갑자기 그는 전혀 예상치 못한 장소에 와 있게 된 것이 언짢았다. 아무도 그렇게 하라고 강요하지 않았고 또 실은 자기 자신도 원하지 않았던 만큼 더 그랬다. 그는 자신의 미친 짓을 자책하다가 나중에는 더 이상 걱정하지 않기로 했다. 타트라에 있는 방은 다음 날까지 그대로 있을 테고, 이 휴가 첫날을 좀 예정에 없던 일로 기념한다고 나쁠 것이 뭐 있겠는가?

그는 연기가 자욱하고 사람들로 미어터지는 시끄러운 식당을 가로질러 가서 접수 데스크가 어디 있는지 물었다. 홀 맨 안쪽, 계단 옆에, 열쇠가 가득 걸린 판 아래 한물간 금발 여자가 턱하니 앉아 있는 곳을 누가 가리켰다. 그는 마지막 남아 있던 방의 열쇠를 가까스로 겨우 얻었다.

혼자가 되자 아가씨 또한 자기 역할에서 나왔다. 하지만 그녀는 여정의 변화에 화가 나지 않았다. 그녀는 남자 친구에게 너무도 전적으로 의지해서 그가 하는 그 어떤 일도 미심쩍어하지 않았고 자기 삶의 시간들을 그에게 완전히 믿고 내맡겼다. 그러고서 그녀는 그가 여행 중 만났던 다른 여자들이 지금 자기가 그를 기다리고 있는 것처럼 이 차 안에서 그를 기다렸겠구나 하고 상상했다. 이상하게도 그런 생각이 괴롭지가 않았다. 그녀는 미소 지었다. 이번에는 그 낯선 여자가 자기라는 것이 멋진 일 같았다. 무분별하고 정숙하지 못한 그 낯선 여자, 그녀가 그렇게도 질투했던 여자들 중 하나. 그녀는 그렇게 해서 그 여자들을 다 몰아내 버렸다고, 그들의 무기를 낚아챌 방법을 찾았다고, 남자 친구에게 아직 주지 못했던 것을 드디어 주게 되었다고 생각했다. 가벼움, 걱정 없는 태평함, 부끄러움 타지 않는 당돌함을 말이다. 그녀는 자신이 혼자서 이 모든 여자들이 될 수 있으며 그렇게 해서 사랑하는 이의 마음을 (그녀 혼자) 전부 빼앗아 완전히 자신에게만 집중하게 할 수 있다는 생각에 아주 각별한 만족감을 느꼈다.

　청년이 차 문을 열고 아가씨를 식당으로 데려갔다. 왁자지껄 시끄럽고 지저분하고 연기가 사욱한 가운데 그는 한쪽 구석에 딱 하나 남은 빈 테이블을 발견했다.

7

“이제 당신이 나를 어떻게 책임져 줄 건지 봐야겠네요.” 아가씨가 도발적으로 말했다.

“식전 술 하겠어요?”

그녀는 술을 별로 즐기지 않았다. 포도주나 조금 마시는 정도로, 포르투갈 포도주를 좋아했다. 하지만 이번에는 일부러 “보드카요.”라고 답했다.

“좋아요.” 그가 말했다. “취하지 않으시길 바랍니다.”

“그다음에는요?” 그녀가 말했다.

그는 대답하지 않고 종업원을 불러 보드카 두 잔과 스테이크 둘을 시켰다. 잠시 후 종업원이 잔 두 개를 가져와 그들 앞에 놓았다.

그는 잔을 들고 말했다. “당신을 위하여!”

“좀 더 창의적인 말은 못 찾아내세요?”

아가씨가 하는 게임에는 무언가 그의 신경을 거스르기 시작하는 것이 있었다. 지금 그녀와 마주 앉아서 그는, 그녀가 다른 사람 같은 것이 단지 그녀 말 때문만이 아니라 완전히 전부, 손짓도 몸짓도 다 바뀌어 버렸기 때문이며, 그가 너무나 잘 아는, 좀 혐오감을 느끼는 그런 여자들과 유감스럽게도 똑같이 닮았기 때문이라는 것을 깨달았다.

그래서 그는 (여전히 술잔을 앞으로 내밀고) 건배사를 바꿨다. "좋아요, 당신을 위해서가 아니라, 동물의 좋은 특성들과 인간의 결함들을 겸비한 당신네 종을 위해 마시지요."

"저희 종이라 하시면 모든 여자들 말인가요?"

"아뇨, 당신하고 비슷한 여자들만요."

"어쨌든 여자를 동물에 비유하는 건 썩 재치 있어 보이지는 않네요."

"좋아요." 여전히 잔을 쳐들고 그가 맞받았다. "그럼 당신네 부류가 아니라 당신 영혼을 위해 마시지요. 됐어요? 머리에서 배로 내려갈 때 불이 켜지고 배에서 머리로 올라갈 때 불이 꺼지는 당신 영혼을 위하여."

그녀가 자기 잔을 들어올렸다. "그러죠, 배로 내려가는 내 영혼을 위하여."

"다시 하나만 살짝 고치죠." 그가 말했다. "차라리 당신 영혼이 내려가는 배를 위해 마십시다."

"내 배를 위하여." 이렇게 말하자 그녀의 배는 (그들이 이름으로 그것을 지칭했을 때) 호명에 답하는 것 같았다. 그녀는 자기 살갗의 모든 밀리미터까지 다 느껴졌다.

그다음 종업원이 스테이크를 가져왔다. 그들은 두 번째 보드카와 탄산수를 주문했고 (이번에는 아가씨의 가슴을 위해 마셨다.) 이상하게 경박한 어조로 대화가 이어졌다. 그는 여자 친구가 어느 정도까지 쉬운 여자로 행동할 줄 아는지 보면서 점점 더 짜증이 일었다. 그렇게 쉽게 그런 인물이 될 수 있다면 그녀가 정말로 그런 사람이기 때문이다, 그는 속으로 이렇게 말했다. 사실 그것은 어딘가에서 솟아나 그녀 살갗 아래 스며들어 간 다른 여자의 영혼이 아니었다. 그녀가 그렇게 연기하는 여자는 그녀 자신이었다. 아니면 적어도 그녀라는 존재의 한 부분으로, 평소에는 그녀가 빗장을 질러 가두어 두지만 게임이라는 핑계가 우리에서 튀어나오게 만든 것이었다. 그녀는 아마 이 게임을 하면서 자신을 부정한다고 믿었던 모양이다. 그러나 정확히 반대가 아니었을까? 그녀를 자기 자신으로 만들어 준 것이 이 게임 아니었을까? 그리고 그녀를 풀어 준 것이? 그렇다, 그의 앞에 있는 여자는 여자 친구 몸 안에 들어간 다른 여자가 아니었다. 그것은 바로 그의 여자 친구, 그녀 자신이고 다른 누구도 아니었다. 그는 점점 더 거부감을 느끼며 그녀를 바라보았다.

하지만 그것은 거부감만이 아니었다. 그녀가 정신적으로 그에게 낯설수록 그는 육체적으로 더 그녀를 욕망했다. 영혼이 낯설다는 사실이 그녀 육체를 더 눈에 띄게 했다. 그에 더해 이 낯섦은, 마치 그때까지는 그 육체가 그에게 단지 연민과 애정, 배려, 사랑, 감정의 안개 속에서만 존재했던 것처럼 이제 비로소 그 육체를 하나의 육체로 만들어 주었다. 마치 그녀의 육체가 그 안개 속에 파묻혀 보이지 않았던 것처럼 (그렇다, 마치 그 육체가 사라져 보이지 않았던 것처럼!) 처음으로 청년은 여자 친구의 육체를 본다고 생각했다.

탄산수를 섞은 세 번째 보드카를 마신 뒤 그녀는 자리에서 일어나 "잠깐만요."라고 말하며 요염한 미소를 지었다.

"어디 가시는지 물어도 될까요, 아가씨?"

"오줌 누러 가요, 허락해 주신다면." 그러고는 그녀는 테이블들 사이를 가로질러 식당 맨 안쪽 벨벳 커튼 쪽으로 갔다.

8

아가씨는 자기 입에서 그가 한 번도 들어 본 적 없는 이런 말로 — 사실 별 대수롭지 않은 말이지만 — 그를 경악하게 만든 것이 아주 만족스러웠다. 그 단어를 요염하게 강조해서 말한 것보다 자신이 연기하는 인물을 더 잘 표현해 주는 것은 없는 것 같았다. 그렇다, 그녀는 만족스러웠고, 최고의 기분이었다. 그녀는 이 게임에 매료되었다. 이 게임은 그녀에게 완전히 새로운 감각들을 가져다주었다. 예를 들어, 책임질 필요도 없고 근심 걱정 없는 무사태평한 느낌 같은 것.

늘 다가올 다음 순간이 두려워 떨던 그녀가 갑자기 전혀 긴장 없이 편안한 느낌이 되었다. 그녀가 갑자기 풍덩 빠져든 다른 여자의 삶은 부끄러움을 모르는 삶, 개인을 규정하는 아무것도 없는 삶, 과거도 미래도 없는 삶, 아무 약속도 지킬 필요 없는 삶이었다. 히치하이킹하는 여자가 되어 그녀는 모든 것을 다 할 수 있었다. 모든 것이 그녀에게 허락되었다. 무슨 말이나 다 하고, 무엇이든 다 하고, 무엇이든 다 느낄 수 있었다.

홀을 가로질러 가면서 그녀는 모든 테이블에서 다 그녀를 지켜보고 있다는 것을 알아차렸다. 그것 역시 그녀가 알지 못했던 새로운 느낌이었다. 자신의 몸이 부여하는, 정숙함을 벗어던진 쾌감. 지금까지 그녀는 젖가슴을 부끄러워하는 열네 살 사춘기 소녀, 자기 몸에 그것이 솟아오르고 다 드러나 보일 거라는 생각에 음란해서 싫다고 느꼈던 소녀에서 결코 완전히 벗어나지 못했다. 그녀는 예쁘게 생기고 몸매가 아름답다는 데 자긍심이 있기는 했지만 이 자긍심은 곧 부끄러움으로 수정되곤 했다. 그녀는 분명 여자의 아름다움은 무엇보다 성적 욕망을 불러일으키는 능력에서 발휘된다고 느꼈지만 그녀에게는 바로 거기에 무언가 불쾌한 것이 있었다. 그녀는 자신의 몸이 자기가 사랑하는 남자에게만 향하기를 바랐다. 남자들이 거리에서 그녀의 가슴을 쳐다볼 때면 이 시선들이 그녀와 그녀의 연인에게만 속하는 가장 은밀한 그녀의 내면을 더럽히는 것 같았다. 하지만 지금 그녀는 히치하이킹하는 여자, 장래 같은 건 없는 여자였다. 그녀는 사랑의 부드러운 사슬에서 해방되어 자기 몸을 강렬하게 의식하기 시작했다. 그리고 그 몸을 살펴보는 시선들이 낯설수록 더욱더 그 몸이 그녀를 흥분시켰다.

그녀가 마지막 테이블 곁을 지나치고 있는데 얼근히 취한 한 남자가, 아마 사교계를 아는 특별한 사람으로 보이고 싶은지 프랑스어로 그녀에게 말을 걸었다. "아가씨, 얼마야?"

아가씨는 그 말을 알아들었다. 그녀는 상체를 앞으로 내밀
고 자기 엉덩이의 움직임 하나하나를 강렬하게 느끼며 걸었
다. 그리고 커튼 뒤로 사라졌다.

9

우스운 게임이었다. 예를 들어, 이상한 점은, 청년이 자신은 완벽하게 모르는 운전자 노릇을 하면서도 히치하이킹하는 여자에게서는 단 한순간도 멈추지 않고 자기 여자 친구의 모습을 보았다는 것이다. 그런데 바로 그것이 괴로운 일이었다. 그는 자기 여자 친구가 모르는 남자를 유혹하는 데 열중한 것을 보고 있었고 그 장면을 함께하는 서글픈 특권을 누리고 있었다. 그녀가 그를 속일 때 (앞으로 속이게 될 때) 어떤 모습이고 무슨 말을 할지 가까이에서 보는 특권을. 그는 그녀가 저지르는 부정에 자기 자신이 미끼로 쓰이는 역설적인 영광을 누리고 있었다.

제일 나쁜 것은, 그가 그녀를 사랑하기보다는 몹시 어여삐 하는 마음이 훨씬 더 컸다는 것이다. 그는 언제나 배신 없는 사랑과 순수성의 울타리 안에서만 그녀에게 실재성이 있다고, 그리고 그 울타리 너머에서는 그녀는 그냥 존재하지를 않는다고 생각했었다. 그 울타리를 넘으면, 마치 물이 비등점 너머에서는 물이기를 그치는 것처럼 그녀는 그녀이기를 그친다고. 그녀가 너무도 아무렇지 않게 사뿐히 그 가공할 경계를 넘어서는 것을 보면서 그는 분노가 솟아오르는 것을 느꼈다.

그녀가 화장실에서 돌아와 투덜댔다. "어떤 놈이 나한테, 아가씨 얼마야? 그러데요."

"놀랄 것 없어요. 창녀처럼 보이는데 뭘."

"아시는지 모르겠는데, 전 그런 거 상관없어요."

"그 남자분하고 같이 있어야 할 걸 그랬네요!"

"당신이랑 있잖아요."

"나중에 그 사람한테 가면 되죠 뭐. 그 사람하고 이야기만 잘되면 돼요."

"마음에 안 들어요."

"하지만 하룻밤에 여러 남자랑 같이 지내는 건 하나도 거북하지 않죠?"

"그럼요. 잘만 생겼으면."

"한 사람 한 사람 순서대로 하는 게 좋아요 아니면 한꺼번에 같이 하는 게 더 좋아요?"

"둘 다 좋아요."

대화는 점점 더 외설적이 되어 갔다. 그녀는 약간 타격을 받았지만 항의할 수는 없었다. 게임 속에서 우리는 자유롭지 못하며, 게임을 하는 자에게 게임은 함정이다. 이것이 게임이 아니고 둘이 서로 모르는 사이였다면 히치하이킹한 여자는 한

참 전에 벌써 기분이 상해서 자리를 떴을 것이다. 하지만 게임
에서는 벗어날 방도가 없었다. 팀은 경기 종료 전까지는 경기
장을 떠날 수 없으며, 체스 말들은 체스 판의 네모 칸에서 나
갈 수 없고, 경기장의 경계선은 넘어설 수 없는 것이다. 아가
씨는 바로 그것이 게임이기 때문에 자신이 무엇이든 다 받아
들여야만 한다는 것을 알고 있었다. 게임이 더 멀리 나갈수록
더 게임이 될 것이며, 자신은 더 고분고분 그 게임을 해야 하
리라는 것도 그녀는 알고 있었다. 그리고 이성에 도움을 청하
는 것도, 멍해진 영혼에다 대고 거리를 둬야 한다고, 게임을
너무 진지하게 여기지 말라고 경고하는 것도 아무 소용없었
다. 바로 그것이 게임이기 때문에 영혼은 두려워하지 않았고,
자신을 방어하지 않았고, 마약에 빠지듯 게임에 빠져 버렸다.
　청년은 종업원을 불러 계산을 했다. 그러고 나서 자리에서
일어나 말했다. "갈까요?"
　"어디를요?" 무슨 소리인지 모르는 척하며 그녀가 물었다.
　"질문하지 말고 따라와!"
　"무슨 말투가 그래요?"
　"창녀한테 하는 말투."

10

그들은 조명이 제대로 안 된 계단을 올라갔다. 층계참 화장실 앞에 약간 취한 남자들 한 무리가 기다리고 서 있었다. 그는 뒤에서 그녀를 끌어안아 그녀의 한쪽 가슴을 손으로 꽉 잡고 있었다. 화장실 근처의 남자들이 그 모습을 보고는 상스러운 농담들을 던지기 시작했다. 그녀는 몸을 빼내고 싶었지만 그가 조용히 하라고 했다. "가만히 있어!"라고 그가 말하자 남자들이 갑자기 같은 편이 되어, 아가씨에게 음란한 말들을 건네면서 인사를 해 댔다. 그들은 2층에 다다랐다. 그는 방문을 열고 스위치를 켰다.

탁자 하나, 의자 하나, 세면대 하나가 있고 작은 침대 두 개가 놓인 방이었다. 청년은 문을 잠그고 아가씨에게 돌아섰다. 그녀는 그의 앞에 도전적인 태도로, 당돌하게 관능적인 눈빛을 빛내며 서 있었다. 그는 그녀를 쳐다보며 이런 선정적인 표정 뒤에서 자신이 다정하게 사랑하는 친근한 모습을 찾아보려 애썼다. 마치 하나의 대상에서 두 이미지를, 투명하게 서로 비치며 나타나는 중첩된 두 이미지를 바라보는 것 같았다. 중첩된 그 두 이미지는 그의 여자 친구가 모든 것을 담을 수 있고, 그녀의 영혼에 끔찍할 만큼 한계가 없으며, 그 영혼에는 충실함과 부정이, 배신과 결백이, 요염한 애교와 수줍은 부끄러움이 같이 자리 잡을 수 있다고 그에게 말해 주고 있었다. 이런 야만스러운 뒤섞임은 그에게 뒤죽박죽 쓰레기 더미만큼 역겨웠다. 중첩된 두 이미지는 여전히 서로 투명하게 비치며 나타나고 있었고, 청년은 자기 여자 친구와 다른 여자들 간의 차이가 종이 한 장 차이라는 것, 그녀의 존재 저 깊은 내면에서는 다른 여자들하고 똑같고, 온갖 생각, 온갖 감정, 가능한 온갖 악덕이 다 있어서, 그것이 그의 은밀한 질투와 의심을 정당화해 준다는 것을 깨달았다. 그리고 그녀라는 사람을 한정 짓는 윤곽에 대한 인상이 단지 상대가, 바라보는 사람이, 그러니까 자기가 빠져 버린 환상에 지나지 않음을 깨달았다. 그가 사랑했던 그녀는 단지 그의 욕망이, 그의 추상적인 생각이, 그의 믿음이 만들어 낸 것일 뿐, 실제의 그녀는 절망적으로 다른 사람으로, 절망적으로 낯설게, 절망적으로 여러 모습으로, 그의 앞에, 거기 있는 것 같았다. 그는 그녀를 혐오했다.

"뭘 기다려? 벗어!"

그녀는 머리를 요염하게 기울이며 말했다. "꼭 그래야 해요?"

이 어조는 마치 오래전 다른 여자가 그 말을 한 적이 있는 것처럼 그에게 희미한 기억을 불러일으켰는데 누군지는 생각나지 않았다. 그는 그녀에게 모욕을 주고 싶었다. 히치하이킹 한 여자가 아니라 그녀, 자신의 여자 친구에게. 게임은 결국 삶과 섞이고 말았다. 히치하이킹한 여자에게 모욕을 주는 연기는 이제 여자 친구에게 모욕을 주기 위한 핑계일 뿐이었다. 그는 그것이 게임이라는 것을 잊었다. 그는 자기 앞에 있는 여자를 혐오했다. 그는 그녀를 뜯어보았다. 그러고 나서 지갑에서 50코루나짜리 지폐를 꺼내 그녀에게 내밀었다. "이거면 돼?"

그녀는 그 50코루나를 받아 들고 말했다. "그리 후하진 않으시네요."

"네가 더 값이 나가진 않아."

그녀는 그에게 바짝 몸을 붙였다. "나한테 못되게 구네. 더 잘해 줘야지. 그러려고 좀 해 봐!"

그녀는 그를 끌어안고 그의 입술을 향해 자기 입술을 내밀었다. 하지만 그는 그녀 입에 손가락을 대고 그녀를 가만히 밀어냈다. "나는 내가 사랑하는 여자하고만 키스해."

"그럼 나는, 나는 사랑하지 않아?"

"그래."

"누구를 사랑하는데?"

"그게 너하고 상관있어? 옷 벗어!"

<h1 style="text-align:center">11</h1>

한 번도 그녀는 그런 식으로 옷을 벗어 본 적이 없었다. 수줍음, 공포감, 현기증, 그녀가 청년 앞에서 옷을 벗을 때 (그리고 어둠 속에 숨을 수 없을 때) 느꼈던 그 모든 것이 다 사라지고 없었다. 그녀는 자신만만하게, 당돌하게, 환한 빛 속에서, 그리고 그때까지 몰랐던 천천히 옷을 벗는 황홀한 몸짓을 갑자기 알아내게 된 것에 놀라워하며 그의 앞에 서 있었다. 그의 시선을 주시하며 그녀는 정성을 다해 옷을 하나씩 벗어 나갔고 단계 하나하나를 감미롭게 음미했다.

그러나 그다음 그녀가 한순간 완전히 벌거벗고 그의 앞에 섰을 때 그녀는 게임이 이제는 더 멀리 나갈 수 없다고 생각했다. 옷을 벗으면서 가면도 벗어던졌다고, 벌거벗었다는 것은 이제 오직 그녀 자신일 뿐임을 의미한다고, 청년이 이제 그녀에게 한 걸음 다가와 어떤 손짓, 모든 것을 다 지워 버릴 몸짓

을 할 것이고, 그러면 이제 그들의 가장 내밀한 애무만이 남게
되리라고 생각했다. 그러니까 그녀는 그의 앞에 벌거벗고 서
있었고 이제 게임은 그만둔 것이었다. 그녀는 당혹스러웠고
진짜 그녀에게 속하는 미소, 수줍고 어찌할 바를 모르는 미소
가 얼굴에 나타났다.

그러나 청년은 꼼짝도 하지 않았고 게임을 지워 버리는 그
어떤 몸짓도 하지 않았다. 그는 그렇게 익숙한 그녀의 미소를
보지 못했다. 그는 오로지 혐오하는 여자 친구의 아름다운 낯
선 몸만을 눈앞에 보고 있을 뿐이었다. 증오가 그의 관능성에
서 감정이라는 표면 광택을 다 씻어 내 버렸다. 그녀는 그에게
다가가려 했지만 그가 말했다. "그대로 있어, 잘 보이게." 그는
이제 오로지 단 하나, 그녀를 창녀처럼 다루기만을 바랐다. 하
지만 그는 창녀를 안 적이 없었고 그의 머릿속 관념은 문학을
통해서 전수되었거나 사람들 이야기를 듣고 알게 된 것이었
다. 그래서 그가 머릿속에 떠올린 것은 그런 이미지였고, 그의
눈앞에 처음으로 떠오른 것은 번쩍이는 피아노 뚜껑 위에서
검은색 속옷을 입고 춤을 추는 벌거벗은 여자였다. 호텔 방에
피아노는 없었고 다만 탁자보를 덮어 벽에 붙여 놓은 작은 탁
자 하나가 있을 뿐이었다. 그는 여자 친구에게 거기에 올라가
라고 명령했다. 그녀는 애원하는 몸짓을 했지만 그는 말했다.
"너한테 돈을 지불했어."

그의 눈빛에 냉혹한 결심이 서린 것을 보고 그녀는 게임을
계속하려고 애써 보았지만 더 이상 할 수가 없었고 어떻게
해야 할지도 몰랐다. 눈물을 글썽이며 그녀는 탁자에 기어

올라갔다. 탁자는 겨우 가로세로로 1미터씩 정도였고 다리가 기울어 기우뚱거렸다. 탁자 위에 서서 그녀는 균형을 잃을까 겁이 났다.

그러나 그는 자기 앞에 서 있는 그 벌거벗은 몸을 보는 것이 만족스러웠고, 그녀 몸이 부끄러움과 불안에 떠는 것이 그를 더욱더 포학하게 만들었다. 그는 다른 남자들이 그녀 몸을 이렇게 보았겠지, 이렇게 보게 되겠지 상상하면서 모든 자세와 모든 각도에서 다 보려고 했다. 그는 상스럽고 추잡했다. 그는 그에게서 그녀가 한 번도 들어 본 적 없는 말들을 했다. 그녀는 안 하겠다 거부하고 이 게임에서 벗어나고 싶었으며 그의 이름을 불렀지만 그는 그렇게 친근한 어조로 자기를 부를 권리가 그녀에게 없다면서 조용히 하라고 했다. 그녀는 제정신이 아닌 채 쏟아지려는 눈물을 참으며 결국 시키는 대로 했다. 그가 원하는 대로 앞으로 몸을 구부렸다가 쪼그려 앉았다 했고, 군대식 경례를 하고 나서는 엉덩이를 흔들어 트위스트를 추기도 했다. 그런데 급격한 동작을 하다가 탁자보가 미끄러져 그녀가 떨어질 뻔했다. 그가 그녀를 붙잡아 주었고, 그다음 침대로 데려갔다.

그는 그녀와 합쳐졌다. 그녀는 이 비참한 게임이 마침내 끝나고 다시 원래의 그들, 서로 사랑하는 두 사람이 되리라는 생각에 기뻤다. 그녀는 그의 입술에 자기 입술을 대려고 했는데 그는 그녀를 밀쳐 내며 자기는 사랑하는 여자하고만 키스한다고 다시 말했다. 그녀는 울음을 터뜨렸다. 하지만 그녀에게는 우는 것조차 허용되지 않았으니, 왜냐하면 남자 친구의

광포한 정념이 조금씩 그녀 몸을 사로잡아 결국은 영혼의 흐
느낌을 눌러 버렸기 때문이다. 곧이어 침대 위에는 이제 완벽
하게 하나로 얽힌, 관능적이고 서로에게 낯선 두 육체만이 있
을 뿐이었다. 지금 일어나고 있는 일, 그것은 그녀가 늘 세상
에서 가장 두려워했던 일, 늘 불안 속에 피해 왔던 일이었다.
감정과 사랑이 없는 사랑 행위. 그녀는 자신이 금지된 경계선
을 넘었다는 것을, 그 너머에서 자신이 조금의 거리낌도 없이
완전히 일체가 되어 움직이고 있다는 것을 알았다. 가까스로
의식의 저 한쪽 구석에서 그녀는 이번과 — 경계선 너머에서
와 — 같은 쾌락을, 그만큼의 쾌락을 느껴 본 적 없다는 생각
에 어떤 공포 같은 것을 느끼고 있었다.

12

그리고 모든 것이 끝났다. 청년은 그녀에게서 떨어져 나와 침대 위에 늘어진 긴 줄을 잡아당겼다. 불이 꺼졌다. 그는 그녀의 얼굴을 보고 싶지 않았다. 그는 게임이 끝났다는 것을 알았지만 원래 관계의 세계로 돌아가고 싶은 마음이 전혀 없었다. 그는 그렇게 돌아가는 것이 두려웠다. 그는 어둠 속에서, 그녀 옆에 누워, 그녀의 몸과 조금이라도 닿지 않으려고 피하고 있었다.

잠시 후 숨죽인 흐느낌 소리가 들렸다. 머뭇머뭇하며 어린아이 같은 몸짓으로 아가씨 손이 그의 손을 살짝 건드렸는데, 스쳤다가 뒤로 뺐다가 다시 스쳤다가 하더니, 흐느낌 소리로 중간중간 끊어지며 애원하는 목소리가 "나는 나야, 나는 나야……."라고 말하는 것이 들려왔다.

그는 아무 말도 하지 않았고, 움직이지도 않았으며, 모르는 것을 똑같이 모르는 것으로 정의하는 여자 친구의 말이 얼마나 서글프게 말이 안 되는지 너무나 잘 이해했다.

흐느낌은 긴 울음으로 이어졌다. 아가씨는 그러고도 한참 그 가슴 저미는 동어반복을 계속했다. "나는 나야, 나는 나야, 나는 나야……."

그래서 그는 아가씨를 달래기 위해 연민에 도움을 청해야 했다.(그 감정을 가까이에서는 찾을 수 없었기에 먼 데서 불러들여야 했다.) 그들에게는 아직 십삼 일의 휴가가 더 남아 있었다.

1막

당직실

(아무 도시나 어떤 도시의, 아무 병원이나 어떤 병원의, 아무 진료과나 어떤 진료과 안) 당직실에 다섯 사람이 모여 있고, 이들의 행위와 말 들이 별것 아닌 하찮은, 그래서 더욱 즐거운 이야기 속에 얽혀 간다.

하벨 박사와 간호사 엘리자베트,(둘 다 야간 당직이다.) 다른 의사 둘이 있다.(사소한 핑계로 여기 모여서 이야기를 하고 함께 술병을 비우고 있다.) 이 둘은 대머리인 과장과 예쁜 삼십 대 여의사로, 이 여의사는 다른 과 소속이며 과장과 같이 잔다는 것을 병원 전체가 다 안다.

(과장은 물론 기혼이며, 방금 자기가 아주 좋아하는 말, 자신의 유머 감각과 의도를 동시에 증명해 주는 말을 내뱉은 참이다. "동료 여러분,

남자의 가장 커다란 불행, 그건 행복한 결혼이랍니다. 이혼의 희망이 전혀 없어요.")

이 네 인물 외에 다섯 번째 인물이 있지만, 제일 나이가 어려 술 한 병을 더 가져오라고 시켜 놓은 참이어서, 있는 그대로 말하자면 지금은 여기 없다. 그리고 창문이 있는데, 이 창은 바깥의 어둠으로 열려 있고, 계속 방 안으로 더운 기운과 향기를 머금은 여름과 더불어 달을 들여보내고 있기 때문에 매우 중요하다. 그리고 끝으로, 모두의 기분 좋은 대화로 미루어 보건대, 특히 사랑에 빠진 귀로 자기 자신의 쓸데없는 이야기를 듣고 있는 과장의 수다로 미루어 보건대, 흥겨운 분위기다.

조금 후 (바로 이 시점에서 우리의 이야기가 시작된다.) 일말의 긴장이 감돈다. 엘리자베트가 근무 중 간호사로는 과하게 술을 마신 데다가 하벨 박사에게 선정적인 애교를 부리는 바람에 그의 신경을 건드리고 그가 좀 날카로운 경고를 하게 만든다.

하벨 박사의 경고

"엘리자베트, 당신이 이해가 안 가네요. 매일같이 당신은 고름 투성이 상처들 속에서 허우적대고, 늙은이들 딱딱한 엉덩이에 주사를 놓고, 관장을 하고, 대야를 비우죠. 운명은 당신에게 인간의 육신이 얼마나 형이상학적으로 완전히 부질없는지 파악할 수 있는 부러울 만한 기회를 줬어요. 그런데 당신의 활력은 이성의 말을 안 들으려 하네요. 육체이고자 하는, 오로지 육체이고자 하는 당신의 집요한 의지를 그 무엇도 무너뜨릴 수 없군요. 당신 가슴은 5미터 거리에서도 남자들을 스친다고요! 난 그것에 현기증이 일어요. 당신이 걷는 걸 보기만 해도, 당신의 지칠 줄 모르는 엉덩이가 그리는 영원한 소용돌이 때문에. 맙소사, 좀 떨어져요! 당신 가슴이 하느님처럼 어디에나 있다고요! 주사 시간에 벌써 십 분 늦었어요.”

하벨 박사는 죽음 같다. 모든 것을 취한다

“제발, 하벨.” 늙은 엉덩이들에 주사를 놓아야 하는 형에 처해진 엘리자베트가 (드러내 놓고 기분이 상해서) 당직실에서 나가자 과장이 물었다. “무엇 때문에 그렇게 노골적으로 저 불쌍한 엘리자베트를 밀어내는지 나한테 설명해 줄 수 있겠어요?”

하벨 박사는 술을 한 모금 마시고 답했다. “과장님, 저한테 뭐라 하시면 안 돼요. 그녀가 못생겨서도 아니고 이제 그리 젊지 않아서도 아니에요. 정말이에요. 더 못생긴 여자들하고도, 더 나이 든 여자들하고도 지내 봤다고요.”

“그래요. 다들 당신을 알죠. 당신은 마치 죽음 같아요. 모든 걸 취하죠. 그런데, 그렇게 모든 걸 취하는데, 엘리자베트는 왜 싫다는 거죠?”

“욕망을 너무 노골적으로 표현하니까 꼭 명령 같기 때문인지도 모르겠어요.” 하벨이 말했다. “여자들과의 관계에서 제가 마치 죽음 같다고 하셨죠. 그런데 죽음은 누가 명령하는 거 좋아하지 않거든요.”

과장의 가장 큰 성공

“이해할 것 같네요.” 과장이 답했다. “내가 몇 살 더 젊었을 때, 모든 사람하고 자는 여자를 하나 알았는데, 아주 예뻤지, 그래서 그 여자를 가지려고 작정했어요. 그런데 말이죠, 그녀가 나를 원하질 않는 거야! 그녀는 내 동료들하고, 운전기사하고, 요리사하고, 시신 운반 인부하고도 잤는데, 나는 그녀가 같이 안 잔 유일한 사람이었다니까요. 상상할 수 있겠어요?”

“물론이죠.” 여의사가 말했다.

사람들 앞에서는 자기 정부에게 존대를 하는 과장이 유머러스하게 다시 말을 이었다. “궁금하다면 말인데, 그 시기에 나는 학위를 마친 지 겨우 몇 년밖에 안 됐고 아주 잘나갔어요. 모든 여자에게 다가갈 수 있다고 확신했고 접근하기 비교적 어려운 여자들하고 그걸 증명해 냈지요. 그런데 말이지, 그 여자, 그토록 쉬운 여자였는데, 그 여자한테 실패한 거예요.”

“내가 아는 대로라면, 당신에겐 틀림없이 그 일을 설명하기 위한 이론이 있겠죠.” 하벨 박사가 말했다.

“그럼.” 과장이 답했다. “에로티시즘은 단순히 육체에 대한 열망만이 아니라 똑같은 정도로 명예에 대한 욕망이기도 해요. 우리의 파트너, 우리를 좋아하고 우리가 사랑하는 파트너는 우리의 거울이 되고, 우리의 중요성과 가치의 척도인 겁니다. 그런 점에서 나의 예전 그 창녀의 과제는 쉬운 것이 아니었어요. 모든 사람하고 자게 되면, 사랑의 행위처럼 그렇게 평범한 일이 여전히 어떤 중요성을 지닐 수 있다고 믿지 않게 되죠. 진정한 관능의 명예, 그것을 그러니까 반대편에서 찾게 되는 겁니다. 남자는 그녀를 원하지만 그녀는 거부하는, 그런 남자만이 그 창녀에게 자기가 아주 가치 있는 사람이라고 믿게 해 줄 수 있었던 거예요. 그리고 그녀는 자기 스스로 보기에 가장 훌륭하고 가장 아름답기를 바랐으니까, 거부를 통해 명예롭게 만들 그 유일한 남자를 선택해야 했을 때 지극히 엄격하고 까다로운 모습을 보였지요. 그녀가 마침내 선택한 것은 나였고, 그건 특별한 명예라는 것을 나는 알게 됐어요. 그리고 지금도 그걸 사랑에 관한 내 가장 큰 성공으로 여기지요.”

“물을 포도주로 변화시키는 놀라운 재주가 있으시군요.” 여의사가 말했다.

“내가 가장 큰 성공으로 여기는 것이 당신이 아닌 것에 기분이 상했나요?” 과장이 말했다. “내 말을 잘 이해해야 해요. 당신이 고결한 여인이긴 하지만 그래도 내가 당신에게 (그리고 당신은 그것이 얼마큼 나를 서글프게 하는지 알지 못해요.) 첫 남자도 마지막 남자도 아니지요, 그 창녀에게는 그런데 말이에요. 분명 그녀는 나를 절대 잊지 않았고, 지금도 자기가 나를 밀쳐냈다는 것을 애틋하게 추억하고 있을 거예요. 그런데 이 일화를 이야기한 건 단지 엘리자베트에 대한 하벨의 태도와 비슷하다는 걸 보여 주기 위해서일 뿐이에요.”

자유 예찬

"세상에, 과장님, 설마 제가 엘리자베트에게서 제 인간적 가치의 척도를 모색한다고 주장하시려는 건 아니겠죠." 하벨이 말했다.

"물론 아니죠!" 빈정거리는 투로 여의사가 말했다. "우리에게 벌써 설명해 주셨잖아요. 엘리자베트의 도발적인 태도가 당신에게 명령같이 느껴지고, 당신은 같이 잘 여자들을 자신이 선택한다는 환상을 계속 지니고 싶다고요."

"있잖아요, 우리가 솔직하게 이야기하고 있으니까 말인데, 그게 딱 그런 건 아니에요." 생각에 잠긴 하벨이 말했다. "저를 거북하게 하는 게 엘리자베트의 도발적 태도라고 그런 건 실은 그저 재치 있어 보이려고 한 거예요. 사실은 훨씬 더 도발적인 여자들도 가져 봤고, 그 여자들이 도발적이었던 건, 질질 끌지 않으니까, 저한테 아주 잘 맞았어요."

"아니 그러면 도대체 왜 엘리자베트를 거부하는 거예요?" 과장이 외쳤다.

"과장님, 제가 처음에 생각했던 것만큼 그리 터무니없는 질문은 아닌데요, 대답하기 아주 어렵다는 걸 확인하게 됐으니까요. 솔직히 말하면, 왜 엘리자베트를 거부하는지 잘 모르겠어요. 저는 더 못생긴 여자들, 더 나이 든 여자들, 더 도발적인 여자들하고도 지내 봤어요. 그렇다면 제가 결국은 반드시 그녀를 안게 되리라고 결론 내릴 수 있겠죠. 모든 통계학자들이 그렇게 생각할 겁니다. 모든 사이버네틱스 기기들이 이런 방

향으로 결론 내릴 테죠. 그런데 있잖아요, 어쩌면 바로 그래
서 제가 그녀를 거부하는 건지도 몰라요. 필연성에다 대고 아
니라고 말하고 싶은 거죠. 인과 법칙에 다리를 걸고 싶은 거예
요. 우주의 흐름의 그 음울한 예측 가능성을 자유의지의 변덕
으로 실패하게 하고 싶은 거 말이에요."

"하지만 그 목적에 왜 엘리자베트를 골랐어요?" 과장이 외
쳤다.

"바로, 이유가 없기 때문에요. 이유가 있다면 사람들은 미
리 그걸 발견할 수 있고 미리 제 행동을 결정할 수 있을 거예
요. 우리에게 부여된 이 자유의 한 토막은 바로 이 이유의 부
재 속에 있는 거고, 이 냉혹한 법칙의 세상에 약간의 인간적인
무질서가 존속하도록 우리는 그것을 쉼 없이 꾸준하게 지향
해야 해요. 동료 여러분, 자유 만세!" 하벨은 이렇게 말하며 건
배를 하기 위해 자기 잔을 슬프게 들어 올렸다.

책임의 범위

그때 새로운 술 한 병이 등장하여 방에 있던 의사들이 즉각
거기에 모두 집중했다. 술병을 들고 문간에 선 이 매력적인 어
설픈 젊은이, 그는 플라이쉬만으로, 여기에서 수련 중인 의대
생이다. 그는 (천천히) 탁자에 술병을 내려놓은 다음 (느릿느릿)
병따개를 찾더니 그다음엔 (서두르지 않고) 병마개에 병따개를
맞추고 (생각에 잠긴 채) 안으로 꽂아 넣어 마침내 (꿈꾸는 듯이)

마개를 빼냈다. 위의 괄호들은 플라이쉬만의 느림에 조명을 가하기 위한 것으로, 그 느림은 서투름보다는 나른한 감탄을 증명해 주는데 이 젊은 의대생은 그런 식으로 외부 세계의 무의미한 세세한 것들은 무시한 채 자신의 존재를 깊숙이 집중하여 바라보고 있었다.

"이건 다 말도 안 돼요." 하벨 박사가 말했다. "엘리자베트를 제가 밀어내는 게 아니라 그녀가 저를 원치 않는 거예요. 휴! 그녀는 플라이쉬만에게 홀딱 빠졌다고요."

"저요?" 플라이쉬만은 고개를 들었고, 성큼성큼 걸어 병따개를 원위치에 두러 갔다가 낮은 탁자로 돌아와 잔들에 포도주를 따랐다.

"자네는 좋은 사람이지." 하벨과 맞장구를 치며 과장이 말했다. "자네 빼고 모두가 다 알아. 자네가 우리 과에 발을 들여놓은 날부터 그녀가 아주 견디기 힘든 사람이 됐어. 그리고 두 달째 그게 지속됐지."

플라이쉬만은 (한참) 과장을 바라보더니 말했다. "전 정말 전혀 몰라요." 그리고 덧붙였다. "어쨌거나 저는 관심 없어요."

"그러면 자네의 그 고상한 말들은 다 뭐지? 여자를 존중한다는 그 온갖 장광설은? 엘리자베트를 괴롭게 만들어 놓고 관심이 없다고?" 아주 엄격한 척하며 하벨이 말했다.

"저는 여자들에 대해 연민을 느끼고, 결코 일부러 나쁘게 굴 수 없을 거예요." 플라이쉬만이 말했다. "하지만 제가 의식하지 않고 한 일엔 관심이 없는 게, 제가 어쩔 도리가 없고 따라서 제 책임이 아니니까요."

잠시 후 엘리자베트가 돌아왔다. 그녀는 아마도 모욕을 잊고 아무 일도 없었던 것처럼 행동하는 편이 낫다고 마음을 다잡은 모양이었는데, 그래서 엄청나게 부자연스럽게 행동했다. 과장은 그녀에게 의자를 내밀고 잔을 채워 주었다. "마셔요, 엘리자베트! 모든 괴로움을 잊어요!"

"그럼요." 엘리자베트는 활짝 미소 지으며 대답하고는 잔을 비웠다.

그리고 과장은 다시 한 번 플라이쉬만에게 말했다. "자기가 의식하고 있는 것에만 책임이 있다면 바보들은 애초에 모든 잘못을 면제받겠군. 하지만 플라이쉬만, 사람은 알아야만 할 의무가 있지. 사람은 자신의 무지에 책임이 있는 거야. 무지는 잘못이야. 바로 그래서 그 무엇도 자네 잘못을 사해 줄 수 없는 거고, 따라서 자네가 부정할지라도 자네는 여자들한테 상놈처럼 행동한다고 나는 선언하겠네."

플라토닉한 사랑의 예찬

하벨은 플라이쉬만에 대한 공격을 재개했다.

"자네가 약속했던 아파트를 클라라 양에게 구해 줬어?" 그가 한 아가씨에게 아무 성과 없이 구애를 하고 있는 것(그들 둘 다 아는 사실)을 상기시키며 그가 말했다.

"아직 아닌데, 제가 알아서 할 거예요."

"제가 알려 드리는데 플라이쉬만은 여자들한테 신사예요.

여자들한테 허튼소리나 지어 대고 그러지 않아요." 플라이쉬
만을 옹호하면서 여의사가 끼어들었다.

"저는 누가 여자들한테 잔인하게 구는 걸 견딜 수 없어요,
여자들에게 연민을 느끼기 때문에." 의대생이 다시 말했다.

"하여간 클라라는 당신을 안달 나게 하는 거죠." 엘리자베
트가 플라이쉬만에게 말하며 무례한 웃음을 터뜨렸고, 그래
서 과장은 다시 말을 잇지 않을 수 없었다.

"아주 안달이 나게 하거나 아니거나, 당신 생각보다 덜 중
요해요, 엘리자베트. 우리가 다 알듯이 아벨라르는 거세된 사
람이었지만 그래도 그와 엘로이즈는 언제까지나 충실한 연
인으로 남았고 그들의 사랑은 죽지 않고 영원하지요. 조르주
상드는 칠 년 동안 프레데리크 쇼팽과 처녀처럼 순결하게 살
았지만 사람들은 아직도 그들의 사랑에 대해 이야기해요! 나
는 이렇게 존엄한 이들과 더불어 내 창녀의 경우를 상기시키
고 싶지는 않은데, 그녀는 나를 거부함으로써 한 여자가 한 남
자에게 줄 수 있는 가장 큰 명예를 내게 부여해 주었던 여자지
요. 잘 기억해 둬요, 엘리자베트, 사랑과 당신이 끊임없이 생
각하는 것의 관계는 생각보다 훨씬 느슨하다는 것을. 의심하
지 말아요, 클라라는 플라이쉬만을 사랑해요. 그녀는 그에게
자기를 내주지는 않지만 그에게 잘해 줘요. 당신에겐 비논리
적으로 보이겠지만 사랑은 바로 비논리적인 거랍니다."

"그런데 거기 비논리적인 게 뭐가 있어요?" 엘리자베트가
또다시 무례하게 웃으며 말했다. "클라라는 아파트가 필요하
고, 바로 그래서 플라이쉬만에게 잘해 주는 거예요. 하지만 같

이 자고 싶지는 않은데, 아마 같이 자는 다른 사람이 있기 때문이겠죠. 그런데 그 다른 사람은 그녀에게 아파트를 구해 줄 수 없고요."

이때 플라이쉬만은 고개를 들고 말했다. "정말 짜증 나게 하시네요. 사춘기 애들 무리 같아요. 그녀가 혹시 수줍어서 주저하는 거라면요? 그런 생각은 떠오르지도 않나요? 아니면 나한테 감추는 병이 있다면요? 흉하게 보일 상처가 있다면요? 끔찍하게 부끄러움을 타는 여자들이 있다고요. 다만 그건 당신이 잘 이해하지 못하는 그런 것들이죠, 엘리자베트."

"그게 아니면 클라라는 플라이쉬만 앞에서 사랑의 고뇌에 완전히 굳어 버려서 그와 사랑을 나눌 수조차 없어지는 거겠죠. 엘리자베트, 당신은 같이 잘 수조차 없을 정도로 누군가를 사랑할 수 있으리라고는 상상할 수 없나요?" 플라이쉬만을 거들어 과장이 말했다.

엘리자베트는 그렇다고 확실하게 말했다.

신호

여기서 우리는 (끊임없이 새로 사소한 이야기들이 덧붙어 이어지는) 대화를 따라가는 것을 잠시 멈추고, 플라이쉬만이 (지금으로부터 한 달 전에) 여의사를 처음 보았을 때부터 그녀가 너무나 마음에 들었기 때문에 이날 저녁 처음부터 여의사의 눈을 바라보려고 애쓰고 있다는 것을 밝혀 둔다. 그녀의 서른 살의 위엄이 그를 눈부시게 했다. 지금까지 그녀를 지나치면서만 보았는데 오늘 저녁이 같은 방에서 얼마간 시간을 같이 보내는 첫 번째 기회였다. 그는 그녀가 때로 자신의 눈길에 응답해 주는 느낌을 받고 감동했다.

그러니까 그렇게 시선을 주고받은 다음 여의사가 갑자기 일어나 창가로 다가가 말했다. "바깥이 너무나 아름다워요. 보름달이네……." 그리고 또다시 그녀의 시선이 기계적으로 플라이쉬만에게 놓였다.

이런 상황에 촉각이 예민한 그는 즉각 그것이 자신에게 보내는 신호라는 것을 알아차렸다. 그러자 그 순간 그는 가슴속에 커다란 파도가 부풀어 오르는 것을 느꼈다. 그의 가슴은 과연 스트라디바리우스 작업장에 걸맞은 민감한 악기였다. 그에게는 때로 이런 열광의 느낌이 일어났는데, 그는 자신의 가슴속 파도가 그의 꿈을 넘어서는 장엄한 어떤 것, 전대미문의 어떤 것이 도래할 것임을 알리는 철회 불가능한 전조라고 매번 확신했다.

이번에 그는 이 물결에 망연자실했고, 또한 (망연자실을 벗어난 그의 뇌 한구석에서) 깜짝 놀랐다. 어떻게 자기 욕망의 힘이 그렇게 강력할 수 있으며, 자기 욕망의 부름에 현실이 실현될 태세를 갖추고 고분고분 달려올 수 있단 말인가? 자신의 힘에 계속 놀라면서 그는 토론이 더 활기를 띠어 자신이 적수들의 주의를 벗어나게 될 순간을 엿보았다. 그 순간이 왔다고 판단하자마자 그는 방에서 사라졌다.

팔짱을 낀 잘생긴 젊은이

이 즉흥 토론이 벌어졌던 진료과는 병원의 넓은 정원 안에 (다른 건물들 근처에) 지어진 예쁜 건물의 1층을 차지하고 있었다. 바로 이 정원으로 방금 플라이쉬만이 나간 것이었다. 그는 플라타너스 나무 몸통에 등을 기대고서 담배에 불을 붙이고 하늘을 바라보았다. 한여름이었고 대기에 향기가 떠다니고 있었으며 둥근 달이 검은 하늘에 떠 있었다.

그는 앞으로 이어질 일을 상상해 보려고 애썼다. 나가자는 신호를 보낸 여의사는 대머리가 의심보다 대화에 더 몰두하기를 기다릴 것이며 볼일을 보러 잠깐 나갔다 오겠다고 살짝 알릴 것이었다.

그리고 그다음에는 무슨 일이 일어날까? 그다음은 아무것도 상상하지 않기로 했다. 그의 가슴속 파도가 모험을 알렸고 그는 그것으로 충분했다. 그는 자신의 운을 믿었고, 자신의 사랑의 별을 믿었고, 여의사를 믿었다. 그는 자신감에 (언제나 약간 놀라 있는 듯한 자신감) 감싸여 기분 좋은 나른함 속에 빠져 있었다. 왜냐하면 그는 자기 자신을 늘 매력적인 남자, 욕망의 대상이며 사랑받는 남자의 모습으로 보고 있었고 (우아하게) 팔짱을 끼고 모험들을 기다리는 것이 좋았기 때문이다. 그는 팔짱을 끼는 것이 여자들과 운명을 자극하고 지배한다고 확신했다.

이 기회에 밝혀 두는 게 나을지도 모르겠는데, 플라이쉬만은 끊임없이는 아니더라도 종종 스스로를 보는 경우가 있었고,

그래서 늘 또 하나의 자신과 함께 있었으며 고독이 아주 재미있어졌다. 예를 들어 그날 저녁 그는 플라타너스 나무에 기대어 담배를 피우기만 한 것이 아니라 동시에 (잘생기고 젊은) 그 남자, 플라타너스 나무에 기대어 나른하게 담배를 피우는 그 남자를 황홀하게 지켜보고 있었다. 그가 그 광경을 오래 즐기고 있는데 마침내 건물에서 그를 향해 다가오는 가벼운 발소리가 들려왔다. 그는 일부러 돌아보지 않았다. 그는 다시 담배를 빨았고 연기를 내뿜고 눈길을 계속 하늘에 두었다. 발걸음이 아주 가까워졌을 때 그는 다정하고 은근한 목소리로 말했다. "오실 줄 알았어요."

배뇨하기

"뭐 그리 짐작하기 어려운 건 아니었지." 과장이 대답했다. "난 냄새나는 현대적 시설에서보다 자연 속에서 배뇨하는 게 더 좋거든. 여기에서 이제 곧 황금빛 가느다란 물줄기가 기적과 같이 나를 부식토와 풀과 땅에 연결해 줄 거야. 왜냐하면 플라이쉬만, 나는 먼지고, 한순간 후면 적어도 부분적으로는 먼지로 돌아갈 거야. 자연 속에서 배뇨하기란 우리가 땅에게 언젠가 완전히 그곳으로 돌아가겠노라 약속하는 종교의식이지."

플라이쉬만은 입을 다물고 있었고 과장이 그에게 물었다. "그럼 자네는? 자네는 달을 보러 나왔나?" 플라이쉬만은 고집스럽게 계속 입을 다물고 있었고 과장이 덧붙였다. "플라이쉬만, 자네는 묘한 친구야, 그래서 내가 자네를 좋아하지.” 플라이쉬만은 과장이 빈정거린다고 해석해서, 거리가 느껴지기를 바라는 어조로 말했다. “달 타령은 그만하세요. 저도 여기 오줌 누러 나왔습니다.”

“이보게, 플라이쉬만.” 과장이 흐뭇해져서 말했다. “늙어 가는 과장에 대한 자네의 특별한 애정의 표현으로 해석하겠네.”

그리고 그들은 둘 다 플라타너스 나무 아래에 버티고 서서 과장이 지치지도 않고 열광적으로, 그리고 계속 새로운 이미지들을 사용해서 신에게 드리는 예배에 비교하는 그 작업을 수행했다.

2막

냉소적인 미남 청년

그들은 긴 복도를 지나 돌아왔고 과장은 친근하게 의대생의 어깨를 감싸고 있었다. 의대생은 이 질투심 많은 대머리가 여의사의 신호를 알아차렸고 이렇게 친한 척을 해서 자기를 조롱하는 거라고 확신했다. 사실 그는 어깨에 놓인 과장 손을 뿌리치지 못하면서도 그래서 더 화가 치밀었다. 단 한 가지가 그를 위로했다. 그것은 분노로 부글부글 끓으면서 그가 이 분노 속에 있는 자기 자신을 보았고, 자기 자신의 얼굴 표정을 보았으며, 격노한 이 젊은이가 이제 당직실로 돌아가 모두가 놀라는 가운데 완전히 다른 모습, 즉 냉소적이고, 날카롭고 악마적인 모습으로 나타나는 것이 흡족했다는 것이다.

그들이 당직실로 들어섰을 때 엘리자베트는 방 한가운데

서서 노래를 흥얼거리며 끔찍하게 허리를 돌려 대고 있었다. 하벨 박사는 시선을 아래로 두었고 여의사는 지금 들어온 사람들이 너무 놀랄까 봐 먼저 말해 주었다. "엘리자베트가 춤추고 있어요."

"약간 취했어요." 하벨이 덧붙였다.

엘리자베트는 허리를 계속 움직였고 하벨 박사의 숙인 얼굴 앞에서 상반신을 물결치듯 흔들었다. .

"어디서 이렇게 예쁜 춤을 배웠어요?" 과장이 물었다.

플라이쉬만은 냉소로 가득 차서 보란 듯이 웃어 댔다. "하하하! 예쁜 춤요! 하하하!"

"빈의 스트립쇼 클럽에서 본 춤이에요." 엘리자베트가 과장에게 답했다.

"저런, 저런." 과장이 온화하게 나무랐다. "언제부터 우리 간호사들이 스트립쇼 클럽에 드나들었나?"

"금지된 건 아니잖아요, 과장님!" 그의 주위에서 상반신을 출렁이며 엘리자베트가 말했다.

플라이쉬만의 몸에서 짜증이 분출구를 찾으며 확 치밀어 올랐다. "당신에게 필요한 건 스트립쇼가 아니라 신경 안정제예요. 우릴 다 겁탈하고 말겠네요." 그가 말했다.

"당신, 당신은 아무것도 겁낼 거 없어요. 어린애들은 재미없거든요." 하벨 박사 주위에서 상체를 출렁이며 엘리자베트가 딱 끊어 말했다.

"그 스트립쇼가 마음에 들었어요?" 과장이 친근하게 물어보았다.

"그렇다마다요! 가슴이 어마어마하게 큰 스웨덴 여자가 있었는데요, 그래도 내 가슴이 더 아름답다니까요!(이렇게 말하면서 그녀는 자기 가슴을 쓰다듬었다.) 그리고 종이 박스로 마든 욕조 비슷한 것 속에서 비누 거품을 풀고 목욕하는 시늉을 하는 여자도 있었고요, 관객 앞에서 자위하는 흑백 혼혈 여자도 있었는데, 이게 제일 근사했지요."

"아! 아! 자위행위, 당신한테 필요한 게 정확히 바로 그거예요." 최고로 악랄하게 빈정거리며 플라이쉬만이 말했다.

엉덩이의 형태를 한 슬픔

엘리자베트는 계속 춤을 췄지만 아마 그녀의 관객은 빈의 스트립쇼 클럽 관객들보다 훨씬 덜 좋은 관객이었던 것 같다. 하벨은 고개를 숙이고 있었고, 여의사는 조롱기를 가득 품고서, 플라이쉬만은 비난하는 시선으로 쳐다보았으며, 과장은 아버지같이 관대하게 지켜보았다. 그리고 하얀색 간호사 앞치마 천이 팽팽하게 덮고 있는 엘리자베트의 엉덩이는 마치 기막히게 둥근 태양처럼 방 안을 이리저리 가로질러 다녔지만, 그 태양은 (흰 수의에 싸인) 빛이 꺼지고 죽은 태양, 거기 있는 의사들의 무관심하고 거북해하는 시선들로 인해 가엾게도 아무 소용없어진 태양이었다.

엘리자베트가 정말로 하나씩 옷을 벗으려 한다 싶은 순간이 왔고, 그래서 과장이 불안한 목소리로 끼어들었다.

"아니, 엘리자베트! 여긴 빈이 아니에요!"

"뭐가 두려우세요, 과장님? 적어도 벌거벗은 여자가 어떤 건지는 아시게 될 거예요!" 엘리자베트가 날카롭게 말하고는 다시 하벨 박사에게로 돌아서며 자기 가슴으로 그를 위협했다. "아니, 내 사랑스러운 하벨, 그 장례 치르는 것 같은 얼굴은 뭐야? 고개 들어! 누가 죽었어? 너 상중이야? 나를 보라고! 난, 난 살아 있다고! 난 죽으려면 멀었다고! 난 아직 확실하게 살아 있어! 난 살고 있어!" 그리고 이렇게 말을 할 때 그녀의 엉덩이는 더 이상 엉덩이가 아니라 슬픔 그 자체, 춤추며 방 안을 휘젓고 다니는 기막히게 근사한 모양의 슬픔이었다.

"이제 충분히 한 것 같아요, 엘리자베트." 시선을 바닥에 두고 하벨이 말했다.

"충분하다고?" 엘리자베트가 말했다. "바로 너를 위해서 추는 거라고! 자, 이제 스트립쇼를 할 거야! 아주 대단한 스트립쇼!" 그리고 그녀는 허리에 묶인 앞치마를 무용수의 몸짓으로 풀어서 책상 위에 던졌다.

다시 과장이 겁에 질려서 말했다. "엘리자베트, 우리한테 스트립쇼를 해 주면 정말 근사하긴 할 텐데, 그런데 다른 데서요. 여기는, 알잖아요, 병원이에요."

대단한 스트립쇼

"제가 알아서 처신할 수 있어요, 과장님!" 그녀는 하얀 깃을

단 하늘색 정규복 차림으로 계속해서 몸을 움직여 댔다.

그다음 그녀는 엉덩이에 손바닥을 올려놓았다가 허리를 따라 미끄러지게 하더니 머리 위로 올렸다. 그다음 오른손은 위로 쳐든 왼팔을 따라 다시 올리고 또다시 오른손을 따라 왼손을 올리더니, 그다음 플라이쉬만 쪽으로 마치 자기 블라우스를 던지는 것처럼 팔을 움직였다. 플라이쉬만은 겁을 먹고 펄쩍 뛰었다. "베이비, 그거 떨어뜨렸네!" 그녀가 그에게 소리쳤다.

그다음 다시 손을 엉덩이로 가져가면서 그녀는 두 다리를 따라 손을 미끄러지게 했다. 몸을 구부린 채 그녀는 오른 다리를 들어 올리고 다음에는 왼 다리를 들어 올렸다. 그다음 그녀는 과장을 바라보았고 오른팔로 그에게 상상의 치마를 던졌다. 과장은 팔을 뻗어서 잡았다. 다른 손으로 그는 그녀에게 키스를 보냈다.

얼마간 더 휘젓고 다닌 뒤 엘리자베트는 발끝으로 일어났고, 두 팔을 뒤로 굽혀 손가락을 등 가운데에 모았다. 그다음 그녀는 무용수처럼 팔을 앞으로 가져와 왼손으로 오른쪽 어깨를 쓰다듬고 오른손으로 왼쪽 어깨를 쓰다듬더니 이번에는 다시 하벨 박사 쪽으로 우아하게 팔을 움직였는데, 그러자 그는 어색하고 거북한 듯한 손짓을 했다.

하지만 엘리자베트는 벌써 보무당당하게 방을 활보하고 있었다. 그녀는 네 관객을 하나씩 지날 때마다 상징적으로 다 벗은 자신의 상체를 꼿꼿이 세우면서 한 바퀴 빙 돌았다. 마지막으로 그녀는 하벨 앞에서 멈춰 엉덩이를 다시 돌리기 시작했고, 살짝 몸을 기울이면서 허리를 따라 두 손을 미끄러뜨렸다.
그러고는 (조금 전처럼) 먼저 한 다리를 들고 그다음 다른 다리
를 들더니 엄지와 검지 사이로 보이지 않는 팬티를 들어 올리
면서 의기양양하게 몸을 세웠고 다시 우아하게 하벨 박사를
향해 움직였다.

허구의 나신의 찬란한 영광 속에 몸을 꼿꼿이 세운 채 그녀
는 이제 아무도, 심지어 하벨도 바라보지 않았다. 눈을 반쯤
감은 채 머리를 옆으로 기울여 물결치는 자신의 몸을 바라보
고 있었다.

잠시 후 그 자부심 넘치는 자세는 허물어지고 엘리자베트
는 하벨 박사의 무릎에 앉아 버렸다. "완전히 지쳤어." 그녀는
하품을 하며 이렇게 말했다. 그녀는 하벨의 잔을 잡더니 한 모
금 마셨다. "의사 선생님, 나 정신 좀 들게 해 줄 약 없어? 난
자러 가지는 않을 거라고!" 그녀가 하벨에게 말했다.

"원하는 대로 해 드리지요, 엘리자베트!" 하벨이 말했다. 그
리고 그는 자기 무릎에서 엘리자베트를 일으켜 의자에 앉히
고 조제실로 갔다. 그는 거기에서 강력한 수면제를 찾아 엘리
자베트에게 두 알을 주었다.

"이게 나를 깨워 줄까?" 그녀가 물었다.

"내 이름이 하벨인 것만큼 진짜예요."

엘리자베트의 작별 인사

엘리자베트는 약 두 알을 삼키고 나서 하벨의 무릎에 다시 앉으려 했지만 그가 다리를 벌리는 바람에 바닥에 넘어졌다.

엘리자베트에게 그런 모욕을 주려는 의도는 없었기 때문에 하벨은 곧 후회했고, 그의 동작은 자기 허벅지에 엘리자베트의 엉덩이가 닿는다는 생각에 정말 혐오감이 일어서 나온 기계적인 반응이었다.

그래서 그는 엘리자베트를 일으켜 주려 했지만 그녀는 고집스럽게 청승을 떨며 바닥에 축 늘어져 달라붙었다.

플라이쉬만이 그녀 앞에 버티고 섰다. "취하셨거든요, 그러니까 가서 누워야 해요."

엘리자베트는 그를 엄청난 경멸의 눈빛으로 올려다보고는 (바닥-에-있음의 비장한 자기 학대를 감미롭게 음미하면서) 그에게 말했다. "하찮은 인간, 멍청한 녀석." 그리고 다시 한 번 "멍청한 녀석." 하고 말했다.

또다시 하벨이 그녀를 일으키려고 했으나 그녀는 세차게 뿌리치고 울음을 터뜨렸다. 아무도 무슨 할 말을 찾지 못했고 엘리자베트의 흐느낌은 조용한 방의 바이올린 솔로처럼 점점 고조되었다. 꽤 시간이 지난 후 여의사가 이러면 어떨까 싶어 가만히 휘파람 소리를 내 보았다. 엘리자베트는 벌떡 일어나 문을 향해 걸어가 손잡이를 잡고는 돌아서서 말했다. "하찮은 인간들. 하찮은 인간들. 당신들이 알면 좋을 텐데. 그런데 당신들은 아무것도 몰라. 당신들은 아무것도 몰라."

플라이쉬만에 대한 과장의 규탄

엘리자베트가 나가고 나자 침묵이 흘렀고 과장이 처음 그 침묵을 깼다. "그거 봐요, 플라이쉬만. 여자들에게 연민을 느낀다면서. 아니 여자들에게 연민을 느끼면 왜 엘리자베트한테는 그 연민이 없는 거지?"

"어떤 점에서 그게 저하고 관련 있는 거죠?" 플라이쉬만이 물었다.

"아무것도 모르는 척하지 마! 조금 아까 말하지 않았나. 그녀는 자네한테 푹 빠졌다니까!"

"제가 뭘 어떻게 할 수 있는데요?" 플라이쉬만이 물었다.

"아무것도 할 게 없지." 과장이 말했다. "하지만 그녀한테 거칠게 굴었고 상처를 줬지, 그리고 그건 자네가 어떻게 할 수 있는 거였어. 저녁 내내 그녀는 단 하나만, 자네가 어떻게 할지, 자기를 쳐다볼지, 미소를 지어 줄지, 다정한 말을 해 줄지, 그 생각만 했다고. 그런데 자네가 그녀에게 뭐라고 했는지 한번 생각해 보지그래!"

"뭐 그렇게 심한 말은 한 거 없습니다." 플라이쉬만이 답했다.(하지만 목소리에 자신이 없었다.)

"그리 심한 말은 한 게 없다고." 과장이 빈정거렸다. " 그녀가 춤을 출 때, 오로지 자네를 위해 춤을 추고 있는데 자네는 그녀를 비웃었고, 신경 안정제를 권했고, 그녀가 뭘 하는 게 좋을고 하니 그건 자위행위라고 말했지. 그리 심한 말은 전혀 안 했다! 그녀가 스트립쇼 할 때 자네는 그녀의 블라우스를 땅에 떨어뜨렸어.”

“무슨 블라우스요?” 플라이쉬만이 물었다.

“그녀의 블라우스.” 과장이 말했다. “바보인 척 좀 마. 마지막으로 자네는, 그녀가 피곤을 없애 주는 약을 먹었는데도 가서 자라고 보냈어.”

“하지만 그녀는 하벨 박사님에게 화난 거예요.” 플라이쉬만이 항변했다.

“연극하지 마.” 과장이 엄격하게 말했다. “자네가 그녀를 신경 써 주지 않는데 그녀가 뭘 어떻게 하겠어? 그녀는 자네를 자극했어. 그리고 단 하나, 자네 질투심의 부스러기 몇 개만을 원한 거야. 야, 정말 신사야!”

“그 친구 이제 좀 내버려 두세요.” 여의사가 말했다. “그 친구는 잔인하죠. 하지만 젊어요.”

“징벌의 대천사지요.” 하벨이 말했다.

신화적 역할

“네, 바로 그거예요. 저 친구를 보세요. 아름답고 끔찍한 대천사.” 여의사가 말했다.

“우리는 정말 신화적인 모임이네. 당신, 당신은 디아나니까. 차갑고, 스포츠를 좋아하고, 못됐고.” 나른한 목소리로 과장이 주장했다.

“그리고 당신은 사티로스. 나이 들고, 음탕하고, 수다스럽고." 여의사가 말했다. "그리고 하벨, 이 사람은 돈 후안. 나이 들진 않았지만 나이 들어 가는."

"자, 그러니! 하벨, 그는 죽음이야." 조금 전 자기 논제로 돌아오며 과장이 답했다.

돈 후안들의 최후

"제가 돈 후안이냐 죽음이냐 묻는다면, 내키지는 않지만 과장님 의견 쪽에 서야겠네요." 하벨은 이렇게 말하며 크게 한 모금 술을 들이켰다. "돈 후안은 정복자였어요. 위대한 정복자이기까지 하지요. 하지만 여러분께 묻겠는데, 아무도 당신에게 저항하지 않고 모든 것이 가능하고 모든 것이 허락된 영토에서 어떻게 정복자가 될 수 있습니까? 돈 후안들의 시대는 지나갔어요. 오늘날 돈 후안의 후예는 더 이상 정복하지 않고 다만 수집할 뿐입니다. 위대한 정복자 다음에 위대한 수집가가 뒤를 이은 건데, 다만 수집가는 이제 돈 후안과 전혀 공통점이 없어요. 돈 후안은 비극적인 인물이었어요. 죄의 낙인이 찍혀 있었지요. 즐거이 죄를 지었고 신을 비웃었어요. 그는 신성 모독자였고 지옥에서 종말을 맞았습니다."

"돈 후안은 어깨에 비극적 짐을 지고 있었는데 위대한 수집가는 그런 게 뭔지도 몰라요, 그의 세상에서는 모든 것이 무게가 안 나가니까요. 돌무더기가 깃털로 변했지요. 정복자의 세상에서는 시선 하나가 수집가의 세상에서 십 년간의 가장 열성적인 육체적 사랑에 값했어요."

"돈 후안은 주인이었는데 수집가는 노예지요. 돈 후안은 관습과 규범 들을 뻔뻔하게 어겼어요. 위대한 수집가는 이마에 땀을 흘리며 고분고분하게 관습과 규범을 실행할 뿐이에요. 왜냐하면 수집한다는 것은 이제 예의범절과 올바른 태도에 속하고, 거의 의무로 여겨지니까요. 제가 잘못한 느낌이 든다면 오로지 엘리자베트를 취하지 않았다는 데 대한 죄책감인 겁니다."

"위대한 수집가는 비극과도 드라마와도 아무런 공통점이 없어요. 재앙의 씨앗이었던 에로티시즘은 수집가 덕분에 아침 식사나 저녁 식사, 우표 수집, 탁구, 또는 가게에서 쇼핑하는 것과 비슷한 게 됐어요. 수집가는 에로티시즘을 평범함이라는 원무에 들어가게 했지요. 그는 그것을 진짜 드라마는 결코 공연되지 않을 무대 장면과 무대 뒤편으로 만들었어요. 아, 여러분." 하벨이 비장한 어조로 외쳤다. "제 사랑들은 (그걸 그렇게 부를 수 있다면) 아무 일도 일어나지 않는 무대 장면들입니다."

"박사님, 그리고 과장님. 두 분은 대립항처럼 돈 후안을 죽음과 반대편에 놓으셨지요. 그렇게 해서 두 분은 순전히 우연히 그리고 부주의로 문제의 근원을 밝혀 내신 겁니다. 보세요. 돈 후안은 불가능에 맞섰어요. 그리고 바로 그 점이 너무나도 인간적인 겁니다. 반면에 위대한 수집가의 왕국에서는 그 무엇도 불가능하지 않은 게, 그건 죽음의 왕국이거든요. 위대한 수집가는 비극, 드라마, 사랑을 손으로 붙들고 데려가려 온 죽음이에요. 돈 후안을 데리러 온 죽음. 기사가 지옥에 보냈으나 그 지옥의 불 속에서 돈 후안은 살아 있지요. 하지만 정념과 감정 들이 허공에서 깃털처럼 맴도는 위대한 수집가의 세상, 그런 세상에서 그는 이제 완전히 죽었어요."

"아이고, 저하고 돈 후안이라니요!" 하벨이 서글프게 말했다. "그 기사를 볼 수 있다면, 그가 제 영혼에 저주를 내려 그 끔찍한 무게를 느낄 수 있다면, 제게서 엄청난 비극이 점점 커져 가는 것을 느낄 수 있다면 제가 무엇인들 못 할까요! 어휴, 저는 겨우 희극의 인물일 뿐이고, 그조차 제가 뭘 해서가 아니라 바로 돈 후안 덕인 것이, 오로지 그의 비극적 유쾌함을 역사적인 배경으로 삼아야만, 바람둥이로서의 내 존재, 그 비교 대상이 없다면 그저 진부한 무미건조함, 지겨운 풍경일 뿐일 그런 존재의 우스운 슬픔을 박사님이 그래도 어느 정도 파악할 수 있기 때문입니다."

새로운 신호들

이렇게 긴 연설에 지쳐서 (그동안 잠이 든 과장은 앞으로 두 번 머리를 떨구었다.) 하벨은 입을 다물었다. 많은 감정이 어린 채 잠시 가만히 있다가 여의사가 말을 이었다. "저는 몰랐네요, 박사님도 역시 훌륭한 웅변가라는 걸요. 박사님은 희극 속 인물, 무미건조하고 권태로운 인물의 모습으로, 마치 아무것도 아닌 존재처럼 자신을 묘사하셨어요. 그런데 안됐지만 이야기한 방식이 좀 너무 고상했어요. 그게 박사님의 저주받은 세

런됨이죠. 박사님은 자신을 거지 취급하지만, 그래도 거지보다는 왕자이기 위해 왕족의 단어들을 골라요. 하벨 박사님은 늙은 사기꾼이에요. 진창에 구를 때조차 거만해요. 박사님은 늙고 비열한 사기꾼이라고요.”

플라이쉬만은 여의사의 말에서 하벨에 대한 경멸을 느끼고 아주 기분이 좋아서 낭랑하게 웃어 댔다. 그래서 그는 여의사의 빈정거림과 자기 자신의 웃음에 고무되어 창문으로 다가가서는, 그러면 다 안다는 듯이 “정말 좋은 밤이네요!”라고 말했다.

“그래요.” 여의사가 말했다. “찬란한 밤이죠. 그리고 하벨 박사님은 죽음 놀이를 하고 있고요! 지금 이렇게 밤이 근사하다는 걸 알아차리기는 하셨나요, 하벨 박사님?”

“당연히 아니죠.” 플라이쉬만이 말했다. “하벨 박사님에게 여자는 여자고 밤은 그저 다른 밤하고 같은 밤이고, 겨울이나 여름이나 다 그게 그거예요. 하벨 박사님은 부차적 속성들을 구별하기를 거부하시죠.”

“나를 훤히 꿰뚫어 보았군.” 하벨이 말했다.

플라이쉬만은 이번에는 여의사와의 만남이 성사되리라 예상했다. 과장은 아주 많이 마셨고 몇 분 전부터 꾸벅꾸벅 졸기 시작해서 경계가 무뎌진 것같이 보였다. 플라이쉬만은 “아! 내 방광.”이라고 작게 말하고는 여의사 쪽을 한번 보고 나서 문으로 갔다.

가스

복도에 나서자 그는 여의사가 저녁 내내 두 남자, 과장과 하벨을 계속 비웃어 준 데다가 하벨을 사기꾼 취급한 것도 아주 적절했다는 생각을 하며 기분이 무척 좋았고, 또 어떤 상황이 어찌나 규칙적으로 반복되는지 매번 자신을 놀라게 만드는 것에 감탄했다. 그것은 즉, 여자들이 자기를 마음에 들어 하고 경험 많은 남자들보다 자기를 더 좋아한다는 것인데, 여의사의 경우는 — 그리고 확실히 그녀는 아주 까다롭고 똑똑하며 상당히 (하지만 기분좋게) 도도했다. — 뜻밖의 새로운 승리가 되었다.

이런 생각을 하면서 플라이쉬만은 긴 복도를 지나 출구 쪽으로 갔다. 정원으로 난 문 앞에 거의 다다랐을 즈음 갑자기 가스 냄새가 코를 찔렀다. 그는 멈춰서 냄새를 맡았다. 냄새는 복도와 작은 간호사 휴게실을 분리하는 문 쪽에 집중되어 있었다. 갑자기 플라이쉬만은 겁이 덜컥 났다.

처음에 그는 과장과 하벨을 데리러 달려가려 하다가 문 손잡이를 돌려 볼 마음을 먹었다.(아마도 문이 잠겨 있거나 열리지 않게 막혀 있으리라 여겼기 때문에.) 하지만 놀랍게도 문이 열렸다. 천장 등이 켜진 채 소파에 널부러진 여자의 벌거벗은 커다란 몸을 비추고 있었다. 플라이쉬만은 방을 둘러보다가 작은 버너를 향해 달려갔다. 그는 열려 있는 가스 밸브를 돌려 잠갔다. 그러고 나서 달려가 창문을 활짝 열었다.

괄호 속의 지적

(플라이쉬만이 냉정하게, 그리고 어쨌든 침착하게 대처했다고 말할
수 있겠다. 하지만 그가 충분히 냉정한 머리로 입력해 두지 못한 것이
한 가지 있다. 확실히 그는 엘리자베트의 벌거벗은 몸을 한동안 뚫어지
게 쳐다보긴 했지만 너무나도 겁이 났기 때문에, 우리가 지금 시간이 지
나고 물러서서 보니 아주 여유롭게 음미할 수 있는 것을 그때 그는 두려
움의 장막 뒤에서 전혀 파악하지 못했던 것이다.

이 몸은 정말 근사했다. 등을 아래로 하고 누웠는데, 머리는 약간 돌
려졌고, 어깨는 약간 모아지고 두 가슴은 맞닿아 눌려 풍만한 형태를 보
여 주었다. 다리 하나는 펴졌고 다른 다리는 살짝 구부러져서 허벅지의
놀라운 풍만함과 검은색 그늘, 기가 막히게 빽빽한 음모의 검은색 그늘
을 볼 수 있었다.)

구조 요청

창과 문을 활짝 열고 나서 플라이쉬만은 복도로 달려 나가
도움을 요청했다. 다음에 이어진 일들은 아주 신속하게 효율
적으로 이루어졌다. 인공호흡, 응급실에 전화, 환자 이송을 위
한 이동 침대 도착, 당직 의사에게 환자 이양, 인공호흡 재실
시, 회생, 수혈, 그리고 끝으로 엘리자베트의 생명을 구했다는
것이 확실해졌을 때 깊은 안도의 한숨.

3막

누가 무슨 말을 했는가

네 의사가 응급실에서 나와 마당에 나섰을 때 그들은 기진맥진해 보였다.

과장이 말했다. "그녀가 우리 콜로키움을 망쳤어, 그 깜찍한 엘리자베트가."

여의사가 말했다. "만족하지 못한 여자들은 언제나 액운을 가져오는 법이죠."

하벨이 말했다. "참 이상하네요. 자기 몸이 근사하다는 걸 사람들이 보게 하려고 가스를 열어야 했다니."

이 말에 플라이쉬만은 하벨을 (한참) 바라보더니 말했다. "전 이제 더 마시고 싶은 생각도 없고 재기를 부릴 마음도 없습니다. 안녕히 계세요." 그리고 그는 병원 출구를 향해 갔다.

플라이쉬만의 이론

플라이쉬만은 선배 동료들의 말이 비열하다고 생각했다. 거기에서 그는 나이 들어 가는 남자와 여자 들의 무신경, 자신의 젊음 앞에 마치 적대적인 장벽처럼 솟아 있는 그들 나이의 잔혹성을 보았다. 그래서 그는 혼자가 된 것이 좋았고, 들뜬 기분을 더 충만하게 음미하기 위해 일부러 걸어서 갔다. 그는 엘리자베트가 죽음 직전에 있었고 자기가 그 죽음에 책임이 있다고, 감미로운 두려움 속에서 끊임없이 생각했다.

물론 그는 자살이 딱 하나의 원인이 아니라 보통 여러 원인들이 합해져서 일어난다는 것을 모르지 않았다. 다만 그는 이 원인들 중 하나, 그리고 아마도 결정적 원인이 자신이며, 그것은 오로지 자신의 존재 그리고 오늘 자신의 행동 때문이라는 것을 부정할 수는 없었다.

지금 그는 자기 자신을 비장하게 비난하고 있었다. 자신은 사랑의 성공들만 바라보는 오만한 시선을 가진 에고이스트였다. 여의사가 보여 준 관심에 눈이 멀어 버렸다니 자신이 그로테스크하다고 생각했다. 엘리자베트를 단순한 물건으로 만들었던 것을, 질투가 난 과장이 여의사와의 만남을 막았을 때 자신의 짜증을 쏟아붓는 용기로 만들었던 것을 스스로 비난했다. 무슨 권리로 그는 아무 죄 없는 존재를 그렇게 취급했단 말인가?

그렇지만 이 젊은 의대생이 그리 단순한 사람은 아니었다. 그의 정신 상태 각각에는 그 자체에 긍정과 부정의 변증법이

포함되어 있어서 비난하는 자의 내면의 목소리에 이제 방어하는 자의 내면의 목소리가 대답했다. 그가 엘리자베트에게 했던 빈정거림은 확실히 잘못이었지만 엘리자베트가 자기에게 빠져 있지 않았다면 아마 그렇게 비극적인 결과를 낳지는 않았을 것이다. 그렇기는 하지만 어떤 여자가 그에게 사랑에 빠졌다고 해서 플라이쉬만이 무언가를 할 수 있었을까? 이 여자에 대해 자동적으로 책임이 생겼을까?

그는 인간 존재의 모든 비밀의 열쇠처럼 보이는 이 질문에 멈추어 생각했다. 그는 아예 걸음까지 멈추었고, 세상에서 최고로 진지하게 그에 답했다. 그렇다, 조금 전 과장에게 자기가 모르는 채 일으킨 일에 대해서는 책임이 없다고 말했을 때 그는 잘못했다. 과연 의식하는 것과 의도적이었던 것에만 자신을 축소시킬 수 있는가? 무의식적으로 한 일 역시 자기 인격의 영역에 속하지 않는가? 그렇다면 그 아닌 누가 거기에 책임이 있을 수 있겠는가? 그렇다, 그는 잘못했다. 엘리자베트의 사랑에 대해 잘못했고 이 사랑을 알지 못한 것이 잘못이었으며 그것을 등한히 한 것이 잘못이었다. 잘못했다. 자칫하면 그는 한 인간을 죽일 뻔했다.

과장의 이론

플라이쉬만이 이렇게 자신을 돌아보고 있는 동안 과장과 하벨과 여의사는 당직실로 돌아왔다. 그들은 이제 정말로 더 마시고 싶지 않았다. 그들은 잠시 침묵을 지켰다. 얼마 후 "도대체 엘리자베트의 머릿속에서 무슨 일이 일어난 거죠?" 하벨 박사가 말했다.

"감상은 금물이에요." 과장이 말했다. "누가 이런 바보짓을 할 때 나는 모든 감정을 금합니다. 게다가 당신이 고집을 부리지 않았다면, 그리고 당신이 다른 모든 여자들하고 망설임 없이 하는 일을 그녀하고 했다면 그 일은 일어나지 않았을 겁니다."

"제게 자살의 책임을 지워 주시다니 감사합니다." 하벨이 말했다.

"정확히 합시다." 과장이 답했다. "자살이 아니라 대참사를 피할 수 있도록 잘 조정된 자살 시위지요. 하벨 박사, 가스로 질식해 죽기를 원할 때는 문을 열쇠로 잠그기부터 하는 법이에요. 그보다 더하죠, 가스가 최대한 늦게 발각되도록 모든 틈을 샅샅이 다 막아요. 그런데 엘리자베트는 죽을 생각을 한 게 아니라 당신 생각을 한 거라고요."

"당신하고 같이 나이트 근무를 할 거라는 생각에 그녀가 몇 주 전부터 얼마나 좋아했는지 몰라요. 그리고 오늘 저녁 초반부터 노골적으로 당신에게 집중했지요. 하지만 당신은 뻣뻣하게 굴었어요. 그리고 당신이 뻣뻣하게 굴수록 그녀는 더 마셨고, 더 도발적인 모습을 보였어요. 계속 이야기를 했고 춤을 췄고 스트립쇼를 하고 싶어 했지요."

"자, 아무튼 이 모든 것 속에 뭔가 감동적인 것은 없나 싶어요. 당신 눈도 귀도 자신에게 향하게 할 수 없다는 걸 깨닫고서 그녀는 당신 후각에 모든 걸 걸고 가스를 열었어요. 그리고 가스를 열기 전에 옷을 벗었어요. 그녀는 자기 몸이 아름답다는 걸 알았고 당신이 그 사실을 알 수밖에 없게 하고 싶었겠죠. 그녀가 나가면서 뭐라 했는지 기억해 봐요. 당신들이 알면 좋을 텐데. 그런데 당신들은 아무것도 몰라. 당신들은 아무것도 몰라. 이제 당신은 알아요, 엘리자베트는 얼굴은 못생겼지만 몸은 아름답다는 걸. 당신도 인정했죠. 그녀의 추론이 그리 멍청하지 않다는 걸 잘 알겠지요. 나는 당신이 이제는 받아들이지 않을까 하는 생각까지 해요.”

하벨은 어깨를 으쓱했다. “그럴 수도 있겠죠.” 그가 말했다.

“난 확신해요.” 과장이 말했다.

하벨의 이론

“과장님 말씀이 설득력 있어 보이긴 하지만 추론에 구멍이 하나 있습니다. 이 일에서 제 역할을 너무 과대평가하신다는 거죠. 왜냐하면 문제는 제가 아니거든요. 엘리자베트하고 자는 걸 거부한 사람이 저 혼자는 아니잖아요. 아무도 그녀하고 자려 하질 않았어요.”

“조금 전에 과장님이 왜 제가 엘리자베트를 거부하는지 물으셨을 때 제가 자유의지의 아름다움이니 꼭 지키고 싶은 자유니 하는 허튼소리를 했지요. 그런 건 진실을 가리기 위한 헛소리일 뿐이고, 사실은 완전 정반대에다 전혀 기분 좋은 게 아니에요. 엘리자베트를 거부한 건 바로 제가 자유로운 인간으로 행동할 수 없기 때문이거든요. 엘리자베트하고 자지 않는 것이 요즘 유행이기 때문이에요. 아무도 그녀하고 자지 않고, 또 만약 누군가 잔다 해도 모두들 비웃을 테니 그랬다고 시인은 못 할 거예요. 유행이란 무시무시한 용이죠, 그래서 전 비굴하게 복종한 거고요. 그런데 엘리자베트는 무르익은 성인 여자니 그것이 그녀를 확 돌게 만든 거죠. 그리고 어쩌면 다른 무엇보다 그녀의 머리를 돌게 만든 건 제가, 바로 제가 자기를 거부한다는 거였을 겁니다. 제가 누구하고나 잔다는 걸 모두가 아니까요. 하지만 저한테는 엘리자베트를 안 돌게 만드는 것보다 유행이 더 소중했던 거죠.”

“그리고 과장님 말씀이 맞아요. 그녀는 자기 몸이 아름답다는 걸 알고 있었고, 이 상황이 정말 말도 안 되고 부당하다고 여겼고, 그래서 항의하려 했어요. 오늘 저녁 내내 그녀가 끊임없이 자기 몸에 주의를 끌려고 했던 거 기억해 보세요. 빈에서 본 스웨덴 스트립쇼 무용수 이야기를 할 때 자기 가슴을 어루만지면서 그 스웨덴 여자 가슴보다 더 아름답다고 말했죠. 그리고 이것도 떠올려 보세요. 저녁 내내 그녀 가슴과 엉덩이가 마치 시위대 군중처럼 이 방을 온통 점령했었지요. 진지하게 말하는 겁니다, 과장님, 그건 정말 시위였어요.”

“그리고 또 그녀의 스트립쇼도 기억해 보세요, 그녀는 진짜로 스트립쇼를 하고 있었던 거라고요! 과장님, 제가 이때껏 본 중 가장 슬픈 스트립쇼입니다. 그녀는 열정적으로 옷을 벗었지만 자기 몸을 둘러싼 혐오스러운 간호사 복장에서 벗어나지 못했지요. 그녀는 옷을 벗었지만, 벗을 수 없었어요. 그녀

는 자기가 옷을 못 벗으리라는 걸 알면서, 우리에게 옷을 벗고
자 하는 서글프고 실현 불가능한 욕망을 알려 주고 싶어서 옷
을 벗었어요. 과장님, 그건 옷을 벗는 게 아니라 옷 벗기의 슬
픈 노래, 옷 벗기의 불가능성에 대한 노래, 섹스의 불가능성에
대한, 삶의 불가능성에 대한 노래였습니다! 그런데 그것조차
우리는 들으려고 하지 않았고, 고개를 숙이고 관심 없는 척했
어요.”

“아, 낭만적인 바람둥이! 당신은 정말 그녀가 죽으려 했다
고 믿는단 말이에요?” 과장이 외쳤다.

“그녀가 춤추면서 제게 했던 말을 기억해 보세요. 이랬어
요. 난 살아 있다고! 난 아직 확실하게 살아 있어! 기억나세요? 춤
을 추기 시작한 순간부터 그녀는 자기가 뭘 할지 알고 있었던
거예요.”

“그럼 왜 다 벗고 죽으려 했을까, 응? 그건 어떻게 설명할
거예요?”

“연인 품에 안기듯 죽음의 품에 안기고 싶었던 거죠. 바로
그래서 옷을 벗고, 머리를 다듬고, 화장을 하고…….”

“그리고 바로 그래서 문은 열쇠로 안 잠그고, 응? 제발, 그
녀가 정말로 죽고 싶어 했다고 믿으려 애쓰지 말아요.”

“그녀는 아마 자기가 원하는 게 뭔지 정확히 몰랐을 거예
요. 과장님은 자신이 뭘 원하는지 아시나요? 우리 중에 누가
자기가 뭘 원하는지 알까요? 그녀는 죽고 싶었고, 또 그러고
싶지 않았어요. 그녀는 정말 진심으로 죽고 싶었고, 또 동시에
(똑같이 진심으로) 자신을 죽음으로 이끌어 주고 그리하여 위대

한 인물이 된 느낌을 주는 행위를 중지하고 싶었던 겁니다. 죽어서 완전히 흙색이 되고 악취를 풍기며 뒤틀린 자기 모습을 누가 보게 하고 싶지 않았을 거라는 거 아시겠죠. 그녀는 자기 몸을, 그렇게 아름답고, 그렇게 평가 절하된 자기 몸을, 이제 찬란한 영광 속에 죽음과 교미하게 될 자기 몸을 우리에게 보여 주고 싶었어요. 적어도 이 절대적인 순간만이라도 우리가 죽음을 질투하고 그 몸을 욕망하기를 바랐던 겁니다.”

여의사의 이론

“남자분들.” 그때까지 아무 말 없이 두 의사의 이야기에 귀를 기울이던 여의사가 말을 시작했다. “제가 여자로서 판단할 수 있는 한에서 볼 때 두 분 말씀 모두 일리가 있어요. 두 분의 이론은 그 자체로는 꽤 설득력 있고 삶에 대한 깊은 이해를 증명해 줍니다. 딱 한 가지 결함이 있어요. 엘리자베트는 자살 생각이 없었어요. 진짜 자살할 생각도 없었고 자살하는 척할 생각도 없었지요. 그 어떤 자살도요.”

여의사는 잠시 자기 말이 불러일으킨 효과를 음미하고는 다시 말했다. “두 분, 양심에 거리낌을 갖고 계신 게 보이네요. 우리가 응급실에서 돌아왔을 때 두 분은 휴게실을 피했어요. 그 방을 보고 싶지 않았죠. 하지만 저는 두 분이 엘리자베트에게 인공호흡을 할 때 찬찬히 살펴봤어요. 버너 위에 냄비가 있더군요. 엘리자베트는 커피를 끓이려고 불에 물을 올려놓고 잠이 든 거예요. 물이 넘쳐 불을 꺼뜨렸고요.”

두 의사는 여의사와 함께 휴게실에 가 보았다. 정확히 그랬다. 버너 위에 작은 냄비가 있고 물까지 약간 남아 있었다.

“하지만 그렇다면 왜 옷을 다 벗었지?” 과장이 놀라워했다.

“잘 보세요.” 방 이곳저곳을 가리키며 여의사가 말했다. 하늘색 원피스는 창문 아래 바닥에 널려 있고, 브래지어는 작은 약장에 걸려 매달려 있고, 하얀색 작은 팬티는 반대편 모서리 바닥에 던져져 있었다. “엘리자베트는 사방으로 옷을 다 벗어 던졌고, 그녀가 혼자서라도 스트립쇼를 제대로 하려 했다는 걸 증명해요. 과장님은 금지하는 것이 신중하다고 판단했던 걸 말이죠. 완전히 알몸이 되었을 때 그녀는 아마도 피곤을 느꼈을 거예요. 그래선 안 되는 거였죠. 왜냐하면 오늘 밤에 대한 희망을 포기하지 않았으니까. 그녀는 우리가 나중에는 다 가고 하벨 박사님 혼자 남으리라는 걸 알고 있었어요. 바로 그래서 잠을 깨려고 약을 달라고 했던 거예요. 그녀는 커피를 만들어 마시려 했고 버너에 물을 끓일 냄비를 올려놨어요. 그런 다음 그녀는 다시 자기 몸을 바라보았고 그러다 흥분했어요. 두 분 선생님, 엘리자베트에겐 두 분보다 유리한 점이 있어요. 자기 얼굴을 못 보죠. 그녀에게 그녀는, 그러니까 아무 결함 없는 아름다움이에요. 그녀의 몸은 그녀를 흥분시켰고 그녀는 소파에 음탕하게 누웠어요. 그런데 쾌락보다 잠이 먼저 그녀를 덮친 게 분명해요.”

“확실하네요. 제가 그녀에게 수면제를 줬으니 더!”

“박사님답네요. 자, 그러면, 분명하지 않은 게 뭔가 더 있나요?" 여의사가 말했다.

"네." 하벨이 말했다. "그녀가 우리한테 한 말을 기억해 보세요. '난 죽으려면 멀었다! 난 아직 확실하게 살아 있다고! 난 살아 있어!' 그리고 이 마지막 말, 이 말을 마치 영원한 작별 인사처럼 아주 비장하게 했어요. '당신들이 안다면. 그런데 당신들은 아무것도 몰라. 당신들은 아무것도 몰라.'"

"휴, 하벨 박사님." 여의사가 말했다. "사람들이 하는 말의 99퍼센트가 헛된 말이라는 걸 모르는 것처럼 그러시는군요. 당신 자신도 대부분 그저 말하기 위해서 말고 다른 무엇을 위해서 말을 하시나요?"

의사들은 한동안 더 이야기를 나눈 다음 밖으로 나갔다. 과장과 여의사는 하벨과 악수를 하고 멀어져 갔다.

밤공기에 향기가 감돌았다

플라이쉬만은 부모님과 함께 사는, 정원으로 둘러싸인 교외의 작은 집에 마침내 도착했다. 그는 철문을 열고 들어가 현관문으로 가기 전에 엄마가 정성껏 가꾼 장미 덩굴이 드리운 벤치에 앉았다.

여름밤 공기에 향기가 감돌고 있었고 '잘못한', '이기주의', '사랑받는', '죽음' 같은 단어들이 플라이쉬만의 가슴속에 소용돌이치면서 벅찬 기쁨으로 그의 가슴을 가득 채웠다. 그는 등에서 날개가 돋아나는 느낌이었다.

이렇게 우수에 찬 행복이 밀려드는 가운데 그는 자신이 그 어느 때보다 사랑받고 있음을 깨달았다. 분명 여러 여자들이 그에게 확실한 감정 표명을 한 적이 있었지만 그는 지금 아주 냉철하게 생각하려 했다. 그것이 언제나 사랑이었을까, 때로 그는 환상에 굴복했던 건 아닐까, 실재보다 더한 것을 상상하는 일은 없었을까, 가령 클라라는 그를 사랑한다기보다는 뭔가를 바라는 것이 아닐까, 그녀는 그가 자기에게 구해 줄 아파트가 그보다 더 중요한 게 아닐까? 엘리자베트의 행위 옆에서 모든 것이 빛을 잃었다.

거창한 말들이 공기 속에 떠다녔고 플라이쉬만은 사랑에는 단 하나의 기준, 즉 죽음밖에 없다고 생각했다. 진정한 사랑의 끝에는 죽음이 있으며, 오로지 죽음으로 끝나는 사랑만이 사랑이다.

향기가 공기 속을 떠다녔고 플라이쉬만은 생각했다. 누가 이 못생긴 여자만큼 자신을 사랑해 주게 될까? 위대한 감정, 절대적으로 보이는 위대한 감정 옆에서 얼굴의 추함이 무엇이란 말인가?

(절대적이라고? 그렇다. 플라이쉬만은 불확실한 어른들의 세계에 던져진 지 얼마 되지 않은 사춘기 소년이었다. 그는 여자들을 유혹하기 위해 최선을 다하지만 그가 찾는 것은 무엇보다 위안을 주는, 한없는, 구원의 포옹, 얼마 전 발견한 이 세상의 잔혹한 상대성으로부터 그를 구해 내 줄 그런 포옹이다.)

4막

여의사가 돌아옴

하벨 박사가 얇은 모직 담요를 덮고 소파에 누운 지 얼마 후 창문을 두드리는 소리가 들렸다. 달빛에 여의사의 얼굴이 보였다. 그는 창문을 열고 물었다. "무슨 일이에요?"

"문 좀 열어 주세요." 여의사는 이렇게 말하고 빠른 걸음으로 출입문을 향해 갔다.

하벨은 셔츠 단추를 잠그고 한숨을 내쉬며 방을 나섰다.

그가 문을 열자 여의사는 더 무슨 해명도 없이 쓱 건물로 들어왔고, 당직실에서 하벨 맞은편 안락의자에 앉자 설명을 하기 시작했는데, 그냥 집에 들어갈 수가 없었다, 너무나도 마음이 혼란스러웠다, 잠이 안 올 것 같다, 그러니 좀 진정되도록 하벨이 자기하고 이야기를 조금 더 나눠 달라, 그런 것이었다.

하벨은 여의사의 말을 한 마디도 믿지 않았고, 그렇다는 걸 내보일 정도로 충분히 예의가 없었다.(또는 신중하지 못했다.)

그래서 여의사는 그에게 말했다. "물론 박사님은 내 말을 믿지 않아요. 내가 다시 온 건 오로지 박사님하고 자기 위해서 라고 확신하니까."

의사는 아니라는 몸짓을 했지만 여의사는 계속했다. "오만 한 돈 후안! 당연히 그렇겠죠. 어떤 여자든 박사님을 보기만 하면 그 생각만 해요. 그리고 박사님은 할 수 없이, 역겨워하 면서 자신의 서글픈 임무를 수행하고요."

또다시 하벨은 아니라는 몸짓을 했으나 여의사는 담배에 불을 붙이고는 나른하게 연기를 내뿜으며 계속했다. "가엾은 돈 후안, 걱정하지 마세요. 박사님을 성가시게 하려고 온 게 아니에요. 박사님은 죽음하고 공통적인 게 조금도 없어요. 그 런 건 전부 우리 친애하는 과장님이 만들어 낸 역설일 뿐이에 요. 박사님은 모든 걸 다 취하지 않아요. 모든 여자들이 다 자 기를 가져 주십사 내맡길 태세인 건 아니니까. 예를 들어 저 도, 제가 보증할 수 있는데요, 박사님한테 완전히 면역이 돼 있어요."

"그 말 해 주려고 온 겁니까?"

"아마도. 박사님을 위로해 주려고, 박사님이 꼭 죽음 같지 는 않다는 말을 해 주려고 왔지요. 나는, 나를 가지라고 내맡 기지 않을 거라는 말을 하려고요."

하벨의 도덕성

"당신을 가지라고 내맡기지 않으시겠다니, 그리고 그 말을 제게 해 주러 오셨다니 참 고마우시네요." 하벨이 말했다. "당신이 맞아요, 저는 죽음하고 공통적인 게 하나도 없어요. 전 엘리자베트를 가지지 않았을 뿐 아니라 당신도 똑같이 가지지 않을 겁니다."

"아!" 여의사가 말했다.

"그렇다고 당신이 마음에 안 든다는 말은 아닙니다. 정반대죠."

"아, 그렇기는 하시군요."

"그래요. 아주 마음에 들어요."

"그러면 왜 저를 가지지 않겠다는 거죠? 제가 박사님한테 관심이 없어서인가요?"

"아니, 그건 상관이 없다고 생각해요."

"그러면 왜죠?"

"왜냐하면 당신은 과장님의 여자이기 때문이에요."

"그래서요?"

"과장님은 질투가 많아요. 그분을 괴롭힐 거예요."

"양심의 가책을 느낀다고요?" 여의사가 웃으며 말했다.

"보세요, 저는 살면서 여자들과 적지 않은 우여곡절을 겪었고 그래서 남자의 우정만을 중요하게 여기게 됐어요. 에로티시즘이라는 바보짓의 흙탕물이 튀지 않은 이 우정이야말로 내가 살면서 유일하게 알게 된 가치예요."

“과장님을 친구로 생각하시나 보죠?”

“과장님은 제게 많은 것을 해 주셨어요.”

“저한테는 더 많이 해 줬죠.” 여의사가 답했다.

“그럴 수도.” 하벨이 말했다. “하지만 이건 감사의 문제가 아니에요. 친구라고요, 그게 다예요. 그분은 정말 멋진 사람이에요. 그리고 당신을 몹시 아껴요. 내가 당신을 가지려 한다면 나는 나 자신을 비열한 놈이라 여기지 않을 수 없을 겁니다.”

비방당하는 과장

“박사님 입에서 그렇게 열렬한 우정 예찬을 듣게 될 줄은 몰랐네요!” 여의사가 말했다. “전혀 예상치 못했던 완전히 새로운 모습으로 박사님을 새로 발견하네요. 아주 의외로 박사님에겐 감수성이 있을 뿐 아니라 그 감수성을 (이 점이 아주 감동적인데) 흰머리에, 그나마 거의 다 빠진 나이 든 남자, 우스꽝스러운 면밖에 안 보이는 그런 남자에게 발휘하고 있군요. 아까 그 사람 봤나요? 그 사람이 얼마나 끊임없이 무대 주인공 노릇을 하는지 봤느냐고요? 아무도 믿을 수 없는 것들을 항상 증명해 보이려 하죠.”

“첫째로, 그 사람은 자기가 재치 있다는 걸 증명하려 해요. 당신도 들었죠. 저녁 내내 아무 소리나 떠들어 댔어요. 좌중을 웃기려 하고, 재치를 부리고, 하벨 박사가 죽음 같다느니 하고, 행복한 결혼의 불행이니 하는 역설을 지어내고 (백번도 넘게 들은 타령이에요!) 플라이쉬만을 속여 먹으려고 애를 쓰더군요.(그러려면 뭐 아주 재치 있어야만 하는 것처럼!)"

"둘째로, 그는 관대한 사람으로 통하고 싶어 해요. 실상은 누구든 머리카락이 있는 사람은 다 증오하지만 그런 만큼 더 애를 쓰죠. 당신한테 듣기 좋은 소리를 하고, 내 기분을 맞춰 주고, 엘리자베트한테는 아버지처럼 다정하게 대하고, 또 플라이쉬만을 가지고 놀았지만 눈치 못 채도록 조심했어요."

"셋째로, 이게 제일 심각한데, 자기가 거부할 수 없을 만큼 매력적이라는 걸 증명하려 해요. 그는 옛날 자기 모습 뒤에 지금 자기 모습을 감추려고 필사적으로 애를 쓰는데, 안됐지만 그 모습은 이제 존재하지도 않고 우리 중 누구도 기억 못 하죠. 자기를 거부했던 그 창녀 이야기를 얼마나 노련하게 끄집어내는지 봤죠? 오로지 자기 옛날 얼굴을 상기시켜서 그 비참한 대머리를 잊게 하려고 말이에요."

과장에 대한 옹호

"당신 말이 거의 다 사실이에요." 하벨이 답했다. "하지만 그건 내가 과장님을 좋아할 또 다른 좋은 이유일 뿐이지요. 그 모든 게 당신이 생각하는 것보다 나한테 더 가까이 있으니까요. 나도 피해 가지 못할 대머리를 왜 내가 비웃기를 바라죠? 무엇 때문에 당신은 내가, 과장님이 끈질기게 현재의 자기 모습이 아니고자 애쓰는 것을 비웃기를 바라죠?"

"나이 든 남자는 자기 자신을 있는 그대로, 그러니까 자신의 초라한 잔재이기를 받아들이거나 아니면 받아들이지 않거나 둘 중 하나예요. 그런데 받아들이지 않는 경우 무엇을 해야 할까요? 지금의 자기가 아닌 척하는 것 말고 남은 게 없어요. 아주 공들여 위장을 해서 이젠 더 이상 자신이 아닌 것, 이미 잃어버린 것을 다시 만들어 내는 일 말고 남은 게 없다고요. 지어내고, 연기하고, 쾌활함, 활기, 다정다감함을 흉내 낼 수밖에 없어요. 자신의 젊은 이미지를 다시 살려 내고, 그것과 한데 섞이려고 노력하고, 자기를 그것으로 대체하는 수밖에요. 과장님의 이 희극에서 난 내 모습을, 나 자신의 미래를 봅니다. 나한테 아직 체념을 거부할 수 있는 힘이 남았다면 말이에요. 체념은 이 우수 어린 희극보다 틀림없이 더 나쁜 악이겠죠."

"당신은 과장님 연기를 제대로 봤을 수 있어요. 하지만 그럴수록 나는 그분을 더 좋아할 뿐이고, 그러니까 절대 그분을 괴롭게 할 수 없을 거고, 따라서 절대 당신하고 잘 수 없을 겁니다."

여의사의 대답

"박사님, 우리는 박사님 생각보다 차이가 적어요." 여의사가 답했다. "저도 그 사람을 좋아해요. 저도 박사님과 똑같이 그 사람이 가엾어요. 그리고 그 사람 덕을 더 많이 봤어요. 그 사람 아니면 이렇게 좋은 자리를 못 얻었을 거예요.(당신도 잘 알고, 모두가 그 사실을 너무 잘 알죠.) 제가 그를 우롱한다고 생각하시나요? 그를 속인다고요? 저한테 다른 남자들이 있다고요? 모두들 얼마나 기쁘게 그 소식을 그 사람한테 알릴까! 전 아무한테도, 그 사람에게도 저에게도 고통을 주고 싶지 않고, 그래서 당신이 생각하는 것보다 훨씬 덜 자유로워요. 완전히 매여 있다고요. 하지만 우리 둘이 이렇게 서로를 잘 이해한 게 정말 좋네요. 왜냐하면 제가 과장님을 두고 유일하게 박사님하고는 부정을 저질러도 되니까요. 당신은 정말 그 사람을 진심으로 좋아하고 절대 괴로움을 주려 하지 않잖아요. 당신은 아주 철저하게 조심할 거예요. 당신은 믿을 수 있어요. 그러니까 당신하고 잘 수 있는 거죠⋯⋯." 그러고는 그녀는 하벨의 무릎에 앉아 단추를 풀기 시작했다.

하벨 박사는 어떻게 했을까?

그가 어떻게 할 수 있었겠는가⋯⋯.

5막

고결한 감정의 소용돌이 속에서

밤이 지나 아침이 왔고 플라이쉬만은 정원으로 내려가 장미를 꺾어 꽃다발을 만들었다. 그러고는 전차를 타고 병원까지 갔다.

엘리자베트는 응급실 안 개별실에 있었다. 플라이쉬만은 침대 머리맡에 앉아 협탁에 꽃다발을 내려놓고는 맥박을 짚어 보려고 엘리자베트의 손을 잡았다.

"좀 나아요?" 잠시 후 그가 물었다.

"네." 엘리자베트가 말했다.

그리고 플라이쉬만은 애정이 가득한 목소리로 말했다. "그런 바보 같은 짓은 하지 말았어야 해요."

"맞아요." 엘리자베트가 말했다. "그런데 잠이 들어 버렸지

뭐예요. 커피를 끓이려고 물을 올려놓고는 바보처럼 잠이 들어 버렸어요."

플라이쉬만은 너무 놀라 엘리자베트를 바라보았는데, 그녀가 그렇게나 관대하리라고 예상도 못 했기 때문이다. 엘리자베트는 그가 가책을 느끼지 않기를 바라고, 또 사랑의 감정으로 그를 짓누르고 싶지 않아서 그 사랑을 부인하고 있었다!

그는 그녀의 뺨을 어루만졌고, 자기 감정에 도취한 나머지 그녀에게 반말을 하기 시작했다. "난 다 알아. 거짓말할 필요 없어. 하지만 그렇게 거짓말해 준 거 고마워."

그는 다른 어떤 여자에게서도 이런 고귀함과 희생과 헌신을 찾아보지 못하리라는 것을 깨달았고, 강한 유혹에 못 이겨 그녀에게 아내가 되어 달라고 청할 뻔했다. 하지만 마지막 순간에 자제하고 (청혼할 시간은 얼마든지 있었다.) 이렇게 말하기만 했다.

"엘리자베트, 엘리자베트, 자기. 당신을 위해 이 장미를 가져왔어."

엘리자베트는 멍하게 플라이쉬만을 바라보다가 말했다. "나를 위해서요?"

"그럼, 당신을 위해서. 당신이랑 여기 있는 게 행복해서. 엘리자베트, 당신이 존재하는 게 행복해서 말이야. 나 당신을 사랑하는 것 같아. 많이 사랑하는 것 같아. 하지만 그건 어쩌면 우리가 지금 이 상태 그대로 있어야 하는 또 하나의 이유인지도 몰라. 남자와 여자는 같이 살지 않을 때, 그리고 서로에 대해 오로지 존재한다는 것만을 알 때, 존재해 줘서 그리고 서로

가 존재한다는 것을 알아서 상대에게 감사할 때 서로를 더 사
랑한다고 생각해. 그리고 그것으로 그들은 행복하기에 충분
하지. 난 당신에게 고마워, 엘리자베트, 당신이 존재해 줘서
고마워."

엘리자베트는 무슨 소리인지 통 알아들을 수가 없었지만
몹시 행복한 미소를, 막연한 행복과 막연한 희망으로 가득한
바보 같은 미소를 지었다.

잠시 후 플라이쉬만은 자리에서 일어나 엘리자베트의 어
깨를 (절제되고 조심스러운 사랑의 표시로) 꼭 잡아 주고는 돌아서
서 나갔다.

모든 것의 불확실성

"오늘 아침 문자 그대로 눈부시게 젊음으로 빛나는 우리의
아름다운 동료께서 아마도 가장 정확히 사건을 설명해 낸 것
같아요." 병동에 다시 모였을 때 과장이 여의사와 하벨에게 말
했다. "엘리자베트는 커피를 끓이려고 물을 올려놓고 잠이 들
었다네요. 하여간 그녀가 주장하는 건 그래요."

"그것 보세요." 여의사가 말했다.

"아무것도 안 보이는데." 과장이 답했다. "어쨌든 무슨 일이
있었던 건지는 아무도 모르는 거예요. 냄비가 처음부터 버너
위에 있었는지도 모르지. 엘리자베트가 가스로 자살을 하려
했다면 왜 냄비를 내려놨겠어요?"

"아니, 그녀가 전부 설명해 드렸다면서요?" 여의사가 지적 했다.

"그런 소동을 벌여 우리를 혼비백산하게 만들었는데, 모든 게 냄비 때문에 일어난 거라고 믿게 하려는 건 놀랄 일이 아니 지요. 이 나라에서 자살 시도자는 자동적으로 요양원에 보내 져 치료를 받게 되어 있다는 것을 잊지 마세요. 누구한테든 기 분 좋은 전망은 아니지요."

"자살 소동 쪽이 그렇게 마음에 드세요, 과장님?" 여의사가 말했다.

"하벨이 이번에는 제대로 가책을 느끼기를 바라는 거지요." 과장이 웃으며 말했다.

하벨의 뉘우침

양심에 가책을 느낀 하벨은 과장이 던진 별 의미 없는 말 이 하늘이 자기에게 은밀히 보내는 암호화된 비난 같았다. "과 장님 말씀이 맞아요." 그가 말했다. "반드시 자살 시도였던 건 아니지만 그럴 수도 있어요. 그리고 솔직히 말해도 된다면 저 는 엘리자베트를 책망하지 않겠어요. 자살을 원칙적으로 허 용 불가능하다고 여길 수 있을 만한 유일하고 절대적인 가치 가 우리 삶에 있나요? 말씀해 보세요. 사랑요? 아니면 우정? 장담하는데 우정이 사랑보다 덜 약하지 않고, 우정을 바탕으 로 뭘 할 수도 없어요. 아니면 적어도 자기 자신에 대한 사랑이 있을까요? 그랬으면 좋겠어요. 과장님, 맹세하는데요, 과장님, 저는 저를 조금도 사랑하지 않습니다." 하벨은 거의 열기를 띠며 이렇게 말했는데 꼭 뉘우침처럼 들렸다.

"저기요." 여의사가 미소를 지으며 말했다. "그래서 두 분 삶이 더 아름다워지고 두 분 영혼을 구한다면, 엘리자베트가 정말 자살하려 했다고 결론짓죠. 됐죠?"

해피엔드

"그만합시다." 과장이 말했다. "다른 얘기해요. 하벨, 당신 이야기가 이 아름다운 아침 공기를 더럽히고 있다고요! 난 당신보다 열다섯 살 많아요. 난 가정에서 행복한, 그러니까 이혼할 수 없는 불운을 가졌어요. 그리고 내가 사랑하는 여자가 다름 아닌 이 의사분이기 때문에, 아아, 나는 불행한 사랑을 하고 있다오! 하지만 그래도 나는 이 땅에서 행복하다오!"

"좋아요. 아주 좋아요." 여의사가 평소와 달리 과장에게 다정하게 말하며 그의 손을 잡았다. "저도 이 땅에서 행복해요."

이때 플라이쉬만이 의사 셋이 모인 곳에 합류해서 말했다. "엘리자베트 병실에서 오는 길이에요. 정말 너무나 괜찮은 여자예요. 전부 다 아니래요. 혼자 다 떠맡네요."

"그렇다니까." 과장이 웃으며 말했다. "자칫하면 하벨이 우리를 전부 자살로 몰아넣겠어요."

"그러게요." 여의사가 말했다. 그러고는 창가로 갔다. "오늘도 날이 아주 좋겠네요. 하늘이 너무나 파래요. 어떻게 생각해요, 플라이쉬만?"

조금 전 플라이쉬만은 장미꽃 한 다발과 몇 마디 근사한 말로 상황을 빠져나오며 위선적으로 행동했다고 거의 자책하고 있었는데, 지금은 서둘러 일을 망치지 않은 게 정말 다행스러웠다. 그는 여의사의 신호를 포착했고 무슨 뜻인지 이해했다. 모험의 실타래는 그러니까 이제 다시, 가스 냄새가 플라이쉬만과 여의사의 만남을 무산시켰던 그때, 어젯밤 끊어졌던 지점에서 다시 시작되려 하고 있었다. 그리고 플라이쉬만은 질투심 많은 과장이 보고 있는데도 여의사에게 미소를 짓지 않을 수 없었다.

이야기는 그러니까 어제 끝났던 곳에서 시작되지만, 플라이쉬만은 자신이 훨씬 더 나이 들고 훨씬 더 강해져서 그 이야기 속에 다시 들어간다는 생각이 들었다. 그는 죽음처럼 위대한 사랑을 겪었던 것이다. 그는 가슴속에서 큰 파도가 솟아오르는 것 같았고, 그 파도는 이제껏 겪은 어떤 것보다 가장 높고 강력했다. 이토록 황홀하게 그의 가슴을 벅차게 만드는 것, 그것은 바로 죽음이기 때문이다. 선물받은 죽음. 찬란하게 빛나며 새로운 힘을 주는 죽음.

죽은 지 오래된 자들은
죽은 지 얼마 되지 않은 자들에게
자리를 내주도록

죽은 지 오래된 자들은
죽은 지 얼마 되지 않은 자들에게
자리를 내주도록

1

그는 보헤미아의 한 작은 도시의 길을 따라 집으로 돌아가고 있었다. 여기에서 그는 꽤 오랜 세월 동안 별 흥미로울 것 없는 삶, 말 많은 이웃, 하나같이 상스러운 직장 분위기를 체념하며 살고 있었고, 너무도 무심하게 걷고 있었던 탓에 (수백 번 다닌 길을 갈 때는 이렇게 걷는다.) 그녀를 그냥 스쳐 지나갈 뻔했다. 하지만 그녀는 멀리서부터 그를 알아보고는 다가오는 내내 미소를 띠고 그를 보고 있었는데, 마지막 순간, 두 사람이 같은 지점에 이르렀을 때 그 미소가 결국 그의 기억 속에서 찰칵 무언가를 작동시켰고 그를 깨어나게 했다.

"못 알아 뵈었네요." 그가 이렇게 말했는데, 피하는 게 좋았을 괴로운 주제로 대번에 들어가게 하는 서투른 사과였다. 못 본 지 십오 년이었고 그들 둘 다 나이가 들었던 것이다. "내가 그렇게 많이 변했나요?" 그녀가 묻자 그는 아니라고 했는데,

거짓이었지만 또 완전히 그렇지는 않았던 것이, 그 조용한 미
소는 (영원한 열정의 능력이 조심스럽게, 겸손하게 표현되던 그 미소)
여러 해의 거리를 가로질러 조금도 변하지 않은 채 여기까지
그에게로 다가왔기 때문이다. 이 미소는 그에게 이 여자의 예
전 모습을 너무도 뚜렷하게 떠올리게 해서, 그는 이 미소를 잊
고 그녀를 지금 모습대로 보기 위해 애를 써야 했으니 말이다.
그녀는 이제 거의 할머니가 다 돼 있었다.

　그가 그녀에게 어디에 가는지, 하려는 일이 있는지 묻자 그
녀는 처리할 일이 좀 있어서 왔는데 이제 저녁에 프라하로 돌
아갈 기차를 기다리는 일만 남았다고 답했다. 그는 이렇게 생
각지도 못하게 만나 정말 기쁘다고 했고, 두 사람 다 근처 카
페 두 군데가 지저분하고 사람들로 미어터진다는 데에 (마땅
히) 의견 일치를 보면서, 그가 멀지 않은 곳에 있는 자기 원룸
에 가자고, 가서 차나 커피를 끓여 줄 수 있고 또 무엇보다 그
곳은 깨끗하고 조용하다고 했다.

2

그녀에게 시작부터 좋지 않은 하루였다. 남편이(삼십 년 전 신혼 시절에 그들은 이곳에서 얼마 동안 살다가 그다음 프라하에 정착했고 십 년 전에 남편이 세상을 떠났다.) 마지막 유언에 밝힌 기이한 희망에 따라 그를 이 소도시 묘지에 매장했었다. 그래서 그녀는 묘지를 십 년 임대받았는데, 갱신하는 것을 잊고 기한이 넘어가 버렸다는 것을 며칠 전에 확인하게 되었다. 그녀는 처음에는 묘지 사무소에 편지를 쓰려고 생각했으나 관청과 편지로 일을 본다는 것이 온통 끝도 없고 헛된 일임을 기억하고는 직접 찾아왔다.

그녀는 남편의 묘로 가는 길을 훤히 알고 있었는데도 그날은 묘지를 처음 보는 느낌이 들었다. 도저히 남편 묘를 찾아낼 수가 없었고 길을 잃었나 싶었다. 그러다 마침내 깨달았다. 금색으로 남편 이름이 새겨진 사암 묘비가 있던 자리에 지금은

(양 옆 묘들을 보아 이 자리임이 확실했다.) 전혀 모르는 이름이 금색으로 새겨진 검은색 대리석 묘비가 세워져 있었다.

황당해하며 그녀는 묘지 사무소에 갔다. 그곳에서 그들은 묘의 임대 기한이 만료되면 자동적으로 없애게 되어 있다고 그녀에게 말했다. 임대 계약을 갱신해야 하는 것을 알려 주지 않았다고 그녀가 비난하자 그들은 묘지에 자리도 거의 없고 죽은 지 오래된 자들은 죽은 지 얼마 되지 않은 자들에게 자리를 내주어야 한다고 답했다. 그녀는 너무도 화가 나서 울음이 터지려는 것을 가까스로 참으며 그들에게 인간의 존엄성이 뭔지도 모르고 타인에 대한 존중도 모르는 사람들이라고 말해 주었지만, 이런 이야기를 해 보아야 아무 소용이 없다는 것을 곧 깨달았다. 남편의 죽음을 막을 수 없었던 것처럼 그녀는 이 두 번째 죽음, 죽은 자로서 존재하는 권리조차 더 이상 가지지 못하는 죽은 지 오래된 자의 죽음 앞에서 그저 속수무책이었다.

시내 쪽으로 다시 돌아 나오는데, 이제 아들에게 아버지의 묘가 사라진 것을 어떻게 설명할 것이며 자신의 부주의함을 뭐라 변명할 것인지 생각하자 곧 슬픔에 불안이 섞여 들었다. 그러고는 피곤이 몰려왔다. 프라하로 돌아가는 기차가 출발하는 시간까지 한참을 어떻게 기다려야 할지 알 수 없었다. 이곳에 아는 사람도 하나도 없고, 그사이 도시가 너무도 많이 변해 예전에 그녀에게 친숙했던 곳들이 이제는 완전히 낯선 모습이어서 감상 어린 산책을 할 마음도 나지 않았기 때문이다. 그녀가 우연히 만난 (반쯤 잊힌) 옛 친구의 초대를 감사한 마음으로 받아들인 것은 바로 그 때문이었다. 그녀는 욕실에서 손

을 씻은 다음 푹신한 안락의자에 앉아 (다리가 아팠다.) 방을 둘
러보고, 원룸 한구석 주방을 분리해 놓은 칸막이 뒤에서 물이
끓는 소리를 들을 수 있었다.

3

그는 얼마 전에 서른다섯 살이 되었고, 정수리 머리숱이 확연히 적어진 것을 문득 확인했다. 아직 완전히 대머리는 아니었지만 이미 기미가 보였다.(두피가 훤히 보였다.) 대머리는 확실히 피할 수 없고 상당히 근접해 있었다. 머리카락이 빠지는 것을 사활이 걸린 문제로 삼는다는 건 확실히 우스꽝스럽겠지만, 대머리가 되면 얼굴이 달라질 것이며 따라서 (분명 가장 괜찮은) 자기 외양 중 하나가 생명을 마치게 되는 것임을 그는 깨달았다.

그리하여 그는 점점 사라져 가는 이 (머리카락이 있는) 인물의 총결산은 정확히 무엇인지, 이 인물이 정확히 무엇을 살아낸 것인지, 정확히 어떤 기쁨들을 맛본 것인지 자신에게 물었고, 그것이, 그 기쁨이 너무 얼마 안 된다는 것을 확인하며 경악했다. 그는 그 생각만으로도 얼굴이 붉어지는 느낌이었다.

그렇다. 그는 부끄러웠다. 이 세상에서 그렇게 오래 살고도 그렇게 조금 살았다는 것은 치욕스러운 일이었으므로.

그는 무슨 의미로 조금 살았다고 한 것일까? 여행, 일, 사회 생활, 스포츠, 여자들을 생각했을까? 물론 이 모두를 다 생각했겠지만 문제는 무엇보다 여자였다. 다른 영역에서 그의 삶이 초라했다면, 그것이 얼마간 괴롭기는 해도 그 초라함을 자신의 잘못으로 여길 수는 없었다. 직업이 별 볼일 없고 전망도 없다고 해서 그의 잘못은 아니었다. 돈도, 간부 조직의 허가증도 없어서 여행을 못 했다고 해서 그의 잘못은 아니었다. 스무 살 때 관절 반달이 부러져 좋아하던 스포츠를 포기해야 했다고 해서 그의 잘못은 아니었다. 반면에 여자의 영역은 그에게 상대적으로 자유로운 세계였고, 그러므로 거기에 대해서는 어떤 핑계도 둘러댈 수 없었다. 거기에서는 자신의 모습을 보여 주고 자신이 가진 많은 것을 드러내 보일 수 있었을 것이다. 여자는 그에게 삶의 농도를 재는 단 하나의 타당한 기준이 되었다.

하지만 운도 없지! 여자들하고 그리 잘된 적이 없었다. 스물다섯 살까지 그는 (미남이면서도) 긴장해서 뻣뻣하게 굳어 버렸다. 그다음 그는 사랑에 빠졌고, 결혼을 했고, 칠 년 동안 한 여자에게서 에로티시즘의 무한대를 찾아낼 수 있다고 애써 자신을 설득했다. 그 후 그는 이혼했고, 일부일처제(무한대의 환상)에 대한 변호는 여자들에 대한 즐겁고 대담한 욕망(수많은 여자들의 다채로운 유한성)에 자리를 내주었으나, 힘든 재정 상황 때문에 (전처에게 양육비를 지급해야 했고 아이는 일 년에 한두 번 볼 수

있었다.) 그리고 이런 작은 도시에서는 이웃들의 끝없는 호기
심 탓에 사귈 수 있는 여자가 한정될 수밖에 없었기 때문에 불
행히도 그 욕망과 대담함에는 강력하게 제동이 걸렸다.

그다음, 시간이 흘러, 아주 빨리 흘러, 어느 날 그는 욕실 세
면대 위 타원형 거울 앞에 서서 오른손에 작은 거울을 들고 정
수리를 비춰 보았고, 막 생겨나고 있는 자신의 대머리를 넋을
놓고 들여다보았다. 대번에 (그 어떤 준비도 없이) 그는 진부한
진리, 즉 놓친 것은 다시 잡을 수 없다는 것을 깨달았다. 그때
부터 그는 만성적인 불쾌감에 시달렸고 심지어 자살 생각까
지 했다. 물론 (그를 히스테리 환자나 멍청이로 여기지 않도록 이점
을 강조해야 한다.) 그는 이런 생각들에 우스운 데가 있다는 것
도 알고 결코 실행에 옮기지 않으리라는 것도 (나는 절대 대머리
를 받아들이지 않을 것이다, 영원히 안녕! 이런 마지막 인사를 생각만 해
도 웃음이 났다.) 알기는 했으나 그저 생각만이라고 해도 아무
튼 머릿속에 그런 생각이 떠올랐다는 것 자체가 문제였다. 그
를 이해하기 위해 노력을 한번 해 보자. 마라톤 주자가 중간
지점에서 자신이 지리라는 것을 (그것도 자기 자신의 실수 때문
에) 확인하면서 그만 포기하고 싶다는 생각을 떨칠 수 없게 되
는 것과 거의 비슷하게 그런 생각들이 그에게 찾아온 것이다.
그 역시 이제 진 경주라 여겼고 그러므로 계속 달릴 마음이 나
지 않았다.

그리고 지금, 그는 작은 탁자에 몸을 숙여 커피 한 잔은 (이
제 자신이 가서 앉을) 소파 앞에, 또 한 잔은 손님이 앉은 편안한
안락의자 앞에 내려놓았고, 예전에 미치도록 사랑했으며 (자

신의 실수로) 놓쳐 버렸던 이 여인을 이렇게 안 좋은 심리 상태
에 놓인 이때, 그리고 이제 더 이상 아무것도 만회할 수 없게
된 바로 이 시점에서 만나게 되다니 참 묘한 운명의 나쁜 장난
이라 생각했다.

4

틀림없이 그녀는 자신이 그에게 놓쳐 버린 여인으로 보인다는 사실을 짐작 못 했을 것이다. 확실히 그녀는 그들이 함께 보냈던 밤을 여전히 기억했고 그 당시 그의 모습을 기억했으며 (그는 스무 살이었고, 옷을 잘 입을 줄 몰랐고, 얼굴을 붉히곤 했고, 소년 같은 태도로 그녀를 재미있게 해 주었다.) 또한 그 시절의 자신을 기억했다.(마흔 살 가까웠고, 아름다움을 갈망했으며, 그로 인해 낯선 이들의 품에 뛰어들었다가 또 곧바로 다시 뛰쳐나오곤 했는데, 왜냐하면 자신의 삶이 근사한 춤과 같아야 한다고 늘 생각했고 자신이 남편에게 저지르는 부정이 추악한 습관으로 변할까 두려웠기 때문이다.)

그렇다. 그녀는 다른 이들이 자신에게 도덕적 명령을 부과하듯 자신에게 아름다움을 부과했다. 자신의 삶에서 추함을 발견했다면 그녀는 절망에 빠졌을 것이다. 그러므로 그녀는 지금, 십오 년이 (이것이 의미하는 모든 보기 흉한 것들과 더불어)

흐른 후, 이 남자가 틀림없이 자기를 많이 늙었다고 생각하리라는 것을 깨닫고는 황급히 얼굴에 상상의 부채를 펼쳐 들고 그에게 질문을 퍼부었다. 그녀는 그가 어떻게 이 도시에 오게 되었는지 알고 싶어 했다. 그녀는 그의 일에 대해서 물었다. 그의 원룸이 아주 아늑하고 도시의 지붕들이 내다보여서 참 좋다고 했다.(뭐 아주 특별한 전망은 아니지만 시원하게 탁 트인 느낌을 준다고 말했다.) 그녀는 인상파 화가들의 복제품 액자 몇 개의 작가 이름을 댔고 (대부분의 가난한 체코 지식인들 집에는 틀림없이 똑같은 싸구려 복제품들이 있었기 때문에 어렵지 않은 일이었다.) 그다음 손에 잔을 들고 자리에서 일어나 액자 하나에 사진 여러 장이 배치되어 놓인 작은 책상에 몸을 숙이고 (젊은 여자 사진은 한 장도 없다는 것을 확인했다.) 사진에 보이는 나이 든 부인이 어머니냐고 물었다.(그는 그렇다고 했다.)

그다음 그는 아까 만났을 때 그녀가 무슨 일을 해결하러 왔다고 했는데 그 일이 뭐냐고 물었다. 그녀는 묘지 이야기를 할 마음이 전혀 없었다.(이곳, 건물 5층에서 그녀는 지붕 위에 떠 있는 것 같았고 또한 그보다 더 기분 좋은 느낌, 자기 삶 위에 붕 떠 있는 듯한 느낌이었다.) 하지만 그가 재차 물어오자 그녀는 결국 (그렇지만 아주 간략하게, 왜냐하면 너무 가리는 것 없이 지나친 솔직함은 그녀에게 언제나 낯설었으므로) 오래전 옛날에 이 도시에 산 적이 있고 남편이 여기 묻혔으며 (묘가 사라졌다는 이야기는 한 마디도 하지 않았다.) 모든 성인 대축일이면 해마다 아들과 이곳에 온다고 털어놓았다.

5

“해마다요?” 그렇다는 것을 알고 그는 침울해졌고 다시 한 번 고약한 운명이라는 생각이 들었다. 그가 육 년 전에, 이 도시에 와서 자리를 잡았을 때 그녀를 만났더라면 모든 것이 아직 가능했을 텐데. 그녀는 아직 그렇게까지 나이 든 표시가 나지 않았을 것이고 십오 년 전에 사랑했던 여인의 이미지와 그렇게까지 다르지 않았을 것이다. 그는 두 이미지(현재의 이미지와 과거의 이미지)의 차이를 극복하고 하나로 볼 수 있었을 것이다. 하지만 지금은 두 이미지가 절망적으로 너무 멀리 떨어져 있었다.

그녀는 커피를 마신 다음 이야기를 하고 있었고, 그는 이 변모의 크기, 두 번째로 그녀가 그를 비껴가는 이유가 될 그 크기를 정확하게 측정해 보려고 애쓰고 있었다. 얼굴에는 주름이 졌고 (여러 겹 분을 발라 아니라고 애써 주장해 봐야 소용없었다.) 목은 시들었으며 (높은 깃으로 감춰 보려 애를 써도 소용없었다.) 뺨은 아래로 처졌다. 머리카락은 (아니, 이건, 거의 아름다웠다!) 희끗 희끗해지고 있었다. 그렇지만 제일 그의 눈길을 끈 것은 (아, 분으로도 화장품으로도 좋아 보이게 할 수 없는) 손이었다. 손등에 불거진 파란색 혈관들 때문에 거의 남자 손처럼 보였다.

그의 마음에는 후회와 분노가 뒤얽혔다. 그는 이 만남이 너무 늦게야 이루어졌다는 것을 잊기 위해 술을 마시고 싶었다. 그는 그녀에게 코냑을 한잔할 생각이 있느냐고 물었다.(칸막이 뒤 싱크대에 한 병 마시다 둔 게 있었다.) 그녀는 아니라고 대답했고, 그는 십오 년 전에 그녀가 알코올 때문에 절제된 우아함을 잃는 행동을 할까 두려워 거의 술을 마시지 않았다는 것이 기억났다. 그리고 그가 권하는 코냑을 거절하는 그녀의 섬세한 손짓을 보았을 때, 이 우아함의 매력, 이 유혹, 그를 홀렸던 이 섬세한 멋이 비록 나이의 가면 아래 가려져 있기는 하지만 여전히 그대로라는 것을, 그리고 어떤 철망 뒤에서조차 역시 여전히 마음을 사로잡는다는 것을 그는 깨달았다.

이 철망이 나이의 철망이라고 생각하자 그는 그녀에게 한없는 연민이 느껴졌고, 이 연민은 그녀(예전에 빛나게 아름다웠던 이 여인, 거의 말조차 나오지 못하게 했던 이 여인)를 더 가까워지게 했으며, 우수 어린 체념의 푸른빛이 감도는 이 분위기에서 그녀와 친구 대 친구로 긴 이야기를 나누고 싶었다. 그리하여 그는 말을 많이 쏟아 놓았고 나중에는 얼마 전부터 그를 엄습한 비관적인 생각들을 넌지시 언급하게 되었다. 물론 대머리 증세가 나타나기 시작했다는 이야기는 전혀 하지 않았고 (그녀가 사라진 묘에 대해 한 마디도 하지 않은 것과 마찬가지로) 대머리 증세의 출현은, 사람이 따라가기 힘들게 시간이 너무 빨리 흐른다거나 삶에는 피할 도리 없이 부패의 자국이 생긴다는 주제의 거의 철학적인 문장이나 그 비슷한 문장들로 완전히 탈바꿈했으며, 그는 그녀가 이 문장들에 대해 동정적인 말로 호응해 주기를 기대했다. 그러나 헛된 기대였다.

"저는 그런 말들이 다 싫어요." 그녀가 거의 격렬하게 말했다. "당신이 하는 말들은 전부 너무나 피상적이에요."

6

늙음과 죽음에 대한 이야기 속에는 거부감을 일으키는 흉한 신체의 이미지가 있어서 그녀는 누가 그런 이야기를 하는 것을 싫어했다. 그녀는 그의 시각이 피상적이라고 거의 감정이 격해져서 여러 번 반박했다. 사람은 소멸해 가는 몸 이상의 것이며, 중요한 것은 사람이 이루어 낸 일, 사람이 다른 이들을 위해 남기는 것이기 때문이라고 했다. 이는 그녀에게 새로운 논지는 아니었다. 삼십 년 전, 열아홉 살 연상이었던 미래의 남편에게 반했을 때도 이 논지를 동원했다. 그녀는 한 번도 남편을 존경하지 않은 적이 없었고 (그가 전혀 몰랐거나 알고자 하지 않았던 그녀의 모든 부정에도 불구하고) 남편의 지성과 역할이 나이가 많다는 무거운 부담을 상쇄해 준다고 자신을 설득하려 애썼다.

"업적요? 무슨 업적인지 묻고 싶네요. 대체 우리가 무슨 업적을 남기길 바라세요!" 그가 씁쓸하게 웃으며 응대했다.

그녀는 남편이 이루어 놓은 모든 것에 지속적인 가치가 있다고 굳게 확신했지만 죽은 남편 이야기를 꺼내고 싶지는 않았다. 그래서 그녀는 지상 모든 인간은 아무리 보잘것없다 해도 하나의 업적을 이루어 내며, 사람에게 가치를 부여해 주는 것은 바로 그것, 오로지 그것이라고만 말했다. 그러고는 자기 이야기를 한참 풀어놓기 시작하여, 프라하 교외의 한 문화원에서 자기가 하는 일, 자신이 조직하는 강연회와 시 낭송의 밤 이야기를 했다. '청중의 고마워하는 얼굴'에 대해 (그녀답지 않게 매우 강조하여) 이야기하기도 했다. 그다음, 아들이 하나 있는데 자신의 얼굴 모습이 (아들은 그녀를 닮았다.) 조금씩 바뀌어 남자의 얼굴이 되어 가는 것을 보는 것, 그리고 어머니가 아들에게 줄 수 있는 모든 것을 주고 그의 삶의 흔적에서 조용히 지워지는 것은 정말 아름다운 일이라고 말했다.

그녀가 아들 이야기를 꺼낸 건 우연이 아니었던 것이, 그날 머릿속에 계속 아들이 자리를 잡고 묘지 일을 해결 못 한 것에 대해 비난을 하고 있었기 때문이다. 이상한 일이었다. 그녀는 자신에게 남자가 이래라 저래라 하는 것을 한 번도 용납한 적이 없었는데 아들만은 어떻게 된 건지 그녀를 꼼짝 못 하게 했다. 묘지에서 일을 해결 못 한 것에 그렇게 당황했던 것도 무엇보다 아들에게 죄책감을 느꼈고 그의 비난이 두려웠기 때문이다. 아들은 그녀가 아버지를 제대로 잘 추모하도록 아주 세심하게 신경을 썼는데 (매년 모든 성인의 대축일에 묘지에 잊지 말고 꼭 가야 한다고 강조하는 것도 그였다.) 돌아가신 아버지에 대한 사

랑에서라기보다 어머니를 지배하고자 하는, 과부에 적합한 한
계 속에 가두어 놓고자 하는 욕망에서 기인한 것임을 그녀는
오래전부터 짐작하고 있었다. 아들도 한 번도 털어놓지 않았
고 그녀도 모르는 채로 있으려고 애를 썼지만 (소용없었고) 그
이유는 이러했다. 그는 자기 어머니가 성생활을 할 수 있다는
생각이 역겨웠으며 그녀에게 (잠재적 가능성이라 해도) 남아 있
을 수 있는 모든 성적인 것을 혐오스럽게 보았고, 성이라는 개
념은 젊음이라는 개념과 연결되어 있으므로 그녀에게 남아 있
는 모든 젊은 요소를 혐오스럽게 여겼다. 그는 이제 어린애가
아니었는데, 어머니의 젊음은 (공격적일 만큼 과한 어머니의 간섭
과 결합되어) 그가 관심을 가지기 시작한 여자아이들의 젊음과
그 사이에 장애물 같은 것을 형성했다. 그는 어머니의 사랑을
견딜 수 있도록, 어머니를 사랑할 수 있도록 나이 든 어머니가
필요했다. 그리고 그녀는 아들이 자신을 그렇게 무덤 속으로
밀어 넣는다는 것을 때로 알아차렸지만 결국은 아들 뜻을 따
랐고 그의 압력에 굴복했으며 심지어 자기 삶은 바로 이렇게
다른 삶 뒤로 조용히 사라짐으로써 아름다워지는 것이라 생각
하려 애쓰면서 이 굴복을 이상화하게까지 되었다. 이러한 이
상화의 이름으로 (그렇지 않다면 얼굴의 주름들이 그녀를 더욱더 시
들게 했을 것이었다.) 그녀는 지금 이 집 주인과의 대화에서 그처
럼 예기치 않은 열기를 띠고 있었다.

그러나 집주인은 갑자기 둘 사이의 낮은 탁자에 몸을 기울
이고 그녀 손을 쓰다듬으며 말했다. "바보 같은 소리를 해서
죄송해요. 제가 늘 바보였다는 거 아시잖아요."

7

그들의 이런 논쟁은 그의 짜증이 치밀게 한 것이 아니라 오히려 손님으로 온 그녀가 어떤 사람인지 확인해 줄 따름이었다. 그의 비관적인 말에 대한 그녀의 항의 속에서 (하지만 무엇보다, 추하고 우아하지 못한 것에 대한 항의가 아니었는가?) 그는 예전에 알았던 그녀를 다시 발견했고 그래서 그녀라는 사람과 그들의 옛일이 더더욱 그의 생각을 가득 채웠으며 이제 그는 오로지 단 하나, 대화에 아주 적합한 이 푸른빛 도는 분위기를 그 무엇도 깨지 않기만을,(그녀의 손을 쓰다듬고 자신을 바보라 한 것은 바로 그 때문이었다.) 그리고 지금 그에게 가장 중요한 그들 공통의 모험 이야기를 그녀에게 할 수 있기만을 원했다. 왜냐하면 그는 그녀와 함께 무언가 아주 특별한 것, 그녀는 의식하지 못했으며 그 자신도 정확한 단어를 모색하고 찾아내야 하는 어떤 것을 겪었다고 확신했기 때문이다.

그는 그들이 어떻게 알게 되었는지, 그녀가 학교 친구들 모임에 왔던 것 같기는 한데 이제 기억조차 나지 않지만, 처음 둘이서 만난 프라하의 소박한 작은 바는 아직도 완벽하게 기억했다. 붉은색 벨벳으로 칸막이 벽을 바른 좌석에 그녀와 마주 앉아 그는 어색해하며 아무 말도 못 했지만 동시에 그녀가 호감을 전하는 미묘한 신호에 문자 그대로 넋을 놓고 있었다. 그는 만약 자기가 그녀에게 키스를 하고, 옷을 벗기고, 사랑을 한다면 그녀는 어떨까 (이런 꿈의 실현은 감히 바라지도 못한 채) 머릿속에 그려 보려고 애를 썼으나 도저히 떠오르지 않았다. 그렇다. 이상했다. 성행위 중인 그녀를 상상해 보려고 수천 번 시도했지만 소용없었다. 그녀의 얼굴은 늘 똑같은 고요하고 부드러운 미소로 그를 바라보았고, 그는 그 얼굴에서 (아무리 집요한 상상력을 동원해 보아도) 흥분하여 찌푸린 모습을 떠올려 볼 수가 없었다. 황홀경에 빠져 일그러진 얼굴로 만들 수가 없었다. 그녀는 그의 상상을 완전히 벗어났다.

그의 삶에서 다시는 이런 상황이 반복되지 않았는데, 그는 상상 불가능한 것에 맞닥뜨려 있었던 것이다. 그는 상상력이 아직 경험으로 포화되지 않고 판에 박힌 관례가 되어 버리지 않은 시기, 아는 것도 할 줄 아는 것도 거의 없는, 그래서 상상 불가능한 것이 아직 존재하는 너무 짧은 인생의 그 시기(천국 같은 시기)를 막 살아 낸 참이었다. 그런데 만약 상상 불가능한 것이 (상상 가능한 것의 중개도 없이, 이미지들의 연결 다리도 없이) 막 현실로 변화하려는 참이 되면 우리는 공포와 현기증에 사로잡힌다. 그리고 실제로 그가 아무것도 못 하고 우물쭈물하기

만 했던 몇 번의 다른 만남 이후, 그녀가 대학 기숙사촌에 있
는 그의 방에 대해 아주 큰 호기심을 드러내며 상세하게 물어
오기 시작하더니 거의 그에게 초대를 강요하는 것같이 되었
을 때, 그는 현기증에 사로잡혔다.

대학 기숙사촌의 그 방은 동료 하나와 같이 썼는데 럼주 한
잔을 대가로 그날 밤 자정 전에는 들어오지 않겠다는 약속을
받아 놓았었다. 그 방은 오늘의 이 원룸과는 비슷한 데가 별로
없었다. 철제 침대 두 개, 의자 두 개, 옷장 하나, 갓 없이 눈부
시게 하는 전구 하나, 엄청난 무질서가 있었다. 그가 방을 치
우고 나서 7시에 (그녀는 늘 정확했는데 그것도 그녀의 기품이었다.)
그녀가 방문을 두드렸다. 9월이어서 서서히 어스름이 깔리기
시작하고 있었다. 그들은 철제 침대 끝에 앉아 키스를 하기 시
작했다. 이제 날은 점점 더 어둑해져 갔지만 그는 불을 켜고 싶
지 않았는데, 자기 모습이 보이지 않는 게 다행스러웠고 또 그
녀 앞에서 옷을 벗을 때 틀림없이 느끼게 될 거북함을 어둠이
덜어 주길 바랐기 때문이다.(그는 여자 블라우스 단추는 그럭저럭
풀 줄 알았던 반면 자신이 여자들 앞에서 옷을 벗는 것은 부끄러워하며
얼른 서둘렀다.) 그러나 이번에는 블라우스의 첫 단추를 풀기 전
에 오래 망설였는데 (옷을 벗기는 첫 번째 동작이 우아하고 섬세한
동작, 오로지 경험 많은 남자들만이 할 수 있는 동작이어야 한다고 생
각했고 자신에게 경험이 없다는 게 드러날까 두려웠다.) 그래서 그녀
가 몸소 일어나 미소를 지으며 그에게 물었다. "내가 이 갑옷
을 벗는 게 낫겠죠……?" 그러고는 옷을 벗기 시작했다. 하지
만 방이 어두워서 그녀가 움직이는 어렴풋한 모습만 보였다.

그도 서둘러 옷을 벗었고, 그들이 (그녀가 보여 준 인내심 덕분에) 사랑을 나누기 시작했을 때에야 그는 겨우 마음이 좀 안정되었다. 그는 그녀의 얼굴을 바라보았지만 어스름 속에서 무슨 표정인지 알 수 없었고 윤곽조차 구별할 수 없었다. 불을 켜지 않은 것이 후회스러웠으나 지금 일어나서 문으로 가 스위치를 켠다는 건 불가능해 보였다. 그리하여 그는 눈이 빠지게 계속 들여다보았으나 아무 소용없었다. 그녀를 알아볼 수가 없었다. 그는 다른 누군가와 사랑을 나누고 있는 느낌이었다. 가짜인, 추상적인, 개체성이 박탈된 인물과.

잠시 후 그녀는 그의 몸에 올라앉았고 (그때마저도 그에게 보인 그녀의 모습은 위로 솟은 그림자뿐이었다.) 엉덩이를 움직이며 가느다란 소리로 무언가 중얼거렸는데 그에게 하는 말인지 혼잣말인지는 알기 힘들었다. 그는 무슨 말인지 알아들을 수가 없어서 그녀에게 뭐라 하는 거냐고 물었다. 그녀는 계속해서 속삭였고, 그는 그녀를 다시 꼭 끌어안고서도 무슨 말인지 알 수가 없었다.

8

그녀는 집주인의 이야기를 들으며 아주 오래전에 다 잊었던 세세한 것들에 점점 사로잡혀 갔다. 예를 들어 얇은 여름 원단으로 만든 연한 파란색 정장, 그가 말하길 그 옷을 입은 그녀는 손댈 수 없는 천사 같았다고 했다,(그녀도 그 정장을 기억했다.) 또는 바다거북 껍질로 만든 커다란 빗, 머리에 꽂힌 이 빗이 그녀에게 옛날 귀부인 같은 고귀한 분위기를 자아냈다고 했다, 그들이 만나던 바에서 그녀가 언제나 럼주를 넣은 차를 주문하던 버릇,(그녀의 유일한 음주 버릇) 이 모든 것이 그녀를 저 멀리, 공동묘지로부터, 사라진 묘로부터, 아픈 다리로부터, 문화원으로부터, 아들의 비난하는 시선으로부터 저 멀리 감미롭게 실어 갔다. 아, 내가 지금 아무리 이런 모습이라 해도 내 젊음의 아주 작은 한 부분이 이 남자의 기억 속에 계속 살고 있다면 나는 헛되이 산 건 아닐 거야, 그녀는 생각했다.

그리고 이것은 자신의 확신을 다시 한 번 확증해 주는 것이라고 생각했다. 인간의 가치 전체는 바로 스스로를 넘어설 수 있다는 데에, 자기 자신의 테두리 바깥으로 나갈 수 있다는 데에, 다른 사람 속에 그리고 다른 사람을 위해 존재할 수 있다는 데 있는 것.

그녀는 그가 하는 말에 귀를 기울이고 그가 가끔씩 손을 어루만져도 거부하지 않았다. 이 손길은 내밀한 대화의 분위기와 한데 어울려서 사람을 무장해제하는 모호한 분위기를 자아냈다.(이 손길은 누구를 향한 것일까? 이야기의 대상이 되는 그녀인가 아니면 지금 이야기를 듣고 있는 그녀인가?) 그런데 하여간 그녀는 자기 손을 쓰다듬고 있는 남자가 마음에 들었다. 십오 년 전의 그 어린 청년, 그녀의 기억이 맞다면 너무 서툴러서 오히려 괴로웠던 그 청년보다 낫다는 생각까지 들었다.

그의 몸 위에서 그녀의 그림자가 아래위로 움직였다는 이야기, 그녀가 무슨 말을 하는 건지 파악해 보려고 했지만 소용없었다는 이야기까지 도달했을 때 그는 잠시 말을 멈추었고, 그녀는 (마치 그가 다 알고 있고, 수많은 세월이 흐른 뒤 이제 그녀에게 잊힌 비밀처럼 그 말을 일깨워 주려 한다는 듯 순진무구하게) 그에게 가만히 물었다. "내가 뭐라 그랬는데요?"

9

“모르죠.” 그가 대답했다. 정말로 그는 몰랐다. 그 당시 그녀는 그의 상상만이 아니라 지각에서도 벗어났다. 그의 시선도 귀도. 그가 대학 기숙사촌 작은 방의 불을 켰을 때 그녀는 이미 옷을 다시 입고 있었고, 그녀가 지닌 모든 것은 또다시 매끄럽고 눈부시고 완벽해서, 환하게 드러난 이 얼굴과 조금 전 그가 어둠 속에서 어렴풋이 그려 보았던 그 얼굴 사이에 어떤 연관을 찾아보려 해도 소용없었다. 그날 저녁 아직 헤어지지도 않았는데 그는 벌써 그녀의 기억을 불러내고 있었다. 그는 조금 전, 사랑을 하는 동안 (어둠 속에 감춰진) 그녀 얼굴이 어땠는지 (어둠 속에 감춰진) 그녀 몸이 어땠는지 떠올려 보려고 애를 썼다. 소용없었다. 그녀는 여전히 그의 상상에서 벗어났다.

그는 다음번에는 환하게 해 놓고 그녀와 섹스를 하겠다고 작정했다. 하지만 다음번은 없었다. 그녀는 교묘하고도 예의

바르게 그를 피했고 그는 의혹과 절망에 빠졌다. 그들은 섹스를 잘 해냈다, 아마 그랬을 거다, 하지만 그 전에 자기가 얼마나 한심했는지 역시 그는 잘 알고 있었고 그것이 수치스러웠다. 그녀가 자신을 피했기 때문에 그는 자기에게 가망이 없다고 느꼈고 그래서 다시 만나려고 더 애쓸 엄두도 내지 못했다.

"왜 저를 피하셨어요?"

"아, 이런." 그녀는 말할 수 없이 다정한 목소리로 말했다. "너무나 오래된 이야기예요. 내가 어떻게 알겠어요." 그래도 그가 자꾸 조르자 그녀는 말했다. "늘 과거로 돌아가야 하는 건 아니에요. 자기도 모르게 너무도 많은 시간을 과거에 할애하는 것만으로도 이미 충분해요!" 그녀가 이 말을 한 것은 그가 이제 좀 그만 조르게 하기 위해서였는데(그리고 살짝 한숨을 내쉬며 말한 마지막 문장은 아마 아까 공동묘지에 갔던 일로 그녀를 다시 데려간 것 같았다.) 그는 그녀의 이 말을 다르게 해석했다. 두 여자(현재의 여자와 옛날의 여자)가 있는 것이 아니라(명백한 사실) 동일한 하나의 여자가 있을 뿐이며, 십오 년 전에 그를 벗어났던 그 여자가 지금 여기, 그의 손이 미치는 곳에 있다는 것을 불현듯 그가 깨닫게 만들려는 말인 것처럼.

"맞아요, 현재가 더 중요하죠." 그는 의미심장한 억양으로 이렇게 말했고, 그러면서 그녀의 미소 띤 얼굴, 살짝 벌어진 입술 사이로 하얀 치아들이 드러난 모습을 뚫어지게 바라보았다. 그 순간 퍼뜩 어떤 기억이 떠올랐다. 그날 저녁, 대학 기숙사촌의 작은 방에서 그녀는 그의 손가락들을 입안으로 가져가 아플 정도로 꽉 깨물었고, 그사이 그는 그녀 입속을 다

만져 보았는데, 아직도 선명하게 기억났다. 한쪽 구석에 치아가 몇 개 없었다.(그 당시 그런 발견이 그에게 혐오감을 주지는 않았다. 오히려 그런 작은 결함은 상대방의 나이, 그를 매혹하고 흥분시키는 그 나이에 어울리는 것이었다.) 하지만 지금 치아와 입가 사이를 보니 치아가 너무 완벽하게 하얗고 빠진 이가 하나도 없다는 것을 확인하게 되었고 그러자 기분이 언짢았다. 또 한 번 두 이미지가 분리되고 있었으나 그는 인정하고 싶지 않았고 무슨 수를 쓰든 억지로라도 다시 하나로 합치고 싶어 이렇게 말했다. "정말 코냑 생각 없어요?" 그녀가 매혹적인 미소를 띠고 눈썹을 살짝 올리며 거절하자 그는 칸막이 뒤로 가서 코냑 병을 꺼내 입을 대고 얼른 마셨다. 그러고 나니 그녀가 자기 입에서 술 냄새를 맡으면 자신이 몰래 숨어서 뭘 했는지 알게 될 거라는 생각이 들어서 잔 두 개와 술병을 들고 나왔다. 또다시 그녀는 고개를 저었다. "그냥 상징적으로라도요." 그가 이렇게 말하며 잔 두 개를 채웠다. 그는 그녀와 잔을 부딪쳤다. "이제 제가 현재 시제로만 당신 이야기를 하도록!" 그는 잔을 비웠고, 그녀는 입술만 적셨고, 그는 그녀 곁 안락의자 팔걸이 위에 걸터앉았고, 그녀의 손을 잡았다.

10

그의 원룸으로 가자는 청을 받아들였을 때 이런 접촉이 일어날 수 있으리라고는 생각도 하지 않았기에 그녀는 그 순간 몹시 당황했다. 마치 이 접촉이 그녀가 준비할 시간도 갖기 전에 (성인 여자들이 잘 아는 그 항시적인 준비 상태, 그것을 그녀는 오래전에 잃었다.) 일어난 것처럼.(이러한 당황에는 아마 처음으로 키스를 받은 사춘기 소녀의 당황과 공통된 어떤 것이 있는데, 사춘기 소녀가 아직 준비가 되어 있지 않다면, 그녀의 경우는 이 더 이상과 아직이 노년과 유년처럼 신비롭게 얽혀 있었기 때문이다.) 그다음 그가 그녀를 소파에 앉히고 꼭 끌어안아 온몸을 쓰다듬자 그녀는 그의 품에서 온몸이 나른해지는 것을 느꼈다.(그렇다. 나른해졌다. 그녀의 몸은 오래전에 최고의 관능을, 수축과 이완의 리듬과 수천 가지 미묘한 반사 운동 작용을 근육에 전달하는 그 최고의 관능을 상실했기 때문이다.)

그러나 첫 순간의 당황이 그의 손길 아래 사라지고 나자 예
전의 그 아름다운 성인 여자에서 그렇게나 멀리 떨어져 있던
그녀가 이제 아찔한 속도로 그 사라진 존재 속으로, 자신의 관
능 속으로, 자신의 의식 속으로 되돌아왔고 노련한 연인의 옛
자신감을 되찾았으며, 이런 자신감을 오랫동안 경험하지 못
했기 때문에 지금 그 어느 때보다 더 강렬하게 그 느낌을 맛보
았다. 조금 전 여전히 놀라고 당황하고 수동적이고 나른했던
그녀의 몸은 이제 스스로 애무를 통해 응답했고, 이 애무가 아
주 정확하고 숙련된 것임을 느끼며 기쁨으로 가득 차올랐다.
이런 애무, 그의 몸에 자기 얼굴을 놓는 방식, 포옹에 응답하
는 자기 상체의 섬세한 움직임, 이 모든 것들을 그녀는, 배워
서 알고 있는 어떤 것, 침착하고 만족스럽게 현재 실행하고 있
는 어떤 것으로서가 아니라 근본적으로 그녀에게 속하는 어떤
것, 그로써 그녀가 도취와 흥분 속에 녹아드는 어떤 것으로서,
마치 익숙한 자신의 대륙을 (아, 아름다움의 대륙!) 되찾아 금지
되었던 그곳에 장엄하게 귀환하는 것처럼 그렇게 되찾고 있
었다.

지금 그녀의 아들은 한없이 멀리 있었다. 집주인이 그녀를
안았을 때 그녀는 자신을 비난하는 아들의 모습을 머릿속 한
구석에서 보았지만 그 모습은 금세 사라져 버렸고, 이제 온 사
방에 존재하는 것은 그녀를 어루만지고 포옹하는 그 남자와
그녀뿐이었다. 하지만 그가 그녀 입에 자기 입을 대고 혀로 입
술을 열려 했을 때 모든 것이 달라졌다. 그녀는 현실로 돌아왔
던 것이다. 그녀는 이를 꽉 물었고 (입천장에 붙은 틀니 장치가 느

껴졌고 그것으로 입안이 꽉 찬 느낌이었다.) 부드럽게 그를 밀어냈다. "안 돼요. 정말로. 제발. 이러면 안 돼요."

그래도 그가 계속 밀어붙이자 그녀는 그의 손목을 잡고 안 된다고 다시 말했다. 그런 다음 그녀는 그들이 사랑을 나누기에는 너무 늦었다고 말했다.(말하기가 힘들었지만 그가 자기 뜻을 따르게 하려면 말해야만 한다는 것을 알고 있었다.) 그녀는 자기 나이를 그에게 상기시켰다. 그들이 같이 잔다면 그는 그녀에게 혐오감만을 느끼게 될 것이며, 그렇게 되면 그녀는, 그가 들려준 그들의 옛 이야기가 너무나도 아름답고 중요하기 때문에 정말 절망하게 될 것이라고 말했다. 그녀의 몸은 사멸하는 것이고 무너져 가지만 그녀는 이제 불멸하는 어떤 것, 별이 꺼지고 난 후에도 계속해서 반짝이는 빛줄기와 비슷한 어떤 것이 남아 있다는 것을 알았다. 그러니 다른 사람에게서 그녀의 젊음이 훼손되지 않은 채 그대로 남아 있다면 그녀는 늙는 것이 아무 상관없었다. "당신은 당신 기억 속에서 내게 기념비를 세워 주었어요. 우리는 그것이 무너지게 할 수는 없어요. 나를 이해해 줘요." 그를 물리치기 위해 그녀는 말했다. "당신에겐 권리가 없어요, 그럴 권리가 없어요."

11

그는 그녀가 여전히 아름다우며 사실상 아무것도 변한 것은 없고 사람은 늘 자기 자신일 뿐이라고 힘주어 말했지만, 그러면서도 자신이 거짓말을 하고 있다는 것, 그리고 그녀가 옳다는 것을 알고 있었다. 그는 신체 요소들에 대해 자신이 지나치게 예민하다는 것, 여자 몸에 있는 결함들에 대해 해가 갈수록 더 강하게 거부감을 느낀다는 것, 그래서 최근 몇 년간 점점 더 젊은, 따라서 그가 씁쓸하게 깨닫게 된 바와 같이 점점 더 속이 비고 멍청한 여자들에게 다가가게 되었다는 것을 너무나도 잘 알았다. 그렇다. 그 어떤 의심의 여지도 없었다. 그가 그녀를 설득해 같이 잔다면 결국은 혐오감이 찾아올 것이며, 이 혐오감은 지금 이 순간만을 더럽히는 게 아니라 오래전부터 사랑했던 여인의 이미지, 보석처럼 기억 속에 간직해 온 이 이미지 또한 분명히 더럽힐 것이었다.

그는 이 모든 것을 알았지만 이 모든 것은 단지 생각일 뿐이었고, 생각이란 무언가를 원하는 마음, 오로지 한 가지밖에 모르는 그 마음에 맞서 아무것도 할 수 없는 법이었다. 가까이 갈 수 없고 손에 잡히지 않아서 십오 년 동안 자신을 괴롭혔던 여자, 그 여자가 지금 여기 있는 것이었다. 마침내 그녀를 환한 빛 속에서 볼 수 있게 되고, 마침내 현재의 그녀 몸에서 예전의 그녀 몸을, 현재의 그녀 얼굴에서 예전의 그녀 얼굴을 알아낼 수 있게 될 것이었다. 그는 마침내 상상할 수 없었던 그녀의 성행위 중의 몸짓을, 상상할 수 없었던 절정의 경련을 발견할 수 있을 것이었다.

그는 그녀의 어깨를 감싸 안고 눈을 들여다보았다. "거부하지 마세요. 이렇게 뿌리치는 건 말이 안 돼요."

12

하지만 그녀는 그를 뿌리치는 것이 절대 말이 안 되지 않는다는 것을 알고 있었기 때문에 고개를 저었다. 그녀는 남자들을, 그리고 여자 몸에 대한 그들의 태도를 잘 알았고, 가장 열렬한 이상주의도 사랑에 있어서는 육체의 표면에서 그 엄청난 위력을 없앨 수 없다는 것을 알았다. 그녀의 몸매가 원래 비율을 유지해서 아직 그럴듯한 게 사실이고 특히 옷을 입고 있을 때는 아직 아주 젊게 보였지만, 옷을 벗으면 목 주름이 다 드러나고 십 년 전에 위 수술을 받아 생긴 긴 흉터가 그대로 드러나리라는 것을 알고 있었다.

그리고 조금 전에는 잊고 있었던 현재의 자기 모습을 점점 다시 의식하게 될수록 오늘 아침의 불안이 거리 맨 구석에서부터 원룸 창문까지 올라와 (그녀 삶으로부터 안전하게 보호해 줄 수 있을 만큼 충분히 높다고 생각했는데) 방 안을 가득 채우고 액자에 끼워진 복제 그림들 위로, 안락의자 위로, 탁자 위로, 빈 커피잔 위로 내려앉았는데, 아들의 얼굴이 그 행렬을 이끌고 있었다. 그 얼굴이 눈에 띄자 그녀는 얼굴을 붉혔고 자기 속의 아주 깊은 어딘가로 피할 곳을 찾았다. 정신이 나갔었지, 그녀는 아들이 그려 준 길, 자신이 미소를 띠고 열변을 토하며 지금까지 따라온 길에서 벗어날 뻔했던 것이다. 그녀는 (짧은 순간이기는 해도) 멀리 벗어나고 싶었지만 이제는 순순히 다시 자기 길에 들어서야 했고 그것만이 자신에게 맞는 유일한 길임을 인정해야 했다. 아들의 얼굴이 너무나도 냉소적인 나머지 그녀는 그 앞에서 수치심 속에 점점 더 작아지다가, 나중에는 모멸감이 극에 달해 이제 더 이상 배에 난 흉터 외에 아무것도 아닌 것이 되는 느낌이었다.

그녀를 초대한 남자가 그녀의 어깨를 잡고 "이렇게 뿌리치는 건 말이 안 돼요."라고 또 말하자 그녀는 고개를 저었지만 완전히 기계적이었는데, 왜냐하면 그녀의 눈은 이 집주인이 아니라 적대적인 아들의 얼굴, 자신이 더 작아지고 더 모멸감을 느낄수록 그만큼 더 증오하는 아들의 얼굴을 보고 있었기 때문이다. 사라진 묘에 대해 자기를 질책하는 아들의 목소리가 들려왔고, 그러자 뒤죽박죽 혼란스러운 기억 속에서, 아무런 논리도 없이 이 문장이 불쑥 솟아 올라와 그녀는 미친 듯이 격노하며 아들의 면전에다 이렇게 소리 질렀다. 죽은 지 오래된 자들은 죽은 지 얼마 되지 않은 자들에게 자리를 내주어야 한다고, 이놈아!

13

지금 그녀를 바라보는 그의 시선 속에도 (탐색하고 꿰뚫어 보는 시선) 모종의 혐오감 같은 것이 아주 없지는 않았으니, 그것이 결국은 혐오감으로 끝나리라는 것은 의심의 여지가 없었으나, 이상하게도 그는 그것이 거북하지 않았고 마치 이 혐오감을 원하는 것처럼 그로 인해 흥분되고 자극받았다. 그토록 오랫동안 자신이 모르고 있어야 했던 것을 그녀 몸에서 읽어 내고 싶다는 욕망과 새로 밝혀낸 비밀을 즉시 더럽히고 싶다는 욕망이 한데 뒤섞였다.

이런 정념은 어디에서 온 것일까? 그가 알든 모르든, 단 한 번의 기회가 그에게 주어지고 있었다. 손님으로 온 이 여자는 그에게, 가지지 못했던 모든 것, 그를 비껴갔던 모든 것, 그가 놓쳐 버렸던 모든 것, 그것이 없어서 지금 그의 나이와 빠지기 시작한 머리카락이 견디기 힘들어지는 그 모든 것, 그리고 딱

할 만큼 공허한 이 모든 것의 총합을 구현하고 있었던 것이다. 그리고 그는, 분명히 의식하고 있든 어렴풋이 짐작하고 있든 간에, 자신에게 거부되었던 (그리고 그 영롱한 빛깔들이 그의 삶을 그토록 서글프게 무채색으로 만들었던) 그 모든 기쁨들에서 이제 의미를 박탈할 수 있고, 그 기쁨들이 아무것도 아닌 하찮은 것이며 그저 겉모습일 뿐 스러져 가는 것이고 먼지들의 행렬에 지나지 않는다는 것을 발견할 수 있고, 그 기쁨들에게 복수를 하고 모욕을 주고 다 없애 버릴 수 있는 것이었다.

"저를 뿌리치지 마세요." 그녀를 바짝 끌어당기면서 그가 또 이렇게 말했다.

14

그녀 눈앞에는 여전히 냉소적인 아들의 모습이 있었고, 그
래서 집주인이 억지로 그녀를 끌어안았을 때 그녀는 "제발요,
잠깐만요."라고 말하고 품에서 빠져나왔다. 정말로 그녀는 머
릿속 생각이 끊길까 두려웠던 것이다. 죽은 지 오래된 자들은
죽은 지 얼마 안 된 자들에게 자리를 내주어야 하며, 기념물
은 아무짝에도 쓸모가 없으며, 지금 옆에 있는 남자가 그녀를
기리며 십오 년 동안 숭배한 그 기념물까지도 역시 아무 데에
도 소용없으며, 모든 기념물이 다 쓸데없는, 쓸데없는 것이라
는 생각. 자, 이것이 그녀가 머릿속에서 아들에게 말한 것이며
"엄마, 이렇게 말한 적 없었잖아!"라고 그녀에게 소리치면서
경련이 이는 아들의 얼굴을 그녀는 복수를 마친 만족감 속에
서 바라보았다. 한 번도 그렇게 말한 적이 없었다는 것을 그녀
도 잘 알았지만 지금 이 순간은 모든 것을 완벽하게 환하게 해

주는 빛으로 가득 차 있었다.

그 빛이란 이런 것이다. 그녀에겐 삶에 우선하여 기념물을 앞에 갖다 놓을 그 어떤 이유도 없다. 자기 자신의 기념물도 그녀에게는 단 하나의 존재 이유만 있을 뿐이다. 무시당한 자신의 몸을 위해 지금 그녀는 그것을 악용할 수 있다. 곁에 있는 남자가 마음에 들고, 젊고, 또 이 남자가 아마도 (심지어 거의 확실히) 그녀 마음에 들고 가질 수 있는 마지막 남자일 테니까, 그리고 그것만이 중요하니까. 그러고 나서 그녀가 그에게 혐오감을 주고 그의 머릿속 그녀의 기념물을 망가뜨리게 된다 해도, 이 남자의 생각과 기억이 그녀 바깥에 있는 것처럼 이 기념물은 그녀의 바깥에 있는 것이며, 자신의 바깥에 있는 것은 그 무엇도 중요하지 않으므로 그녀는 개의치 않는다. "엄마, 이렇게 말한 적 없었잖아!" 아들이 소리치는 소리가 들렸지만 그녀는 신경 쓰지 않았다. 그녀는 미소 지었다.

"당신이 맞아요, 뭐 하러 제가 뿌리치겠어요?" 이렇게 다정하게 말하고 그녀는 일어섰다. 그다음 천천히 원피스의 호크를 끄르기 시작했다. 저녁은 아직 멀었다. 이번에는 방이 아주 아주 환했다.

이십 년 후 하벨 박사

이십 년 후 하벨 박사

1

하벨 박사가 온천 요법을 하러 떠나던 날 그의 아름다운 아내는 두 눈에 눈물이 글썽했다. 아마도 연민의 눈물이었겠으나 (하벨은 얼마 전부터 담낭염을 앓았는데 그의 아내는 전에 그가 아픈 것을 본 적이 없었다.) 삼 주 동안 떨어져 있어야 한다는 생각이 그녀에게 고통스러운 질투심을 불러일으켰던 것 또한 사실이다.

뭐라고 하셨나요? 아름답고, 사람들이 숭배하고, 그보다 훨씬 젊은 이 여배우가 이제 늙어 가는 한 남자, 몇 달 전부터 갑작스러운 통증에 대비해 주머니에 약병을 넣지 않고는 밖에 나가지도 않는 사람 때문에 질투를 한다고요?

그런데 그러했고, 아무도 이해를 못 했다. 그녀의 겉모습을 보고 강인하고 도도한 왕비 같을 것이라 판단했던 하벨 박사 역시 이해를 못 했다. 그래서 몇 년 전, 그녀를 더 잘 알아 가기

시작하고, 그녀의 단순함, 집에 있기 좋아하는 성격, 수줍음을
발견했을 때 더 마음이 끌렸다. 이상한 것은, 결혼을 하고 나
서도 이 여배우는 젊다는 이점을 한순간도 염두에 두지 않았
다는 것이다. 그녀는 마법에 걸린 듯 자신의 사랑에 사로잡혀
있었고, 남편의 엄청난 에로틱한 명성 탓에 그녀에게 그는 언
제나 자신에게서 빠져나가 달아나려는 사람 같았으며, 그가
매일매일 끝없는 인내심으로 (또한 전적으로 진실하게) 그녀와
견줄 여자는 없으며 있을 가능성도 절대 없다고 설득하려 애
썼음에도, 그녀는 고통스럽게, 그리고 격렬하게 질투심을 느
꼈다. 오로지 타고난 고상한 품성만이 이 괴로운 감정을 겨우
뚜껑 아래 가두어 둘 수 있었으나 그 때문에 밑에서는 더 격렬
하게 끓어오를 따름이었다.

　하벨은 이 모든 것을 알고 있었고 때로 그로 인해 감동하기
도 했고 때로 화가 나기도 했으며 이미 약간 지쳤지만, 아내를
사랑했기 때문에 그녀의 고통을 덜어 주기 위해 무엇이든 다
했다. 이번에도 그는 그녀를 도우려고 애썼다. 자기가 아파서
아내가 걱정을 하는 것은 그녀를 긴장하게 하고 더 기운을 내
게 만드는 걱정인 반면 (온갖 부정과 계략이 가능한) 건강이 좋은
상태가 그녀에게 불러일으키는 두려움은 그녀를 아주 탈진시
킬 것임을 알았기에, 그는 통증과 자기 상태의 심각성을 과장
했다. 바로 그래서 그는 온천 요법을 받는 동안 자신을 맡아
줄 여자 의사 프란티스카 이야기를 자주 했다. 여배우는 그녀
를 알고 있었고 그녀의 모습이 풍기는 이미지가 말할 수 없이
유순한 데다 선정적인 이미지하고는 전혀 상관도 없었기 때

문에 마음을 놓곤 했다.

　버스에 오른 하벨 박사가 플랫폼에 서 있는 그 예쁜 여인의 눈물이 글썽한 눈을 보고 느낀 것은 사실대로 말하자면 홀가분함이었는데, 왜냐하면 아내의 사랑이 물론 좋기도 했지만 짐스럽기도 했기 때문이다. 그렇다고 해서 그가 온천장에서 그리 잘 지낸 건 아니었다. 하루에 세 번 몸뚱어리를 물에 담가야 하는 일이 끝나면 통증이 느껴지고 고단했으며, 아치형 통로에서 예쁜 여자들을 마주칠 때면 자신이 늙었다고 느껴지고 그 여자들이 자기에게 아무런 욕망도 불러일으키지 않는다는 것을 확인하며 공포가 일었다. 실컷 볼 수 있게 허용된 유일한 여자는, 주사를 놓아 주고 혈압을 재고 배를 짚어 보고 온천지에서 일어나는 일이며 자기 아이들 둘, 특히 그녀를 닮은 듯한 아들 이야기를 한참 들려주는 사람 좋은 프란티스카뿐이었다.

　그가 아내에게서 편지를 받은 것은 이런 심리 상태에서였다. 아, 이런! 이번에는 아내의 고상한 품성이, 질투심이 부글부글 끓는 병의 뚜껑을 닫힌 채 놓아두는 데 성공하지 못했다. 탄식과 불평으로 가득한 편지였다. 그를 탓하려는 건 아니지만 밤새 한숨도 못 잔다고 했다. 자기 사랑이 그를 갑갑하게 만든다는 것을 잘 안다고, 그리고 지금 자기하고 멀리 떨어져 잘 쉴 수 있으니 얼마나 좋을지 상상하기 어렵지 않다고 했다. 정말 자기가 그를 짜증나게 한다는 것을 너무나 잘 안다고 했다. 또한 그녀는 언제나 여자들의 행렬이 이어지는 그의 삶을 변화시키기에는 자신이 너무 약하다는 것도 알았다. 그렇다.

그것을 잘 알고 그에 대해 항의도 안 하겠지만, 하지만 그녀는 눈물이 나고 잠을 잘 수도 없고…….

하벨 박사는 그 기나긴 한탄 목록을 다 읽고 나서 아내에게 자신이 방탕한 과오를 뉘우치고 새사람이 되었으며 아내를 많이 사랑한다고 보이도록 끈기 있게 노력했던 지난 삼 년의 헛된 세월을 떠올렸다. 그는 온몸에 힘이 다 빠지는 것 같았고 까마득한 절망감이 들었다. 그는 울화를 터뜨리며 편지를 구겨서 휴지통에 던졌다.

2

다음 날 그는 몸 상태가 좀 나아졌다. 담낭의 통증도 없었고 아침에 아치형 통로를 거니는 몇몇 여자들에게 희미하게 그러나 확실하게 욕망을 느꼈다. 불행히도 이러한 소박한 발전은 훨씬 더 심각한 발견 탓에 소멸되고 말았다. 그 여자들은 그를 전혀 거들떠보지도 않고 지나쳐 갔던 것이다. 그 여자들에게 그는 광천수를 마시는 창백한 환자 무리와 구별되지 않았다.

"어, 좋아졌는데." 아침에 그를 진찰하고 나서 의사 프란티스카가 말했다. "무엇보다 식이요법을 철저히 지켜야 해. 다행히 당신이 아치형 통로에서 마주치는 여자 환자들은 당신을 흔들어 놓기에는 너무 늙고 상태가 안 좋은 사람들이라 당신한테는 더 좋아, 무엇보다 안정이 필요하니까."

하벨은 셔츠를 바지 안에 넣었다. 그러면서 진찰실 한쪽 구

석 세면대 위에 걸린 작은 거울 앞에 서서 쓸쓸하게 자기 얼굴
을 살펴보았다. 그러고는 몹시 서글프게 말했다. "잘못 알고
있는 거야. 아치형 통로를 거니는 할머니들 사이에 아주 예쁜
아가씨들이 몇 있는 걸 봤지. 다만 그 아가씨들이 날 쳐다보지
도 않더군."

"뭐든 다 믿을 의향이 있지만 그건 아니다!" 프란티스카가
이렇게 답하자 하벨 박사는 거울에 보이는 비참한 광경에서
눈을 돌려 여의사의 순진하고 충직한 두 눈을 응시했다. 그녀
가 단지 오랜 관례에서, 그러니까 그에게 늘 그렇게 해 주는
게 버릇이 된 역할 (동의하지 않는, 그러나 언제나 다정하게 그렇게
하는 역할) 속에서 이야기했을 뿐이라는 것을 아주 잘 알면서
도 그는 그녀에게 고마움을 느꼈다.

잠시 후 누가 문을 두드렸다. 프란티스카가 문을 열자 한 청
년의 머리가 나타나 공손하게 인사를 했다. "아, 당신이군요!
제가 완전히 잊어버렸네요!" 그녀는 진찰실로 청년을 들어오
게 하고는 하벨에게 설명했다. "여기 지역 신문 편집장이 이틀
째 당신을 만나려고 했어."

청년은 먼저 이렇게 불쑥 하벨 박사님을 귀찮게 해서 죄송
하다는 말을 길게 늘어놓더니 (아, 이런! 좀 보기 불편하게 긴장된
표정으로) 가벼운 투로 말해 보려고 애를 썼다. 하벨 박사는 자
기가 여기 있다는 걸 알렸다고 여의사를 원망하면 안 된다, 왜
냐하면 어쨌거나 기자는 결국 그를 찾아냈을 테니까, 필요한
경우 광천수 욕탕에서라도, 뭐 이런 이야기였다. 그리고 또한
기자에겐 당돌함이 반드시 필요한 자질이고 그것 없이는 먹

고살 수 없으므로 하벨 박사는 자기가 당돌하다고 나무라서도 안 된다고 했다. 그런 다음 그는 삽화가 들어 있는 잡지에 대해 길게 이야기를 했는데, 이곳 온천장이 한 달에 한 번 발간하며 매호마다 여기에서 치료를 받는 유명한 환자와의 인터뷰를 싣는다고 했다. 몇몇 이름들을 예로 드는데 정부 각료 이름, 여가수 이름, 아이스하키 선수 이름 등이 있었다.

"자, 봐, 아치형 통로의 예쁜 여자들은 당신한테 관심 없지만 당신이 기자들 관심은 끌잖아." 프란티스카가 말했다.

"참 끔찍한 추락이지." 하벨이 말했다. 하지만 이런 관심이 그는 흐뭇했다. 그는 기자에게 미소를 지으며 진심이 아니라는 게 너무 확연히 드러나게 그의 제안을 거절해서 안쓰러울 정도였다. "나는 말이죠, 정부 각료도 아니고 아이스하키 선수도 아니고 여가수는 더더욱 아니에요. 물론 내 학문의 과업을 과소평가하고 싶지는 않지만 일반 대중보다는 전문가들의 관심 분야지요."

"아, 제가 인터뷰를 원하는 건 박사님이 아니에요. 그 생각은 하지도 못했습니다." 청년이 얼른 솔직하게 답했다. "사모님 말입니다. 박사님이 치료받으시는 동안 사모님이 오시기로 했다고 들었거든요."

"나보다 더 잘 아네요." 좀 쌀쌀하게 하벨 박사가 말했다. 그 다음 거울로 다가가 마음에 들지 않는 자기 얼굴을 또다시 살펴보았다. 그는 셔츠 깃의 단추를 채우며 아무 말 없이 입을 다물고 있었고, 그러는 동안 그 젊은 기자는 당황해서 어쩔 줄 모르며 그토록 당당하게 선포했던 직업상의 당돌함을 즉각

상실했다. 그는 의사에게 사과했고, 하벨 박사에게 사과했고,
그곳에서 벗어났을 때 안도의 숨을 내쉬었다.

3

그 기자는 멍청하다기보다는 경솔한 인물이었다. 그는 온 천장 잡지를 그리 중요하게 여기지 않았지만 자신이 유일한 편집자여서 매달 스물네 면을 사진과 꼭 필요한 단어 들로 채우기 위해 온갖 일을 다 해야 했다. 여름에는 온천장이 이름 있는 손님들로 붐비고 여러 오케스트라가 와서 노천 콘서트를 하기도 했으며 놀랍고 흥미로운 소소한 소식들이 끊이지 않았기 때문에 그래도 그럭저럭 해낼 수 있었다. 반면에 비가 오는 철에는 시골 여자들과 권태가 아치형 통로를 점령했고, 그러니 아주 작은 기회라도 낚아채야 했다. 그래서 그 전날 온 천장 손님 중에 현재 유명한 여배우의 남편이 와 있는데, 그 여배우가 바로 몇 주 전부터 축 늘어진 온천 요양객들의 기분을 전환해 주는 데 성공한 신작 범죄 영화에 나오는 배우라는 사실을 알고는 숨을 가득 들이마시고 즉시 추적에 들어갔다.

하지만 지금 그는 부끄러웠다.

실제로 그는 늘 자신을 믿지 못했고 교류하는 사람들에 대해 노예와 같은 예속 상태에 있었다. 그는 잔뜩 주눅이 든 채 자신이 무엇인지, 어떤 가치가 있는지를 그들의 시선 속에서 확인하려 애썼다. 그런데 그는 사람들이 자신을 한심하고 멍청하고 성가시게 여긴다고 생각했고, 무엇보다 자기를 그렇게 판단한 사람에게 호감이 갔기에 그런 생각은 그에게 그만큼 더 고통스러웠다. 바로 그래서 걱정으로 안절부절못하다가 그날로 의사에게 전화를 걸어 그 여배우의 남편이 과연 누구냐고 물었던 것이고, 그분이 의학계의 최고봉일 뿐만 아니라 그것 말고도 아주 유명한 인물이라는 것을 알게 되었다. 그 기자가 정말 한 번도 그 이야기를 들어 본 적이 없다는 게 가능하단 말인가?

기자는 못 들어 봤다고 고백했고 의사는 그에게 너그럽게 말했다. "그래요, 당신은 확실히 아직 어려요. 그리고 하벨 박사가 그렇게 눈부시게 활약한 전문 분야에서 다행히 당신은 문외한일 따름이지요."

여러 사람한테 이런저런 질문들을 해 보고 나서 그는 의사가 그토록 강하게 암시한 전문 분야라는 것이 다른 것 아닌 바로 에로티시즘, 하벨 박사 고향에서 그에 견줄 자가 없다는 그 영역이라는 것을 알게 되었을 때, 그는 자신이 문외한으로 결정이 난 데다가 하벨 박사에 대해 한 번도 들어 본 적이 없다는 사실로 이 평가를 확증하게 되었던 데 대해 수치심을 느꼈다. 그리고 그는 늘 그 남자처럼 전문가가 되고 싶다는 꿈을

꾸어 왔기 때문에 바로 그 사람, 자신의 사부 앞에서 지긋지긋한 멍청이처럼 굴었다는 생각에 기분이 몹시 상했다. 그는 자기가 떨었던 수다와 바보 같은 농담, 주변머리 없었던 것을 떠올렸고, 사부의 거부의 침묵 속에서, 그리고 거울에 고정된 멍한 시선 속에서 읽을 수 있었던 그 판결의 정당성을 겸허히 인정하지 않을 수 없었다.

이 이야기가 전개된 온천장은 크지 않은 곳이어서 모든 사람들이 싫든 좋든 하루에도 몇 번씩 마주쳤다. 그리하여 기자 청년은 마음에 두고 있던 사람을 어렵지 않게 곧 만났다. 오후 끝 무렵이었고 간 질환 환자 무리가 아치형 통로에서 오가고 있었다. 하벨 박사는 도자기 컵에 담긴 냄새 나는 물을 홀짝이고 있었다. 기자 청년은 그에게 다가가 횡설수설 사과를 늘어놓기 시작했다. 그는 하벨 부인, 그 유명한 여배우의 부군이 바로 하벨 박사, 다른 하벨이 아니라 바로 그 하벨인 줄은 꿈에도 몰랐다. 보헤미아에는 하벨이라는 성이 하도 많아서 기자는 불행히도 여배우의 남편하고 그 저명한 의사, 의학계의 최고봉으로서뿐만 아니라 또한 — 이렇게 말해도 되지 싶은데 — 다양하기 그지없는 소문과 일화 들을 통해 그가 오래전부터 당연히 익히 들어 본 그 저명한 의사 사이에 연관을 지어 보지 못했다.

기분이 가라앉아 있던 하벨 박사가 청년의 말, 특히 소문과 일화 들에 대한 언급을 듣고 기분이 좋았다는 것을 부정할 이유는 아무것도 없는데, 그 소문과 일화 들 또한 사람 자체와 마찬가지로 노쇠와 망각의 법칙에 종속되어 있다는 것을 하벨은 매우 잘 알고 있었다.

"사과할 필요 없어요." 하벨이 청년에게 말했고, 청년이 어쩔 줄 모르는 것을 보자 그의 팔을 살짝 잡고는 아치형 통로를 같이 거닐자고 했다. "그 얘기는 할 필요도 없다니까." 청년의 마음을 편하게 해 주려고 이렇게 확실히 말하면서도 다른 이야기로 넘어가지 않고 흐뭇해하며 여러 번 반복해서 물었다. "그러니까 그렇게 내 이야기를 들었다는 말이죠?" 하면서 매번 즐겁게 웃음을 터뜨렸다.

"예." 잔뜩 흥분해서 기자가 그렇다고 했다. "하지만 박사님을 이렇게는 전혀 상상 못 했습니다."

"그럼 나를 어떻게 상상했어요?" 진심으로 관심을 표하며 하벨 박사가 이렇게 물었고, 기자가 할 말을 찾지 못해 무어라 우물거리자 그가 우수 어린 어조로 말했다.

"나도 알아요. 우리하고는 반대로 소설이나 전설, 우스운 이야기에 나오는 인물들은 나이 때문에 망가지지는 않게 되어 있지요. 아니, 전설이나 우스운 이야기들이 영원불멸이라는 말은 아니에요. 분명 그 이야기들도 오랜 세월을 보내며 쇠퇴해 가고 그 인물들도 같이 나이 들어 가지요. 다만 그런 인물들은 모습이 바뀌거나 변조되는 게 아니라 희미해지고 서서히 지워지다가 결국은 투명한 공간과 섞여 버리게 되는 거죠. 겉모습이 바뀌거나 망가지지 않고 서서히 색이 바래 투명해지다가 결국에는 환한 공간 속에서 사라져 가요. 페페 르 모코나 수집가 하벨, 또 모세나 팔라스 아테나, 아시시의 프란체스코도 바로 그런 식으로 사라질 겁니다. 하지만 프란체스코는 어깨

에 앉은 작은 새들과 더불어, 그의 다리에 몸을 비비는 아기 사
슴과 더불어, 그늘을 드리워 주는 올리브 가지 다발과 더불어
서서히 사라지리라는 건 고려하시고요, 프란체스코와 함께 이
모든 풍경이 서서히 지워지다가 우리에게 위안을 주는 창공으
로 바뀔 텐데, 반면에 나는 말이죠, 젊은 친구, 나는 그냥 나 그
대로, 발가벗은 채, 전설에서 밀려나서, 비웃음을 보내는 활기
찬 젊음이 지켜보는 가운데, 요란한 색깔들로 휘황찬란한 풍
경의 배경으로 사라지리라는 것도 생각해 보세요."
　기자는 하벨의 장광설에 당황하면서도 동시에 열광했고 두
남자는 이제 밤이 되기 시작하는 어둠 속을 한참 더 거닐었다.
헤어지면서 하벨은 식이요법 음식에 완전히 질려서 다음 날
근사한 저녁 식사를 하고 싶다고 했다. 그는 기자에게 같이 가
지 않겠느냐고 물었다.
　물론 그는 좋다고 했다.

4

"의사한테는 말하지 말아요." 기자와 테이블에 마주 앉아 메뉴판을 들고 하벨이 말했다. "하지만 내겐 독창적인 식이요법 개념이 있어요. 먹고 싶지 않은 음식은 모두 철저하게 피하는 거지." 그러고 나서 그는 식사 전 술은 무엇으로 하겠느냐고 청년에게 물었다.

편집장은 식사 전에 술을 마시는 일이 없었기 때문에 달리 떠오르는 게 없어 "보드카요."라고 답했다.

하벨 박사는 마음에 들지 않는 눈치였다. "보드카, 러시아 영혼 냄새를 풍기는데!"

"맞습니다." 청년은 이렇게 말했고 이 순간부터 그는 망한 것이었다. 그는 시험관 앞에 선 대학 입학 자격 시험 수험생 같았다. 그는 자기가 생각하는 것을 말하고 원하는 것을 하려 하지 않고 시험관 마음에 들려고만 애썼다. 그들의 생각과 그들의 기분과 그들의 취향을 알아내려 애썼다. 그는 무슨 일이 있어도 평소 자신의 저녁 식사가 형편없고 상스러우며 어떤 고기에는 어떤 포도주를 마셔야 하는지 도통 아무것도 모른다고는 절대 인정하지 않을 것이었다. 그런데 하벨 박사는 전채는 무엇으로 할지, 주요리와 포도주, 치즈 등은 무엇으로 할지 끊임없이 그의 의견을 물어서 의도하지 않게 그를 괴롭혔다.

시험관이 미식 과목 구두시험에 나쁜 점수를 주었다는 것을 분명히 알게 되자 기자는 깎인 점수를 만회해 보려고 더 열의를 보이며 전채와 주요리 사이 잠시 비는 틈에 식당에 있는 여자들을 드러내 놓고 죽 살펴보았다. 그러고는 이런저런 지적을 해서 자기가 어떤 데 관심이 있고 얼마나 경험이 많은지 드러내 보이려고 시도했다. 또다시 결과가 좋지 않았다. 두 테이블 너머에 앉은 붉은 머리 여자가 틀림없이 아주 멋진 정부가 될 수 있을 거라고 그가 말하자 하벨 박사는 무엇을 가지고 그렇게 말을 하느냐고 전혀 악의 없이 물었다. 편집장은 막연하게 대답을 했고, 박사가 그에게 붉은 머리 여자들과의 경험에 대해 묻자 그는 되지도 않은 거짓말로 얼버무리다가 금세 입을 다물고 말았다.

반면에 하벨 박사는 기자의 감탄에 찬 눈을 보며 기분이 좋고 흐뭇했다. 그는 고기에 곁들여 마실 적포도주를 주문했고, 기자는 알코올 기운에 들떠서 자기가 사부의 총애를 받을 만하다는 것을 드러내 보이기 위해 새로운 시도를 했다. 그는 최근에 만난 아가씨가 하나 있는데 몇 주 전부터 성공에 대한 큰 기대를 품고 접근을 하고 있다고 길게 이야기를 했다. 그의 고백은 상당히 모호했고, 만면에 가득한 억지 미소는, 일부러 애매하게 하여 다 말하지 않은 것을 표현해야 했을 텐데 그러지를 못하고 다만 자신이 없어 흔들리는 마음을 힘겹게 가까스로 극복했다는 것만을 보여 줄 따름이었다. 하벨은 이 모든 것을 느끼고는 마음이 움직여서, 기자에게 좋아하는 주제로 한참 이야기할 수 있게 해 주고 더 자유롭게 말할 수 있게 해 주려고 문제의 아가씨의 여러 신체 특징들에 대해 물었다. 하지만 청년은 이번에도 실패했다. 그의 대답들은 누가 봐도 모호했다. 그는 그 아가씨의 전반적인 신체 구조도 여러 해부학적 면모들도, 성격은 더더욱 명확하게 묘사해 내지를 못했다. 그리하여 결국 하벨 박사가 대화를 혼자 도맡게 되었고, 편안한 저녁과 포도주에 점점 취해 가면서 자기 자신의 추억들과 지난 일화들과 자기 명언들로 이루어진 재기 넘치는 독백을 기자에게 늘어놓았다.

기자는 천천히 포도주를 마시며 그의 이야기를 듣고 있었고, 그러면서 상반되는 감정을 느꼈다. 무엇보다 우선 그는 불행했다. 자신이 초라하고 바보같이 느껴졌고 확실한 사부를 마주한 의심스러운 견습생 같은 꼴이어서 입을 열기가 부끄러웠다. 하지만 동시에 그는 행복했다. 사부가 자기와 마주 앉아 동료처럼 이야기를 나누고 있고 엄청나게 귀중한 온갖 개인적인 의견들을 자신에게 전해 주고 있었으므로 우쭐했던 것이다.

하벨의 이야기가 길어지자 청년은 자기도 입을 열고, 자기 말을 덧붙이고, 맞장구를 치고, 자기가 좋은 이야기 상대라는 것을 보여 주고 싶어졌다. 그래서 그는 또다시 대화를 자기 여자 친구에게로 흘러가게 해서는, 하벨에게만 말하는 건데, 다음 날 그녀를 만나 보고 그의 경험에 비추어 그녀를 어떻게 판단하는지 말해 줄 수 있겠느냐고 물었다. 다시 말해서 (그렇다. 이것이 흥분 상태에서 그가 내뱉은 단어다.) 그가 그녀를 승인해 줄 수 있겠느냐는 것이었다.

이런 생각이 어디에서 나온 것일까? 술기운과 무언가 말하고 싶다는 뜨거운 열망에서 갑자기 떠오른 생각이었을까?

그냥 퍼뜩 떠오른 생각이라 하더라도 기자는 그로 인한 세 가지 이득을 기대했다. 즉 이런 것이다.

— 공동의 비밀 평가 (승인) 공모는 자신과 사부 사이에 은밀한 관계를 만들어 낼 것이고, 그가 갈망하는 공모 의식과 동료 의식을 강화해 줄 것이었다.

— 만약 사부가 인정한다면 (문제의 아가씨에게 아주 많이 끌리고 있었으므로 청년이 바라는 바였다.) 그에게는 본인의 선택과 취향에 대한 인정이 될 것이고, 그렇게 해서 그는 사부가 보기에 견습생 등급에서 동반자 등급으로 승격될 것이며, 그럼으로써 그는 스스로에게 더 중요한 사람으로 보이게 될 것이었다.

— 끝으로, 그로써 아가씨 본인도 청년에게 더 값어치 있게 보일 따름일 것이며, 그녀가 곁에 있어서 느끼는 기쁨도 허구적인 기쁨에서 실재의 기쁨으로 바뀔 것이었다.(왜냐하면 청년은 때로 자기가 사는 세상이 가치들의 미궁 같고, 그 가치들의 의미가 자기에게는 너무나도 혼돈스럽게만 나타나 보여서, 확인이 된 다음에야

비로소 표면상의 가치가 실재 가치로 바뀔 수 있는 것 같은 느낌이 들었
기 때문이다.)

5

다음 날 잠에서 깼을 때 하벨 박사는 전날 저녁 식사 때문에 담낭이 살짝 아픈 것을 느꼈다. 그리고 시계를 보고서 삼십 분 후에 물 치료 받는 곳에 가 있어야 한다는 것, 따라서 세상에서 제일 싫은 것 중 하나가 서두르는 것이지만 지금 서둘러야 한다는 것을 확인했다. 그리고 머리를 빗으며 거울 속에서 마음에 들지 않는 얼굴을 보았다. 하루의 시작이 좋지 않았다.

그는 아침 식사를 할 시간조차 없었고 (그는 규칙적인 생활 습관을 아주 중요하게 여겼기 때문에 이 역시 나쁜 징조로 보였다.) 서둘러 온천장으로 갔다. 거기에서 긴 복도로 들어섰다. 그가 문을 두드리니 흰 블라우스 차림의 예쁜 금발 아가씨가 나타났다. 그녀는 그가 늦었다고 퉁명스럽게 지적을 하고는 들어오라고 했다. 하벨은 칸막이 뒤 탈의실에서 옷을 벗기 시작했다. 그런데 금방 "다 됐어요?"라는 소리가 들렸다. 마사지사의 목소리는 점점 무례해져 하벨 박사의 마음을 상하게 했고 복수를 시도하게 만들었다.(아, 이런! 몇 년 전부터 그는 여자들에게 단 하나의 복수 방식밖에 몰랐으니!) 그리하여 그는 팬티를 벗고, 배를 집어넣고, 가슴을 잔뜩 내밀고는 탈의실 밖으로 나가려 했다. 하지만 자신의 품위에 맞지 않는 이런 행동, 남이 그런다면 몹시 우스꽝스럽게 보였을 이런 행동에 역겨움을 느끼고는 다시 편안하게 배에 힘을 빼고 이래야만 자기답다 여기는 느긋한 자세로 큰 욕조로 걸어가 미지근한 물속으로 들어갔다.

그의 가슴과 배는 전혀 안중에도 없이 마사지사는 조종판 위의 수도꼭지들을 돌렸고, 하벨 박사가 욕조 깊숙이 몸을 뻗고 눕자 그의 오른쪽 다리를 잡고는 세차게 물이 솟구치는 호스 입구를 물속에서 그의 발바닥에 갖다 댔다. 하벨 박사가 간지러워서 다리를 움직였더니 마사지사는 똑바로 놓으라고 일렀다.

재미있는 말 한 마디나 소소한 이야기, 재치 있는 질문 하나로도 이 금발 아가씨가 쌀쌀맞은 무례함을 포기하게 만드는 것은 분명 어렵지 않았을 테지만 하벨은 너무 기분이 상했고 너무 모욕을 당했다. 그는 그녀가 벌을 받아 마땅하며 일을 쉽게 해 줄 필요가 없다고 생각했다. 그녀가 그의 아랫배에 호스를 대자, 그는 세찬 물줄기 때문에 아플까 봐 손으로 생식기 부분을 가리고는 그날 저녁 그녀가 무얼 하는지 물었다. 그녀는 그를 쳐다보지도 않은 채 무슨 이유로 자신의 시간표에 관심을 갖느냐고 물었다. 그는 침대가 하나인 방에 혼자 묵고 있는데 그녀가 와서 같이 있으면 좋겠다고 했다. "번지수 잘못

찾으신 것 같네요."라고 금발 아가씨가 말하고는 엎드리라고
했다.

그래서 하벨 박사는 욕조 안에서 엎드렸고 숨을 쉬려고 턱
을 쳐들었다. 세찬 물줄기가 허벅지를 마사지하는 것이 느껴
졌고 마사지사에게 아주 적절한 어조로 말을 한 것이 만족스
러웠다. 왜냐하면 하벨 박사는 반항적이거나 오만불손한, 또
는 버릇없는 여자들을 벌할 때 언제나 거칠게, 거의 아무 말도
하지 않고 냉랭하게 소파로 데려갔다가 마찬가지로 냉랭하게
돌려보냈기 때문이다. 자신이 마사지사에게 딱 적당히 냉랭
하게 그리고 딱딱하게 말을 하긴 했지만 그녀를 소파로 데려
가지는 못했으며 아마 그러지 못하리라는 것을 깨닫는 데는
잠시 시간이 필요했다. 그는 자신이 거부당했다는 것을 깨달
았고 이것은 또 다른 모욕이었다. 그는 목욕 타월을 두르고 탈
의실에 들어가 혼자가 되자 비로소 좀 편해졌다.

그다음 그는 온천장에서 서둘러 나와 '르탕' 극장의 포스터
게시판으로 향했고, 거기에는 광고 사진 세 장이 전시되어 있
었는데, 그중 하나가 시체 앞에 무릎을 꿇고 공포에 사로잡힌
모습을 한 그의 아내 사진이었다. 하벨 박사는 공포로 일그러
진 그 정다운 얼굴을 응시했고 한없는 사랑과 사무치는 그리
움을 느꼈다. 그는 오랫동안 눈을 떼지 못하고 바라보았다. 그
러고 나서 그는 프란티스카에게로 갔다.

6

"시외전화 좀 신청해 줘, 아내하고 통화해야 돼." 환자를 보내고 의사가 그를 진찰실에 들어오게 했을 때 그가 말했다.

"무슨 일 생겼어?"

"응. 외로워." 하벨이 말했다. 프란티스카는 못 믿겠다는 듯 그를 쳐다보고는 시외전화 번호를 눌러 하벨이 일러 주는 번호를 따라 말했다. 그러고는 수화기를 내려놓고 말했다.

"당신이, 당신이 외롭다고?" "나는 그러면 안 되나?" 하벨은 언짢은 기분으로 말했다. "당신도 내 아내하고 똑같네. 둘 다 아직도 나한테서 오래전 옛날의 나를 보는군. 나는 초라하고 고독하고 서글프다고. 나는 나이를 먹고 있어. 그리고 장담하는데, 썩 좋은 기분은 아니야."

"아이가 있어야 할 것 같다." 의사가 답했다. "그러면 그렇게 자기 생각을 하지 않을 거야. 나도 나이를 먹고 있지만 그 생각은 하지도 않아. 내 아들이 커 가는 걸 보면 그 애가 어른이 되면 어떤 모습일까 생각하지 흘러가는 세월을 한탄하지 않거든. 있잖아, 어제는 그 애가 이러더라고. 사람들은 어차피 다 죽는데 의사는 무슨 소용이 있느냐고. 어떻게 생각해? 당신은 뭐라고 답해 주겠어?"

전화벨이 울려서 다행히 하벨 박사는 답하지 않아도 되었다. 수화기를 들어 아내의 목소리가 들리자 그는 곧바로 마음이 서글프다고, 이야기 나눌 사람 하나 없고, 쳐다보고 싶은 사람도 없고, 여기서 계속 혼자 있지 못할 것 같다고 말했다.

수화기에서 들려온 가느다란 목소리는 처음에는 그 말을 못 미더워했고 아무 말도 못 하거나 거의 더듬기도 했지만 나중에는 남편이 하도 강력하게 말을 하니까 결국 수긍하게 되었다.

"제발, 여기로 좀 와. 가능한 한 빨리 나한테 와!" 하벨은 전화에 대고 이렇게 말했고, 정말 가고 싶지만 거의 매일 공연이 있다는 아내의 답을 들었다.

"거의 매일이 매일은 아니잖아." 하벨이 말했고, 아내가 다음 날 쉬기는 하는데 겨우 하루 보내자고 가야 하나 모르겠다고 하는 말을 들었다.

"어떻게 그렇게 말을 해?" 하벨이 답했다. "이 짧은 인생에서 하루가 얼마나 귀한 건지 정말 모른단 말이야?"

"그럼 당신 정말로 나한테 화난 거 아니에요?" 가느다란 목소리가 수화기에서 물었다.

"당신한테 왜 화가 나?"

"그 편지 때문에. 당신은 아파서 고생인데 나는 질투나 해 대는 바보 같은 편지로 당신을 괴롭히잖아요."

하벨 박사는 수화기에 다정한 말들을 퍼부었고, 그의 아내는 (이제 완전히 감동한 목소리로) 다음 날 가겠노라고 했다.

"하여간 당신이 부럽네." 하벨이 전화를 끊자 프란티스카가 말했다. "전부 다 가졌잖아. 원하는 만큼 여자들도 만나고, 그러면서도 멋진 가정도 꾸리고."

하벨은 자기가 부럽다는 이 친구, 하지만 너무 착해서 누구든 시샘이라곤 하지 못할 이 친구를 바라보고 있자니 연민이 일었다. 자식이 주는 기쁨이 다른 기쁨들을 대신하지는 못하며, 다른 기쁨을 대신해야만 하는 기쁨은 금세 사그라지고 만다는 것을 알고 있었기 때문이다.

그다음 그는 점심 식사를 하러 갔고, 점심 후에는 낮잠을 잤고, 잠에서 깨며 기자 청년이 여자 친구를 소개해 주기 위해 카페에서 자기를 기다리고 있다는 것을 기억했다. 요양원 계단을 내려가다가 그는 로비 휴대품 보관소 앞에서 아름다운 경주마를 닮은 키 큰 여자를 발견했다. 아, 이런 세상에! 언제나 하벨 박사를 미치게 만드는 것이 바로 이런 여자들이었으니. 휴대품 보관소 여자가 키 큰 여자에게 코트를 내미는데 하벨이 얼른 나서서 그녀가 소매에 팔을 끼게 도왔다. 말을 닮은 여자가 건성으로 고맙다는 인사를 했고, 하벨은 그녀에게 말했다. "제가 뭐 더 도와 드릴 일이 있을까요, 마담?" 그가 미소를 지어 보였으나 그녀는 웃지도 않고 아니라고 답하고 얼른 밖으로 나가 버렸다.

하벨은 뺨을 맞은 기분이었고, 또다시 혼자 고립된 느낌 속
에서 카페를 향해 걸음을 옮겼다.

7

기자는 벌써 한참 전부터 칸막이 자리에서 여자 친구 옆에
앉아 있었는데 (입구가 잘 보이는 자리를 골랐다.) 평소 같으면 그
들 사이에는 속닥속닥 쉼 없이 즐겁게 이야기가 이어졌겠지
만 그는 대화에 도무지 집중할 수가 없었다. 하벨 때문에 그
는 바짝 긴장해 있었다. 여자 친구를 알고 나서 처음으로 그는
비판적인 눈으로 그녀를 보려고 시도해 보았는데, 그녀가 말
을 하고 있는 동안 (다행히 그녀는 단 한순간도 쉬지 않고 계속 조잘
대서 청년이 초조해하는 것을 알아차리지 못했다.) 그녀의 미모에서
몇 가지 작은 결점을 발견했다. 그것이 그의 마음에 혼란을 일
으켰지만 그는 곧 이 작은 결점들 때문에 그녀의 아름다움이
더 눈길을 끄는 것이며, 바로 그 결점들 때문에 그녀의 존재
전체가 자기에게 그토록 애틋하게 가깝게 느껴지는 것이라
생각하면서 마음을 가라앉혔다.

왜냐하면 청년은 여자 친구를 좋아했기 때문이다.

하지만 그가 그녀를 좋아했다면 대체 무엇 때문에 어떤 음탕한 의사에게 그녀를 승인받으려는, 그녀에게는 그렇게 굴욕적인 생각에 넘어갔단 말인가? 가령 그냥 장난일 뿐이라 치고 정상참작을 해 준다 하더라도 어떻게 단순한 장난이 그렇게까지 그를 초조하게 만든단 말인가?

그것은 장난이 아니었다. 청년은 정말로 자기 여자 친구에 대해 어떻게 생각해야 할지 알지 못했고 정말로 그녀의 매력과 아름다움을 평가할 수가 없었다.

그러니까 그는 그렇게나 순진하고 경험이 없어서 예쁜 여자와 못생긴 여자를 구분도 못 하는 것이었을까?

아니다. 그는 그렇게까지 경험이 없지 않았고 여러 여자들을 이미 경험해 보았으며 그 여자들과 온갖 복잡한 연애사를 겪었지만 언제나 여자들보다는 자기 자신에게 훨씬 더 많이 신경을 썼다. 예를 들어 이런 주목할 만한 사항을 한번 살펴보도록 하자. 그는 어떤 여자와 데이트를 했던 날 자기가 어떤 옷을 입었는지 정확하게 기억했고, 어느 날 너무 통이 넓은 바지를 입고 나가 괴로웠다는 것을 알았으며, 또 다른 날엔 멋있는 스포츠맨같이 보이는 흰 스웨터를 입고 있었다는 것도 알았지만, 여자 친구들이 어떤 차림이었는지는 전혀 기억하지 못했다.

그렇다. 이는 실로 주목할 만하다. 짧은 연애 기간 동안 그는 거울을 앞에 놓고 자기 자신에 대한 상세하고 오랜 연구에 몰두하곤 했던 반면, 여자라는 성에 대해서는 대강 피상적으로만 인식했을 뿐이었다. 그리고 그는 상대가 자기에게 어떻게 보이는가보다 자기가 상대에게 어떻게 보이는가에 훨씬 더 신경을 썼다. 그렇다고 데이트하는 여자가 아름답건 아름답지 않건 그에게 중요하지 않았다는 말은 아니다. 오히려 정반대 였다. 왜냐하면 그 자신이 상대 눈에 어떻게 보이느냐만이 문제가 아니라 둘이 함께 다른 이들의 눈에 (세상의 눈에) 보이고 평가받는 것이기 때문에, 그리고 그는 자기 여자 친구를 통해 자신의 선택, 취향, 수준이, 그러니까 자기 자신이 평가받는다는 것을 알고 있었던 만큼 세상이 자신의 여자 친구를 흡족하게 여기는 것을 매우 중요하게 여겼다. 그런데 그것이 바로 다른 이들의 판단 문제였기 때문에 그는 자기 자신의 눈을 그리 믿지 못했다. 그보다 그는 지금까지 일반적인 의견의 목소리에 귀를 기울이고 그것에 자신을 동일시하는 데 만족했다.

하지만 거장이자 전문가인 이의 목소리에 견줄 때 일반적인 의견의 목소리가 뭐겠는가? 그는 초조하게 입구를 바라보다가 마침내 유리문에 하벨 박사의 모습이 보이자 깜짝 놀란 척하며 잡지 때문에 다음에 인터뷰를 하려고 하는 저명인사가 순전히 우연히 카페에 들어왔다고 여자 친구에게 말했다. 그는 하벨 박사에게로 가서 테이블로 모시고 왔다. 소개가 오가느라 잠시 말을 멈추었다가 아가씨는 금세 그 끊임없는 수다의 끈을 다시 이어갔다.

십 분 전에 경주마를 닮은 여자에게 퇴짜를 맞은 하벨 박사는 조잘대는 여자애를 한참 살펴보면서 점점 더 침울한 기분에 빠져들었다. 여자애는 미인은 아니었지만 아주 매력적이었고, 틀림없이 하벨 박사는 (누가 말하길 그는 죽음과 같아서 모든 것을 다 취한다고 했다.) 살짝 신호만 보내 줘도 기꺼이 덥석 그녀를 가졌을 것이다. 실제로 그녀에겐 미적으로 모호해서 아주 특이한 어떤 특징들이 있었다. 그러니까 코 뿌리 부분에 자잘한 황금색 잡티가 있었는데 하얀 피부에 흠이 될 수도 있으나 또한 하얀 빛깔 위에 놓인 자연스러운 보석이 될 수도 있었다. 또한 그녀는 말할 수 없이 호리호리했는데 이상적인 여인의 신체 비율에 비하자면 불완전한 결함으로 해석할 수 있겠으나 또한 여인 속에 남아 있는 어린아이의 상큼 발랄한 가녀림으로 볼 수도 있었다. 그리고 또 그녀는 심하게 말이 많았는데 못 말리는 괴로운 성격으로 볼 수도 있지만 상대방이 듣기지 않고 자기 생각에 빠져들 수 있게 해 주는 다행스러운 성향으로 볼 수도 있었다.

기자는 의사의 얼굴을 조심스럽게 불안해하며 살펴보다가 이 얼굴이 위험스럽게 생각에 잠긴 듯 보이자 (썩 좋은 징조가 아니었다.) 웨이터를 불러 코냑 세 잔을 시켰다. 아가씨는 마시지 않겠다고 거부하다가, 마실 수 있고 마셔야 한다고 한참 설득을 당했고, 하벨 박사는 자기가 무슨 시도를 한다면 미적으로 모호한 이 존재, 수다의 강물 속에서 단순하기 짝이 없는 영혼을 드러내고 있는 이 존재가 자신에게 그날의 세 번째 실패가 될 가능성이 아주 많다는 것을 씁쓸하게 깨달았으니, 왜냐하면 그 옛날 죽음처럼 모든 것을 지배했던 하벨 박사는 이제 더 이상 예전의 그가 아니었기 때문이다.

잠시 후 웨이터가 코냑을 가져와 그들 셋은 잔을 들어 건배를 했고, 하벨 박사는 자신이 손에 넣지 못할 존재의 적대적인 눈을 바라보듯 아가씨의 파란 눈을 들여다보았다. 그리고 그 눈을 적대적인 것으로 파악하고 나서는 적대감을 되돌려 주었고, 그러자 갑자기 그의 앞에는 미적으로 아주 분명한 특성을 지닌 존재, 즉 지저분하게 주근깨가 박힌 얼굴에 참을 수 없게 수다스러운 허약한 여자애만이 보일 따름이었다.

하벨은 이러한 변신도 기분이 좋고 청년이 불안하게 의문을 품고 자신을 애절하게 보고 있는 것도 좋았지만 그의 앞에 펼쳐진 씁쓸함의 심연에 비하면 그런 기쁨은 보잘것없었다. 그는 아무런 기쁨도 가져다줄 수 없는 이런 만남을 계속하는 것은 잘못이라고 생각했다. 그리하여 그는 청년과 그의 여자 친구 앞에 몇 마디 재미있는 말을 멋있게 늘어놓고는 그들을 만나서 너무도 좋은 시간을 보내서 즐거웠다고 한 다음 약속이 있어서 그만 가 보겠다며 일어섰다.

박사가 유리문까지 갔을 때 청년은 이마를 탁 치며 인터뷰 약속을 잡는 것을 완전히 잊었다고 했다. 그는 얼른 칸막이 자리에서 나가 길에 나선 하벨을 쫓아갔다. "저기, 제 친구 어때요?" 그가 물었다.

하벨 박사는 청년의 눈을 그윽이 들여다보다가 자신을 그렇게 숭배하며 초조하게 의견을 묻는 모습에 가슴이 뭉클해졌다.

반면에 박사의 침묵에 기자는 안절부절못하고 결국 자기가 먼저 앞서갔다. "저도 알아요, 미인은 아니죠."

"확실히 그렇진 않더군." 하벨이 말했다.

기자는 고개를 떨궜다. "좀 수다스럽죠. 하지만 그것만 빼면 귀여워요!”

“그래요. 귀여워요.” 하벨이 말했다. “하지만 강아지도 귀여울 수 있고 카나리아나 농장 마당에서 뒤뚱거리는 오리도 그렇지요. 인생에서 중요한 건 최대한 많은 여자를 갖는 게 아니에요, 그건 겉으로 보이는 성공일 뿐이니까. 그보다는 자기 자신에 대해 특별한 엄격함을 기르는 것이지요. 이봐요, 친구, 진정한 낚시꾼은 작은 물고기는 물에 다시 놓아준다는 것을 명심해요.”

청년은 변명을 늘어놓기 시작하더니 자기도 여자 친구에 대해 심각한 의혹을 품고 있었다고 하고는, 자기가 하벨 박사의 의견을 물어보았다는 사실이 그것을 증명한다고 했다.

“그건 중요하지 않아요.” 하벨이 말했다. “별것 아닌 일로 걱정하지 말아요.”

그러나 청년은 계속 변명을 해 대고 자신을 변호하다가 나중에는, 가을에는 온천장에 예쁜 여자들이 거의 없고 그래서 손에 들어오는 걸 가지는 수밖에 없다고 말했다.

“그 점에 있어서는 당신에게 동의하지 않아요.” 하벨이 답했다. “나는 여기에서 말할 수 없이 매혹적인 여자들을 여럿 봤어요. 그런데 내가 하나 일러 주지요. 시골의 안목이 아름다움이라고 잘못 생각하는, 그저 피상적인 예쁘장한 외모가 있어요. 그리고 여자의 에로틱한 진짜 아름다움이 있지요. 아, 물론 이런 아름다움을 첫눈에 알아보기란 쉬운 일이 아니에요. 고도의 기술이지요.” 그러고 나서 그는 청년에게 악수를 건네고 멀어져 갔다.

8

기자는 절망에 빠졌다. 그는 자신이 젊음이라는 끝없는 사막에서 헤매는 치유 불가능한 멍청이라는 것을 깨달았던 것이다. 그리고 하벨 박사가 자신에게 나쁜 점수를 주었다는 것을 깨달았다. 또한 전혀 의심의 여지없이, 여자 친구가 보잘것없고 매력도 없고 아름답지 않아 보였다. 그녀 옆에 다시 돌아와 앉았을 때는 분주히 오가는 웨이터 둘과 카페 손님 모두가 다 알고서 자신을 기분 나쁘게 동정 어린 눈으로 보고 있다고 생각했다. 그는 계산서를 달라고 하고서 급한 일이 생겨서 가봐야겠다고 아가씨에게 말했다. 아가씨가 침울해하자 그는 가슴이 아팠다. 진정한 낚시꾼처럼 그녀를 다시 물에 던져 넣을 생각이었으나 그래도 마음 깊은 곳에서는 (아무도 모르게 그리고 뭐랄까 좀 창피해하며) 여전히 그녀를 사랑했던 것이다.

　다음 날이 되었어도 그의 침울한 기분에 환한 빛이 들지는 않았고, 온천장 앞에서 우아한 여인을 대동한 하벨 박사를 마주쳤을 때 그는 거의 증오에 가까운 시기심에 사로잡혔다. 그여자는 기가 막히게 아름다웠으며, 그를 발견하고 반갑게 알은체를 하는 하벨 박사는 기가 막히게 기분이 좋아 보였기에 기자 청년은 더욱더 비참한 느낌이 들었다.

"소개할게, 이곳 신문 편집장이야." 하벨이 말했다. "오로지 당신을 만날 기회를 얻으려고 나를 만나려 했지."

청년은 화면에서 보았던 여자를 마주하고 있다는 것을 깨닫고는 더 어쩔 줄 몰라 했다. 하벨이 같이 걷자고 강권하는 바람에 기자는 그들과 동행하게 되었고, 무슨 말을 해야 할지 몰라서 자기 인터뷰 계획을 설명하다가 잡지에 하벨 부인과 박사의 이중 인터뷰를 싣자는 새로운 아이디어를 내놓았다.

"이봐요, 친구, 우리가 나눈 말들은 즐거웠고 또 당신 덕분에 흥미롭기까지 했어요. 하지만 뭐 하러 간 질환 환자와 십이지장궤양 환자들이 보는 잡지에 그걸 실어야 하지요?" 하벨이 답했다.

"두 분이 나눈 말들이 뭔지 쉽게 짐작이 가네요." 하벨 부인이 비꼬았다.

"여자들 이야기를 했지." 하벨 박사가 말했다. "이 청년한테서 나는 최고의 대화 상대, 내 암울한 나날들에 빛을 비추어 준 동반자를 발견한 거야."

하벨 부인이 청년을 돌아보며 물었다. "이 사람 때문에 지루하진 않으셨어요?"

기자는 박사가 자기를 빛을 비추어 준 동반자라 불러 준 것이 기뻤고, 시기심에 감사한 마음이 뒤섞여 말했다. 박사님을 지루하게 한 것이 오히려 자신이었다. 자기는 경험도 없고, 재미있는 사람도 아니며, 끝으로 덧붙이길, 보잘것없는 사람이라는 것을 너무도 잘 알고 있었다.

"아, 여보, 엄청 허풍을 떨었나 보네!" 여배우가 말했다.

기자 청년이 의사를 변호했다. "그렇지 않습니다! 부인께서는 소도시가 무엇인지, 제가 사는 이 시골구석이 어떤 곳인지 모르셔서 그런 말씀을 하시는 겁니다."

"뭐, 예쁜 도시인데요." 여배우가 반박했다.

"예, 여기 잠깐 계시니까 부인께는 그렇겠죠. 하지만 저는 여기에 살고, 계속 살 거 거든요. 어딜 가나 노상 똑같은, 훤히 다 아는 사람들이죠. 다 똑같은 생각만 하는 똑같은 사람들에, 하는 생각이라는 게 전부 다 바보 같고 진부하기 짝이 없어요. 저는 싫든 좋든 그 사람들하고 잘 지내야 하고, 또 저도 모르는 사이에 조금씩 그들에게 적응해 가겠죠. 너무나 끔찍해요! 내가 그들 중 하나가 될지도 모른다니! 근시인 그들의 눈으로 세상을 볼 수도 있다니!"

기자가 점점 더 열을 올리며 이야기를 하자 여배우는 그 말에서 변치 않는 젊음의 외침이 들리는 것 같았다. 그녀는 거기에 마음이 끌리고 동요되어서 이렇게 말했다. "아니요, 적응하면 안 돼요. 그러면 안 돼요."

"그러면 안 되죠." 청년이 동의했다. "박사님께서 어제 제 눈을 열어 주셨어요. 저는 무슨 일이 있어도 이런 폐쇄회로의 환경을 벗어나야 해요. 이런 편협함, 이런 초라함의 폐쇄회로에

서 말이에요. 거기에서 벗어나야 해요. 벗어나야 해요." 청년
은 되풀이해서 말했다.

"우리는, 지방의 진부한 취향이 거짓된 아름다움의 이상을
만들어 내는데, 이 이상은 근본적으로 비-에로틱하고, 반면에
에로틱하고 폭발적인 진정한 매력은 그런 취향에는 눈에 띄지
않는다는 이야기를 나누었지." 하벨 박사가 자기 아내에게 설
명했다. "우리 주위에는 남자에게 최고로 아찔한 감각의 모험
을 경험하게 해 줄 수 있는 여자들이 있는데 아무도 보질 못해."

"그렇습니다." 청년이 인정했다.

"그런 여자들은 이곳 규범에 맞지 않기 때문에 아무도 알아
보지 못하는 거예요." 의사가 다시 말했다. "실제로 에로틱한
매력은 균형보다는 독창성에서 나타나는 거지요. 절제보다는
풍부한 표현에서. 그리고 진부한 귀여움보다는 정상을 벗어
난 것에서."

"네." 청년이 인정했다.

"프란티스카 알지?" 하벨이 아내에게 물었다.

"네." 여배우가 말했다.

"그리고 수많은 내 친구들이 그녀하고 하룻밤 보낼 수만 있
다면 가진 것 전부를 내놓을 거라는 것도 알잖아. 내 목을 걸
고 장담하는데, 이 도시에서는 아무도 그녀를 알아보지 못한
다니까. 음, 그럼, 친구, 당신은 프란티스카가 대단한 여자라
는 거 벌써 알아차렸나요?"

"아니요, 정말 몰랐네요!" 청년이 말했다. "그분을 여자로
본다는 생각이 떠오른 적도 없어요!"

"그럴 줄 알았지요." 하벨 박사가 말했다. "당신은 그녀를 썩 날씬하지도 않고 썩 수다스럽지도 않다고 생각했지요. 주근 깨가 썩 많지도 않고!"

"그렇습니다." 청년이 가련하게 말했다. "제가 얼마나 어리석은지 어제 잘 보셨지요."

"그런데 그녀가 걷는 자태를 가끔 눈여겨본 적 있어요?" 하벨이 이어서 말했다. "걸을 때 그녀 다리가 문자 그대로 말을 한다는 걸 알아본 적이 있느냐고요? 친구, 그 다리가 무슨 말을 하는지 들으면 당신은 얼굴이 빨개질 거예요. 내가 알기로 당신이 대단한 방탕아이긴 하지만 말이죠."

9

"당신, 순진한 사람 놀려 먹는 거 정말 좋아해요." 둘만 남자 여배우가 남편에게 말했다.

"내가 이러는 건 기분이 좋다는 신호라는 거 알잖아." 그가 말했다. "그리고 여기 오고 나서 이런 기분인 건 정말 처음이야."

이번에 하벨 박사의 말은 거짓이 아니었다. 아침에 고속버스가 정류장에 들어왔을 때, 그리고 좌석에 앉아 있는 아내를 창문에서 보았을 때, 그다음 발판에 내려선 미소 짓는 아내의 모습을 보았을 때 그는 행복하다고 느꼈고, 지난 며칠간 그의 기쁨의 저장고 전체가 조금도 축나지 않은 채 그대로 있었기 때문에 하루 종일 약간 광적으로 자신의 기쁨을 표현했다. 그들은 둘이서 아치형 통로를 거닐었고, 설탕을 뿌린 와플을 맛있게 먹었고, 프란티스카에게 들러 그녀의 아들이 최근에 한 말들에 대한 평을 들었고, 앞의 장에서 서술된 기자와 산책을 했고, 온천장 거리에서 건강을 위해 산책을 하는 요양객들을 비웃었다. 그러는 동안 하벨 박사는 몇몇 행인이 여배우를 한참 쳐다보는 것을 알아차렸다. 뒤를 돌아보고서 그는 사람들이 아예 멈추어 서서 그들을 쳐다보고 있음을 확인했다.

"사람들이 당신을 알아봤네." 하벨이 말했다. "이곳에서 사람들은 무얼 해야 할지 몰라 극장에 아주 열심히 가더군."

"불편해요?" 여배우가 물었다. 진짜 사랑을 하는 이들이 모두 그러하듯이 그녀는 고요하고 은밀한 사랑을 바랐기 때문에 자신의 직업에 내재한 공개성을 죄로 여겼다.

"아니, 정반대야." 하벨은 이렇게 말하고 웃었다. 그다음 그들은 지나가는 사람들 중에 누가 그녀를 알아보고 누가 알아보지 못할지 알아맞혀 보기, 그리고 다음 거리에서 몇 사람이나 그녀를 돌아볼까 내기하기 등의 유치한 놀이를 한참 재미있게 했다. 그리고 사람들이, 노신사들, 농부들, 아이들, 그리고 이런 계절에도 온천 치료를 받는 몇몇 예쁜 여자들이 뒤돌아보았다.

며칠 전부터 굴욕적으로 아예 없는 사람 취급을 당한 하벨은 지나가는 사람들이 보이는 관심을 만끽했고, 관심의 빛줄기가 자신에게도 가능한 한 많이 내려 주기를 열망했다. 그는 여배우의 허리에 팔을 두르고 온갖 다정한 말과 음란한 말 들을 귀에 속삭였고, 그녀 또한 그에게 바싹 몸을 붙이고 즐거운 눈빛으로 그의 얼굴을 올려다보았다. 그리고 하벨은 그처럼 많은 시선을 받으며 잃어버렸던 사람들의 관심을 회복한 느낌, 자신의 흐릿한 윤곽이 뚜렷하고 분명해진 느낌이 들었고,

그리하여 다시 자신의 몸과 자신의 걸음, 존재 전체에 자신감을 느꼈다.

그들이 그렇게 사랑스럽게 꼭 끌어안고 중심가 쇼윈도들을 따라 걷고 있는데, 어제 하벨을 그렇게 퉁명스럽게 막 대한 금발 치료사가 사냥 용품 가게에 있는 것이 그의 눈에 띄었다. 그 여자는 텅 빈 가게에서 판매원과 수다를 떨고 있었다. "이리 와 봐." 그가 갑자기 아내에게 말했다. "당신은 이 세상에서 최고로 근사한 사람이야. 선물을 하나 하고 싶어." 그러면서 그는 그녀 손을 잡고 가게로 끌고 들어갔다.

두 여자가 말을 그쳤다. 마사지사는 여배우를 한참 바라보고는 그다음 하벨을 잠깐 보았고, 그다음 다시 여배우를 그리고 다시 하벨을 보았다. 그는 이것을 아주 흐뭇하게 간파했지만 그녀에게 단 한 번의 시선도 할애하지 않고 진열된 상품들을 휙 훑어보았다. 그는 사슴뿔, 배낭, 소총, 쌍안경, 지팡이, 부리망 등을 보았다.

"뭘 찾으세요?" 판매원이 물었다.

"잠깐만요." 하벨이 말했다. 그리고 판매대 유리 아래에서 호루라기들을 찾아내고 손가락으로 가리켰다. 판매원이 그중 하나를 그에게 내밀자 하벨은 입술로 가져가 한번 불어 보고, 다시 이리저리 살펴본 다음 또 한 번 부드럽게 불었다. "아주 좋아요." 그는 판매원에게 이렇게 말하고 나서, 가격이 5코루나라고 하자 그녀 앞에 돈을 내놓았다. 그는 그 호루라기를 아내에게 내밀었다.

여배우에게 이 선물은 그녀가 남편에게서 너무나 좋아하는

어린아이 같은 면 중 하나, 어릿광대짓, 난센스에 대한 그의
센스를 보여 주는 것이어서, 그녀는 사랑이 가득 담긴 아름다
운 시선으로 그에게 고마움을 전했다. 그러나 하벨은 그것이
충분하지 않다고 판단했고 작은 소리로 그녀에게 말했다. "이
렇게 근사한 선물을 받고 고맙다는 인사를 그렇게 해?" 여배
우는 그에게 키스를 해 주었다. 두 여자는 그들에게서 눈을 떼
지 못했고 그들이 가게를 나선 후에도 계속 쳐다보고 있었다.

그리고 나서 그들은 다시 거리와 공원을 거닐고, 와플을 먹
고, 호루라기를 불어 보고, 벤치에 앉아 지나가는 사람들 몇이
자기들을 돌아볼지 내기를 하며 놀았다. 저녁이 되어 레스토
랑으로 들어갈 때 그들은 경주마를 닮은 여자와 부딪힐 뻔했
다. 그 여자는 깜짝 놀란 눈으로 그들을 보았고, 여배우를 한
참 보고는 하벨을 잠깐 보았고 그리고 다시 여배우를 보았는
데, 다시 하벨을 보았을 때 그녀는 자기도 모르게 하벨에게 인
사를 했다. 하벨도 인사를 하고는 머리를 숙여 아내 귀에 대고
자기를 사랑하느냐고 속삭였다. 여배우는 사랑이 담긴 눈길
로 그를 그윽이 바라보며 그의 얼굴을 어루만졌다.

그다음 그들은 테이블에 자리를 잡고서 (여배우가 남편의 식
이요법에 철저하게 신경을 썼기 때문에) 가벼운 식사에 (하벨 박사
가 유일하게 마실 수 있는) 적포도주를 곁들여 마시고 있는데 한
순간 하벨 부인의 감정이 복받쳤다. 그녀는 남편에게 몸을 기
대고 손을 잡으며 오늘이 자신이 겪은 가장 아름다운 날 중 하
나라고 말했다. 그녀는 그가 치료를 하러 떠났을 때 몹시 힘들
었다고 털어놓았다. 그리고 질투나 해 대는 바보 같은 편지를

썼던 것을 다시 한 번 미안하다고 했고, 이렇게 전화해서 오라고 해 주어 고맙다고 했다. 일 분밖에 못 보더라도 그를 보러 오는 일은 언제나 행복하리라고 말했다. 그러고 나서 그녀는, 항상 하벨이 자기를 곧 떠나 버릴 것 같아서 하벨과의 삶이 자신에게는 매 순간 고통이고 불안이라고, 하지만 바로 그 때문에 매일매일이 그녀에게는 되살아난 기쁨이고 또 한 번의 새로운 사랑의 시작이며 새로운 선물이라고 오래 이야기했다.

그다음 그들은 하벨 박사의 방으로 갔고, 여배우의 기쁨은 곧이어 절정에 달했다.

10

다음다음 날, 하벨 박사는 다시 물 치료를 받으러 가면서 또 지각을 했는데, 솔직히 말하면 그는 제시간에 도착하는 법이 없었다. 그리고 지난번과 같은 그 금발 마사지사가 그를 맞아 주었지만 이번에는 엄격한 얼굴을 하지 않았고 오히려 그를 박사님이라 부르며 미소 지었는데, 하벨 박사는 그녀가 온천장 사무실의 서류를 찾아보았거나 자신에 대해 사람들에게 물어 본 것이라고 결론을 내렸다. 그런 관심에 주목하고 흐뭇해하며 그는 탈의실 칸막이 뒤로 옷을 벗으러 갔다. 마사지사가 욕조에 물이 다 찼다고 알리자 그는 오만하게 배를 내밀고 나와 욕조 속에서 감미롭게 몸을 쭉 뻗었다.

마사지사는 조종판 위 수도꼭지를 돌리고는 하벨에게 부인이 여전히 같이 있느냐고 물었다. 하벨은 아니라고 했고, 마사지사는 곧 좋은 영화에서 다시 부인을 볼 수 있게 되느냐고 물었다. 하벨은 그렇다고 했고 마사지사는 그의 오른쪽 다리를 들어올렸다. 물줄기가 발바닥을 간지럽히자 마사지사는 미소를 지으며 박사님은 몸이 아주 민감한 것 같다고 했다. 그러고 나서도 그들은 계속 이야기를 나눴고, 하벨은 이곳에서의 생활이 지루하다고 했다. 마사지사는 의미심장한 미소를 지으며 박사님은 분명히 지루하지 않게 잘 해결할 줄 알 거라고 말했다. 그리고 그녀가 그의 가슴에 호스를 대려고 몸을 숙였고, 드러난 그녀의 가슴 윗부분을 보고 하벨이 칭찬을 하자 마사지사는 박사님은 분명히 더 아름다운 가슴들을 이미 많이 보았을 거라고 대답했다.

이 말을 듣고 하벨은 아내가 잠깐 왔다 간 것이 이 예쁘장한 근육질 아가씨의 눈에 자신을 완전히 다른 사람으로 만들어 놓았고, 자신이 갑자기 매력과 또 그보다 더한 무엇을 가지게 되었다는 결론을 내렸다. 그의 몸은 그녀에게 유명한 여배우와 은밀하게 연결되는 기회, 모두가 뒤돌아 바라보는 유명한 여인과 동등하게 되는 기회였던 것이다. 하벨은 자신에게 단번에 모든 것이 허락되었음을, 모든 것이 무언중에 미리 다 약속되었음을 깨달았다.

그런데 살다 보면 이런 일이 종종 일어난다. 만족스러운 상황이 되었을 때 우리는 기분 좋게 실컷 다 했다는 느낌을 확실하게 하려고 우리에게 주어지는 기회를 기꺼이 멋지게 거절해 버리는 것이다. 금발 아가씨가 모욕적인 냉정함을 포기하고 다정한 목소리와 겸손한 시선을 보이는 것만으로도 하벨은 더 이상 그녀에 대한 욕망을 느끼지 않기에 충분했다.

그다음 그는 엎드려서 물 밖으로 턱을 쳐들고 발부터 머리까지 거센 물줄기를 맞아야 했다. 이러한 자세는 그에게 겸손과 감사의 종교적인 자세같이 생각되었다. 그는 아내를 생각했고, 그녀가 얼마나 아름다운지, 자신이 그녀를 얼마나 사랑하는지, 그리고 그녀가 자신을 얼마나 사랑하는지 생각했고, 또 그녀는 자신에게 우연과 근육질 아가씨들의 호의를 얻어주는 행운의 별이라는 생각을 했다.

그리고 마사지가 끝나고 그가 욕조에서 나가려고 일어섰는데, 물기에 젖은 마사지사가 너무도 건강하고 너무도 탐스러워 보이고 그녀 눈길이 너무나 겸허하게 순종적으로 보여서 그는 저 멀리 아내가 있다고 생각되는 방향으로 머리를 숙이고 싶어졌다. 왜냐하면 마사지사의 몸이 여배우의 커다란 손위에 놓여 있고 이 손이 그 몸을 사랑의 메시지로, 봉헌물로 그에게 내밀고 있는 것 같았기 때문이다. 그리고 이 봉헌물을 거절한다면, 이렇게 다정하게 마음 써 준 것을 거절한다면 아내를 모욕하는 일이 되리라는 생각이 들었다. 그는 땀에 젖은 아가씨에게 미소를 지으며 오늘 저녁은 그녀를 위해 비워 두었으며 푸르슈에서 7시에 기다리겠노라고 말했다. 아가씨는 알겠다고 했고, 하벨 박사는 커다란 목욕 타월로 몸을 감쌌다.

옷을 입고 머리를 다 매만지고 났을 때 그는 기분이 대단히 좋다는 사실을 확인했다. 그는 말이 하고 싶어져서 프란티스카에게 들렀는데, 그녀 역시 기분이 날아갈 듯한 상태였으므로 그것은 마침맞은 반가운 방문이었다. 그녀는 이 얘기 저 얘기 횡설수설했지만 지난번 만났을 때 살짝 언급했던 주제, 즉 자신의 나이 이야기로 계속 돌아가곤 했다. 그녀는 나이라는 숫자 앞에 굴복해서는 안 된다, 나이는 장애가 아니다, 자신보다 나이 어린 사람과 동등하게 편히 이야기할 수 있음을 문득 발견하게 되는 건 정말 엄청 놀라운 느낌이다라는 뜻의 이야기를 모호한 말들로 전하려고 했다. "그리고 자식이 전부는 아니야." 그녀가 느닷없이 말했다. "내가 아이들을 얼마나 사랑하는지 알잖아, 하지만 인생에는 다른 것도 있어."

프란티스카는 자기 생각을 이어 가며 단 한순간도 막연한 추상의 한계를 벗어나지 않았기 때문에 잘 모르는 사람에게 그 이야기는 단순한 수다에 지나지 않았다. 그런데 하벨은 전문가였으므로 그 수다 뒤에 감춰진 내용이 무엇인지 알았다. 그리하여 그는 자신의 행복이 다른 많은 행복들의 기나긴 사슬 속 하나의 고리일 뿐이라 결론지었고, 마음이 너그러운 사람이었으므로 기분이 두 배로 좋아졌다.

11

그렇다. 하벨 박사는 정확히 보았다. 사부가 의사를 칭송한 바로 그날로 기자는 그녀를 찾아갔다. 몇 마디 하고 나서 그는 놀라운 대담함을 보이며 그녀가 좋다고, 그녀를 알고 싶다고 말했다. 의사는 두려운 목소리로 자기는 그보다 나이도 많고 아이들도 있다고 말했다. 이런 대답에 기자는 더 자신감이 커지는 느낌이 들어서 조금도 어려움 없이 할 말을 찾아냈다. 그는 의사가 흔해 빠진 예쁜 여자들보다 더 귀한 은밀한 아름다움을 지녔다고 강력하게 주장했다. 그리고 그녀의 움직이는 자태를 칭송하면서 그녀가 걸을 때 두 다리는 어떤 말을 하고 있다고 했다.

그리고 이틀 후, 하벨 박사가 느긋하게 푸르슈에 도착하여 멀리서 근육질 금발 아가씨가 오는 것을 보고 있을 때 기자는 초조하게 자신의 좁은 다락방을 왔다 갔다 하고 있었다. 그는 성공을 거의 확신했지만 그래서 더 혹시나 그 성공을 앗아 갈 수도 있을 실수나 우연이 두려웠다. 그는 수시로 문을 열고 아래층 계단을 내다보았다. 마침내 그녀가 보였다.

의사는 아주 신경 써서 옷을 입고 화장을 해서 흰 바지와 가운 차림의 평소 모습이 거의 떠오르지 않았다. 잔뜩 긴장한 상태에서 청년은 자신이 이제까지 단지 어렴풋이 예감하기만 했던 프란티스카의 관능적인 매력이 거의 거침없이 적나라하게 지금 자기 앞에 놓여 있다고 속으로 말했고, 그러자 존경심이 솟아오르며 완전히 소심해져 버렸다. 그것을 극복하기 위해 그는 문을 닫기도 전에 의사를 끌어안고 거칠게 키스를 하려 들었다. 그녀는 이런 갑작스러움에 놀라 제발 자리에 앉게 해 달라고 부탁했다. 그는 그 말에 따랐지만 곧 그녀 발치에 앉아 스타킹을 신은 그녀 무릎에 입을 맞추었다. 그녀는 그의 머리카락에 손을 넣으며 부드럽게 밀어내려 했다.

그녀가 그에게 하는 말에 귀를 기울여 보자. 제일 먼저 그녀는 이 말을 여러 번 반복했다. "얌전히 있어야 해요, 얌전히 있어야 해요, 얌전히 있겠다고 약속해요." 청년이 까슬까슬한 스타킹 위로 입술을 점점 더 위쪽으로 밀고 올라가면서도 그녀에게 "네, 네, 얌전히 있을 게요."라고 말했을 때, 그녀는 "안 돼요, 안 돼요, 그건 안 돼요, 안 돼요, 안 돼요."라고 했는데, 그가 그보다 더 위에 입술을 대자 갑자기 반말로 그에게 이렇게 외쳤다. "아, 넌 미쳤어, 미쳤어!"

이 외침은 모든 것을 결정했다. 청년은 더 이상 그 어떤 저항도 만나지 않았다. 그는 황홀했다. 자기 자신에게, 이렇게 빠른 성공에, 하벨의 정기가 자신과 함께하며 자신 속에 들어와 준 것에, 사랑의 포옹 속에서 자기 아래 누운 여인의 나신에 황홀했다. 그는 대가이고 싶었고, 거장이고 싶었고, 자신의 관능과 광포한 욕망을 내보이고 싶었다. 그는 드러누운 의사의 몸을 탐욕스러운 눈으로 살펴보기 위해 살짝 몸을 들고 중얼거렸다. "아름다워, 당신은 찬란하게 아름다워, 찬란하게……."

의사는 두 손으로 배를 가리며 말했다. "놀리지 마."

"무슨 말을 하는 거예요! 내가 당신을 놀린다니! 당신은 정말 찬란하게 아름다워요!"

"날 쳐다보지 마." 그녀는 자기를 보지 못하게 그를 꽉 끌어안으며 말했다. "난 아이를 둘 낳았어. 알아?"

"아이 둘?" 무슨 말인지 이해를 못 하고 청년이 말했다.

"다 표가 나잖아. 당신이 날 보는 걸 원치 않아."

이 말에 청년은 처음의 열기가 약간 식어 버렸고 아주 힘을 들여서야 겨우 적절한 흥분의 정도를 되찾을 수 있었다. 흥분 상태에 보다 더 잘 도달하기 위해 그는 달아나려는 황홀감을 말로 북돋았고, 의사의 귀에 대고 그녀가 여기에 알몸으로, 완전히 알몸으로, 완전히 알몸으로, 자기와 함께 있다는 것이 정말 너무나 근사하다고 속삭였다.

"당신은 다정해, 정말 미치게 다정해." 의사가 그에게 말했다.

청년은 그러고도 의사의 알몸 이야기를 더 했고, 여기에 알몸으로 자기와 함께 있는 것이 그녀 역시 흥분 되느냐고 물었다.

"어린애 같긴. 당연히 흥분되지." 의사는 이렇게 말을 했으나 잠시 가만히 있다가, 수많은 의사가 이미 자신의 벗은 몸을 봐서 좀 평범한 일이 되긴 했다고 덧붙였다. "애인보다는 의사가 더 많이."라고 했고, 성행위 동작을 멈추지 않은 채 힘들었던 출산 이야기를 하기 시작했다. "하지만 그럴 만한 가치가 있었지. 아주 예쁜 아이가 둘 있거든. 너무나, 너무나 예쁜." 그녀는 결론으로 이렇게 말했다.

힘겹게 겨우 도달한 흥분이 또다시 사라져 버렸고 기자는 갑자기 카페에서 찻잔을 앞에 놓고 의사와 이야기를 하고 있는 느낌이 들었다. 그는 오기가 치밀었다. 그의 움직임이 격렬해졌고 의사가 더 관능적인 생각에 주의를 기울이게 하려 했다. "지난번 내가 당신을 보러 갔을 때 우리가 같이 자리라는 걸 알았어요?"

"당신은?"

"난 그걸 원했죠. 너무나도 원했어요!" 기자는 이렇게 말했고, '원했다'는 단어에 엄청난 열정을 담았다.

"꼭 내 아들 같아." 그의 귀에 대고 의사가 말했다. "그 아이도 다 가지고 싶어 하지. 난 그 애한테, 분수가 솟는 시계는 가지고 싶지 않니라고 늘 물어봐."

바로 이런 식으로 그들은 성행위를 했다. 의사는 계속 이야기를 했고 그 대화가 아주 즐거웠다.

그다음 그들이 소파에 나란히 앉았을 때 의사는 기자의 머리를 쓰다듬으며 말했다. "그 애처럼 앞머리가 곤두섰네."

"누구요?"

"내 아들."

"노상 아들 이야기예요." 기자가 조심스럽게 마음에 안 든다는 듯이 지적을 했다.

"응, 엄마가 애지중지하는 아이거든. 애지중지하는 아이."
의사가 자랑스럽게 말했다.

그러고 나서 그녀는 자리에서 일어나 옷을 입었다. 그러는데 문득 이 작은 젊은 사람 방에서 그녀 자신이 젊은 여자, 아주 어린 아가씨가 된 것 같고 아주 달콤하게 좋은 기분이 들었다. 집을 나서면서 그녀는 기자를 끌어안았다. 그녀의 두 눈은 감사의 눈물로 젖어 있었다.

12

아름다운 밤이 지나고 아름다운 날이 하벨 박사에게 시작되고 있었다. 아침 식사 동안에 경주마를 닮은 여자와 기대되는 몇 마디를 나누었고, 치료를 받고 10시에 돌아와 보니 방에 사랑이 가득 담긴 아내의 편지가 기다리고 있었다. 그다음 요양객들 무리 속에서 산책을 하러 아치형 통로로 갔다. 그는 샘물이 가득 담긴 잔을 입술에 댔고 온몸이 좋은 기분으로 빛났다. 며칠 전만 해도 그를 알아보지 못하고 지나쳤던 여자들이 그에게서 눈길을 떼지 못했고 그는 살짝 고개 숙여 그들에게 인사를 건넸다. 그는 기자를 알아보고는 쾌활하게 다가가 말했다. "조금 전에 의사한테 들었는데, 훌륭한 심리학자의 눈을 벗어나지 못하는 어떤 징표들로 미루어 보건대 성공을 거둔 것 같더군요!"

청년은 사부에게 모두 털어놓고 싶은 것보다 더한 열망이 없었지만 전날 밤이 흘러간 방식이 어딘가 좀 혼란스러웠다. 마땅히 그래야 하는 것만큼 그 밤이 그렇게 매혹적이었는지 확신이 없었고, 정확하게 있는 그대로 다 보고를 하면 하벨 박사 보기에 자신의 위신이 더 높아질지 낮아질지 알 수가 없었다. 그는 속으로 이 의사에게 무엇을 고백하고 무엇을 감추어야 할지 자문했다.

그러나 부끄러워하는 것도 없고 명랑하게 환한 하벨의 얼굴을 보자 그는 똑같이 부끄러워하는 것 없고 명랑한 어조로 답할 수밖에 없었고, 하벨 박사가 추천한 여자에 대한 찬사를 열광적인 말들로 늘어놓았다. 그는 시골의 시선 아닌 다른 시선으로 그녀를 보기 시작하자마자 완전히 반했다고 말했고, 자기 집에 오라는 청에 그녀가 선뜻 응했으며 기가 막히게 빨리 몸을 허락했다고 이야기해 주었다.

하벨 박사가 모든 각도에서 그 일의 세세한 뉘앙스를 다 분석하기 위해 상세하고도 세부적인 질문들을 하기 시작하자 청년은 싫든 좋든 하는 수 없이 더 진실에 가까운 대답을 해야 했고, 결국은 모든 점에서 완벽하게 만족스러웠지만 여의사가 성행위 중에 이끌어 간 대화는 좀 당황스러웠다고 인정하게 되었다.

하벨 박사는 대단히 큰 관심을 표했고, 기자가 그의 요구에 못 이겨 그 대화를 낱낱이 다 이야기해 주자 그는 그의 이야기를 열광적인 감탄사로 마무리해 주었다. "훌륭해! 완벽해!" "아, 저 완벽한 어머니의 마음!" 그리고 "친구, 자네가 부럽군!" 하고 말했다.

그때 경주마를 닮은 여인이 두 사람 앞에 와서 섰다. 하벨 박사가 몸을 숙이자 키가 큰 그 여자가 그에게 손을 내밀었다. "죄송합니다. 좀 늦었어요." 그녀가 말했다.

"아니에요, 괜찮습니다." 하벨 박사가 말했다. "제 친구하고 아주 재미있는 토론을 하고 있지요. 잠깐만 기다려 주시겠어요? 이 이야기를 마저 끝내고 싶어서요."

그리고 키 큰 여자의 손을 놓지도 않은 채 그는 기자에게로 몸을 돌렸다. "이봐요, 친구, 당신이 지금 해 준 이야기는 내가 바라던 것 이상이에요. 왜냐하면 아무 말 없이 육체를 즐기는 건 침침하고 단조로운 일이라는 걸 잘 알아야 하기 때문이지요. 쾌락 속에서 여자는 다른 여자하고 똑같아서 나중에는 모든 여자가 다 그게 그거가 돼 버려요. 우리가 사랑의 쾌락에 달려드는 것은 추억 때문인데 말이지요, 그 쾌락의 빛나는 점들이 우리의 젊음과 많은 나이를 찬란한 리본으로 한데 묶어 줄 수 있도록. 그것이 영원한 불꽃 속에 우리 기억을 보존해 주도록! 그리고 알아 두세요, 친구, 그 상황 속에서 말해진 단 하나의 단어, 평범한 것 중에 가장 평범한 하나의 단어가 바로 그 상황을 환히 비추어 잊을 수 없게 만든다는 것을. 나를 믿어요, 당신은 어젯밤을 절대 잊지 못할 거고, 평생 그 밤을 행복하게 여길 거예요!"

그다음 그는 청년에게 고갯짓을 한 번 하고는 경주마를 닮은 키 큰 여인의 손을 잡고 아치형 통로를 따라 그녀와 함께 천천히 멀어져 갔다.

에드바르트와 신

1

에드바르트의 형의 시골집에서 그의 이야기를 시작합시다. 그의 형은 소파에 누워 에드바르트에게 말했어요. "너 걱정 말고 이 아줌마 찾아가 봐도 돼. 나쁜 년이긴 하지만 뭐 이런 사람들한테도 양심은 있을 거야. 전에 나한테 한 짓이 있으니까 너를 도와주고 죄를 갚는 걸 어쩌면 좋아할 거야."

에드바르트의 형은 언제나 한결같았습니다. 사람 좋은 게 으름뱅이지요. 벌써 한참 전 (에드바르트는 아직 어린아이일 때) 스탈린이 죽었던 그날도 그는 바로 그렇게 자기 다락방 소파에 퍼져 누워 빈둥거리고 졸면서 하루를 보냈을 거예요. 다음 날 그는 아무것도 모른 채 학교에 갔고, 동기생 체하츠코바 동지가 홀 한가운데에 장엄한 부동자세로 고통의 동상처럼 서 있는 것을 발견했지요. 그는 그 여학생의 둘레를 세 바퀴 돌고는 엄청나게 크게 웃음을 터뜨리며 자리를 떴어요. 기분이 몹시 상한 여학생이 이 웃음을 정치적 도발이라 평가했고, 그리하여 에드바르트의 형은 학업을 그만두고 시골에 가서 일을 해야 했던 것인데, 이제 거기에는 그의 집, 개 한 마리, 아내, 아이들 둘, 그리고 주말 별장까지 있답니다.

그리고 이제 그는 그 시골집에서 소파에 누워 에드바르트에게 설명했습니다. "그 여자는 노동자 계급의 복수의 팔이라 불렸어. 하지만 그렇다고 겁먹을 필요는 없어. 이제는 나이 든 여자고 또 젊은 사람한테 늘 약했거든. 바로 그래서 널 도와줄 거야."

에드바르트는 그 시기에 아주 젊었지요. 그는 대학에서 (형이 축출당했던 바로 그 대학) 막 학업을 마치고 일자리를 찾고 있었어요. 형의 조언을 따라 다음 날 그는 교장실 문을 두드렸습니다. 검고 번들거리는 머리에 검은 눈, 코 밑에는 검은색 솜털이 난, 뼈가 앙상한 커다란 여자가 눈에 들어왔어요. 이런 추한 모습 덕분에 젊은 시절 그가 아름다운 여자 앞에 서면 언제나 긴장해서 덜덜 떨던 상황을 모면했고, 그리하여 당황하지 않고 아주 사근사근하게, 바람직한 모든 수작을 동원하여 그녀와 이야기를 나눌 수 있었지요. 그 어조는 확연히 교장의 마음에 들었고, 그녀는 분명히 알아들을 수 있게 감탄하며 여러 번 되풀이해서 "여기에 젊은 사람이 필요하죠."라고 말했어요. 그녀는 에드바르트가 학교에 지원을 하면 지지해 주겠노라 약속했답니다.

2

에드바르트가 보헤미아의 한 소도시에서 교사가 된 것은
이렇게 해서였지요. 그는 그것이 싫지도 않고 기쁘지도 않았
어요. 그는 늘 진지한 것과 진지하지 않은 것을 구분하려 노력
했는데, 교사직은 진지하지 않은 것 범주에 분류했지요. 교사라
는 직업 그 자체가 중요하지 않아서가 아니라 (다른 방도로 생계
를 해결할 수 없을 터라 이 직업에 외려 애착이 많았지요.) 자기 자신
의 본질과 비교해서 그 일이 헛되다 판단했습니다. 자신이 선
택한 직업이 아니었어요. 사회의 요구, 간부위원회의 평가, 고
등학교 성적, 입학시험 결과 등에 의해 그에게 부과된 것이었
지요. 그는 이런 힘들이 복합적으로 작용하여 고등학교에서
옮겨져 대학에 (기중기가 트럭에 자루를 떨어뜨려 놓듯이) 떨어뜨
려진 겁니다. 그는 그 대학에 마지못해 (형의 실패는 나쁜 징조였
지요.) 등록을 했지만 나중에는 그냥 체념했습니다. 그렇지만

그는 자기 직업이 자기 삶의 많은 우연에 속하리라는 것을 잘 알았어요. 웃음을 불러일으키는 가짜 콧수염처럼 그것이 몸에 배리라는 것을.

그러나 의무적인 것이 진지하지 않은 것(웃음을 불러일으키는 것)이라면, 진지한 것은 아마 선택적인 것일 테지요. 새 거주지에서 에드바르트는 곧 아름다운 아가씨 하나를 만났고, 그녀에게 거의 진실하게 진지한 마음으로 정성을 쏟기 시작했습니다. 그녀 이름은 알리체였고, 몹시 우울하게도 처음 몇 번 만나면서 벌써 그가 확신할 수 있었던 것처럼 아주 얌전하고 조신했답니다.

그는 저녁 산책을 하면서 여러 번 그녀의 어깨를 감싸 안아 등에서 앞쪽으로 오른쪽 가슴 가장자리를 살짝 만져 보려 시도했지만 그녀는 매번 그의 손을 붙잡아 뿌리쳤어요. 그가 한 번 더 이런 시도를 하고 그녀가 (한 번 더) 그의 손을 뿌리친 어느 날 저녁, 그녀가 자리에 딱 멈추어 서더니 말했어요. "하느님을 믿어?"

에드바르트의 예민한 귀가 이 질문 속에서 조심스러운 어떤 주장을 알아차렸고 그 즉시 가슴은 잊어버렸지요. 솔직할 용기를 내지 못했다고 그를 비난하지는 맙시다. 그는 처음 와서 살게 된 이 도시에서 혼자 버려진 듯한 느낌이었고 알리체가 너무 마음에 들어서 단순한 대답 하나로 그녀의 호감을 잃고 싶지 않았답니다.

"당신은?" 시간을 벌기 위해 그는 이렇게 물었어요.

"나는 믿어." 알리체는 이렇게 말하고는 또다시 그가 대답하기를 재촉했습니다.

이제껏 그는 하느님을 믿는다는 생각은 전혀 떠오른 적도 없었습니다. 하지만 그대로 털어놓으면 안 되고 오히려 이 기회를 낚아채서 신에 대한 믿음으로 예쁜 목마를 만들어야 한다는 것을 깨달았는데, 고대의 예를 따라 그 배 속에 숨었다가 아가씨 마음속으로 살그머니 들어갈 수 있을 거였어요. 그런데 에드바르트는 알리체에게 아주 간단하게, 응, 나 하느님 믿어라고 말할 수가 없었지요. 그는 철면피가 아니어서 거짓말하는 것이 부끄러웠어요. 단순 무식한 거짓말에는 거부감이 일었고요. 거짓말이 불가피하다면 그는 적어도 최대한 진실과 비슷하기를 바랐지요. 그래서 그는 지극히 사변적인 목소리로 대답했습니다.

"알리체, 이 질문에 당신한테 뭐라 답해야 할지조차 나는 모르겠군. 물론 나는 하느님을 믿어, 하지만……." 그는 말을 잠시 멈추었고 알리체는 놀란 눈으로 그를 올려다보았습니다. "하지만 나는 당신한테 완전히 솔직하고 싶어. 당신한테 완전히 솔직해도 될까?"

"솔직해야지." 알리체가 말했어요. "그렇지 않다면 우리는 함께 아무것도 할 수 없을 거야."

"정말?"

"정말로." 알리체가 말했어요.

"나는 때로 의심이 들어." 꽉 잠긴 목소리로 에드바르트가 말했어요. "때로 나는 그분이 정말 존재하실까 나 자신에게 묻곤 해."

"아니, 어떻게 그걸 의심할 수가 있어?" 알리체는 거의 부르 짖었습니다.

에드바르트는 입을 다물었고, 잠시 생각을 하는데 고전적인 논지가 하나 떠올랐네요. "내 주위에 이렇게 많은 불행을 볼 때면 이 모든 걸 다 허락한 신이 존재한다는 게 가능한가 싶은 거야."

그가 너무도 슬픈 목소리로 말을 한 나머지 알리체는 그의 손을 잡고 말했답니다. "그래, 맞아, 이 땅에는 정말 많은 불행이 있어. 나도 너무나 잘 알지. 하지만 바로 그렇기 때문에 하느님을 믿어야만 해. 그분이 없다면 이 모든 고통이 다 헛된 것이 될 거야. 아무것도 의미가 없을 거라고. 그리고 그런 경우 난 더 이상 살 수가 없을 거야."

"당신이 옳을지도 모르지." 에드바르트는 생각에 잠긴 모습으로 이렇게 말했고, 다음 일요일에 그녀를 따라 성당에 갔답니다. 그는 성수반에 손가락을 담그고 성호를 그었어요. 그다음 미사가 시작되어 사람들은 성가를 불렀고, 그도 어렴풋이 멜로디는 기억나지만 가사는 모르는 성가를 다른 이들과 함께 따라 불렀어요. 잘 몰라서 그는 가사를 여러 모음으로 대신하기로 했고 멜로디도 그렇게 잘 알지는 못했기 때문에 매 음마다 아주 살짝 늦게 소리를 냈어요. 하지만 자기가 정확하게 노래를 부르고 있다는 것을 확인하고 나서는 자기 목소리가 낭랑하게 울리는 기쁨에 푹 빠졌는데, 왜냐하면 자기 목소리가 아름다운 베이스라는 것을 태어나서 처음으로 알게 되었거든요. 그리고 나서 사람들은 주님의 기도를 외웠고 할머니

몇 분은 무릎을 꿇었어요. 그는 자신도 바닥에 무릎을 꿇고 싶은 유혹에 저항할 수가 없었답니다. 그는 과하게 커다란 몸짓으로 성호를 그었고, 그렇게 하면서 이제껏 살면서 한 번도 한 적이 없는 일, 교실에서도 거리에서도 그 어디에서도 한 적이 없는 일을 할 수 있다는 생각에 아주 놀랍고 황홀한 느낌이 들었어요, 그는 황홀하도록 자유로운 느낌이었습니다.

다 끝났을 때 알리체는 불타는 듯한 눈길로 그를 바라보고 물었어요. "그분이 존재하심을 의심한다고 아직도 말할 수 있겠어?"

"아니." 에드바르트가 말했습니다.

알리체가 또 말했어요. "내가 그분을 사랑하듯 당신이 그분을 사랑하도록 가르쳐 주고 싶어."

그들은 성당 앞뜰의 넓은 계단에 서 있었고 그의 영혼은 온통 웃음으로 가득 찼습니다. 바로 그때, 그에게는 참으로 불행히도 교장이 근처를 지나가다가 그들을 알아보았습니다.

3

곤란한 일이었습니다. 사실 (역사적 배경이 떠오르지 않을지도 모를 사람들을 위해) 그 시절에 가톨릭 교회가 금지되지는 않았으나 성당에 드나드는 일에 아무 위험이 없지는 않았다는 것을 상기해 둬야겠네요.

그리 이해하기 힘든 건 아닙니다. 자신들이 혁명이라 부르는 것을 위해 투쟁한 사람들은 그것에 커다란 자부심, 즉 전선의 좋은 쪽에 있다는 자부심을 지니고 있었지요. 십 년 혹은 십이 년 후 (바로 이즈음에 우리의 이야기가 놓여 있습니다.) 전선은 사라지기 시작했고 그와 더불어 전선의 좋은 쪽과 나쁜 쪽도 사라졌지요. 그러므로 옛 혁명의 신봉자들이 상실감을 느끼고 초조하게 대체 전선을 찾는 것은 놀라운 일이 아닙니다. 종교 덕분에 그들은 (신자들에 맞서 싸우는 무신론자 역할 속에서) 다시금 좋은 쪽에 서 있을 수 있고 자신들이 얼마나 우월한지 평소처럼 대대적으로 강조해 마지않을 수 있는 것이지요.

하지만 솔직히 말해서 이 대체 전선은 다른 이들에게도 또한 좋은 기회가 되었으며, 그 사람들 중에, 이것을 밝히는 게 너무 이르지는 않을 것 같은데, 알리체도 속했답니다. 교장이 좋은 쪽에 서고 싶어 했던 것과 마찬가지로 알리체는 반대쪽에 서고 싶어 했어요. 소위 그 혁명의 날들 동안 그녀 아버지의 가게가 국유화되었고 알리체는 이런 못된 짓을 한 자들을 증오했지요. 하지만 자신의 증오를 어떻게 표현할 수 있었겠습니까? 칼을 들고 아버지 복수를 하러 가야 했을까요? 보헤미아에서 그런 일은 일어나지 않았어요. 알리체에겐 자신의 반대 의사를 표명할 더 좋은 수단이 있었습니다. 하느님을 믿기로 했던 겁니다.

이리하여 선하신 하느님은 양쪽 편을 모두 구해 주셨고, 그분 덕분에 에드바르트는 양쪽에서 협공을 당하게 되었습니다.

월요일 아침, 교장이 교무실로 에드바르트를 찾으러 왔을 때 그는 몹시 거북했습니다. 처음 면담을 했던 날 이후로 (순진해서 그랬는지 아니면 소홀하게 내버려두어서인지) 그는 남녀 간의 애교 섞인 대화를 한 번도 다시 이어 가지 않았기 때문에 사실 그때의 우호적인 분위기를 내세울 수도 없었지요. 그러니 교장은 드러내 놓고 쌀쌀맞은 미소를 띠며 그에게 물을 수 있었답니다.

"우리 어제 만났지요, 그렇지요?"

"예, 만났습니다." 에드바르트가 말했어요.

"어떻게 젊은 사람이 성당에 갈 수 있는지 이해할 수가 없군요." 교장이 말을 이었습니다. 에드바르트는 곤란한 표정으로 어깨를 으쓱했고 교장은 머리를 저었어요. "젊은 사람이."

"대성당의 바로크 양식 내부를 보러 갔던 겁니다." 에드바르트가 이렇게 변명했습니다.

"아, 그렇군요." 교장이 빈정거렸어요. "건축에 관심이 있는지는 몰랐네요."

에드바르트는 이 대화가 조금도 마음에 들지 않았습니다. 그는 자기 형이 동기 여학생 둘레를 세 번 돌고 엄청나게 크게 웃음을 터뜨리며 자리를 떠났던 것을 떠올렸어요. 집안의 재난이 반복될 것 같아 그는 겁이 났습니다. 토요일에 그는 알리체에게 전화를 해서 미안하지만 감기에 걸려 성당에 못 가겠다고 했지요.

"참 부실하네." 다음 주에 다시 만났을 때 알리체가 그에게 나무라는 투로 이렇게 말을 해서 에드바르트는 이 아가씨의 말이 참 인정 없다는 느낌이 들었지요. 그래서 그는 그녀에게 (자신의 두려움과 진짜 이유를 고백하기는 창피했기 때문에 수수께끼같이 모호하게) 학교에서 겪는 괴로움, 아무 이유 없이 자기를 괴롭히는 끔찍한 교장 이야기를 했어요. 그는 알리체가 연민을 느껴 주기를 바랐지만 그녀는 이렇게 말했지요.

"내 상관은 아주 멋있는데." 그러고는 웃음을 터뜨리며 자기 직장에 대한 험담을 하는 거예요. 에드바르트는 그녀가 즐겁게 재잘거리는 것을 들으며 점점 더 침울해졌습니다.

4

신사 숙녀 여러분, 지난 몇 주는 정말 고통의 나날이었답니다! 알리체에 대한 에드바르트의 욕망은 지독했습니다. 그녀 몸은 그를 흥분시켰는데 그는 절대 가까이 다가갈 수가 없었지요. 그들이 만났던 장소들 역시 괴로운 곳들이었어요. 어두운 거리를 한 시간 두 시간 돌아다니거나 극장에 가거나 했지요. 이런 두 가지 변주(다른 것은 없었어요.)가 매우 단조로우며 에로틱한 측면의 가능성이 아주 미미했기에 에드바르트는 혹시 알리체를 다른 장소에서 만날 수 있다면 보다 확실한 성공을 거두지 않을까 생각하게 되었습니다. 그래서 그는 아주 천진한 얼굴로, 나무가 우거진 계곡 시냇가에 형의 작은 별장이 있는데 주말에 시골 형네 집에 같이 가자고 그녀에게 제안을 했지요. 그는 더럽혀지지 않은 아름다운 자연 풍경들을 열심히 그려 보였지만 알리체는 (다른 영역에서는 늘 순진하고 남을 잘 믿으면서) 그가 뭘 하려는지 알아차리고 일언지하에 거절을 했답니다. 왜냐하면 그에게 저항하는 것은 단지 알리체만이 아니었거든요. 알리체의 하느님이 (영원토록 신중하며 경계를 게을리하지 않으시어) 몸소 그리하신 것이지요.

이 하느님은 오로지 하나의 관념,(다른 욕망, 다른 견해는 없어요.) 즉 혼외정사 금지만으로 먹고살았어요. 그러니까 좀 우스운 하느님이었는데, 그렇다고 알리체를 비웃지는 맙시다. 모세가 인류에게 전한 십계 중에서 알리체의 영혼이 겪을 위험이 전혀 없는 게 아홉 개였는데, 왜냐하면 그녀는 누구를 죽일 마음도 없고 아버지 명예를 더럽힐 마음도 없었으며 이웃의 아내나 남편을 탐할 생각도 없었기 때문입니다. 딱 하나의 계명만이 그녀에게 당연해 보이지 않았고 따라서 진짜 도전이 되는 것이었지요. 즉 일곱 번째 계명, 저 유명한 간음하지 말라였습니다. 자신의 신앙을 실행하고 보여 주고 드러내기 위하여 그녀가 온 신경을 다 기울여야 하는 것은 바로 이 계명, 오로지 이 계명이었어요. 이렇게 해서 그녀는 막연하고 희미하고 추상적인 하느님을, 완벽하게 규정되어 있고 이해할 수 있으며 구체적인 하느님, 즉 간음을 반대하는 하느님으로 만들어 놓았던 겁니다.

하지만 여러분께 묻겠는데, 어디서부터가 정확히 간음인 건가요? 여자들마다 정말 알 수 없는 기준에 따라 그 경계를 그어 놓습니다. 알리체는 에드바르트에게 키스는 아주 기꺼이 허락했고, 그가 수도 없이 시도한 끝에 결국 가슴을 만져도 된다고 허락했지만 자기 몸 가운데에 넘을 수 없는 엄격한 경계선을 그어 그 아래로는 성스러운 금지의 영토, 완고한 모세와 신의 분노의 영토가 펼쳐지게 했던 겁니다.

에드바르트는 성서를 읽고 신학 서적들을 공부하기 시작했습니다. 알리체 자신의 무기로 그녀에게 대항해 보기로 작정했던 것이지요.

"자기야, 하느님을 사랑하는 사람에게는 그 무엇도 금지되어 있지 않아." 그가 그녀에게 말했어요. "우리가 무언가를 원할 때 우리는 그분 은총에 의해 그것을 원하는 거야. 그리스도는 오로지 한 가지, 우리가 사랑으로 인도되기만을 바라셨어."

"그렇겠지. 하지만 당신이 생각하는 그런 사랑은 아니지." 알리체가 말했어요.

"사랑은 하나뿐이야." 에드바르트가 말했지요.

"그러면 당신은 좋겠지, 응?" 알리체가 말했어요. "하지만 하느님은 어떤 계명들을 세우셨고 우리는 거기에 따라야 해."

"그래, 구약의 하느님이. 그리스도인의 하느님이 아니라." 에드바르트가 말했어요.

"뭐라고? 하느님은 하나야." 알리체가 답했지요.

"그래." 에드바르트가 말했어요. "다만 구약의 유대인들은 우리하고 똑같이 하느님을 생각하지 않았어. 그리스도가 오시기 전에 사람은 무엇보다 신의 계명과 율법 체계에 따라야 했지. 영혼 속이 어떤지는 그리 중요하지 않았어. 하지만 그리스도는 이 모든 금지와 명령 들을 외적인 것으로 여기셨어. 그분이 보시기에 더 중요한 건 인간 내면 저 깊은 곳의 모습이었어. 인간이 뜨겁고 신앙 깊은 자기 존재의 도약을 따른다면 그가 하는 모든 것이 선하고 하느님 마음에 들지. 바로 그래서 성 바오로가 순결한 자들에게는 모든 것이 순결하다고 말한 거야."

"순결하다면 말이지." 알리체가 말했지요.

"그리고 성 아우구스티누스는 하느님을 사랑하라 그리고 네가 원하는 것을 하라라고 말했지." 에드바르트가 이어서 말했어요. "알겠어, 알리체? 하느님을 사랑하라 그리고 네가 원하는 것을 하라."

"하지만 당신이 바라는 건 내가 바라는 게 아니야." 알리체가 대답했고, 에드바르트는 이번 신학적 공격은 완전히 실패라는 것을 깨달았어요. 그래서 그는 말했지요.

"당신은 나를 사랑하지 않아."

"아니야." 알리체는 너무나 간결하게 말했습니다. "바로 그래서 나는 우리가 해서는 안 되는 일을 하지 않길 바라는 거야."

앞서 말했듯이 지난 몇 주는 정말 고통의 나날이었습니다. 그리고 이 고통은 알리체에 대한 에드바르트의 욕망이 단지 다른 이의 육체를 원하는 한 육체의 욕망이기만 한 것이 아닌 만큼 더 강했습니다. 그 육체가 그를 밀쳐 낼수록 그는 더 슬퍼지고 그리움이 깊어졌으며 아가씨의 마음 또한 더욱더 열망했던 것이지요. 하지만 알리체의 몸도 마음도 그의 슬픔에는 관심이 없었고 둘 다 똑같이 차가웠으며 똑같이 꼭 닫힌 채 자신에게 만족하고 있었습니다.

알리체에게서 가장 에드바르트의 신경을 거스른 것은 전혀 흔들림 없는 절도였습니다. 원래 균형 잡힌 사람인 편이었는데도 그는 이런 요지부동의 태도에서 알리체를 끄집어내 줄 어떤 극단적인 행동을 꿈꾸기 시작했어요. 그리고 극단적인 신성모독이나 냉소로 그녀를 자극하는 것은 (그의 성향에는 맞지만) 너무 위험했기 때문에 반대쪽 (그러니까 훨씬 어려운) 극단을 선택해야 했는데, 그건 바로 알리체의 태도에서 나온 것이나 그녀가 자신의 미지근한 유보적 태도를 부끄러워하게 될 정도로 더 극단까지 밀고 나가는 거였지요. 다시 말해서 에드바르트는 과장된 신앙심을 내건 것입니다. 그는 단 한 번의 기회도 빼놓지 않고 성당에 갔고 (알리체에 대한 욕망이 지루함에 대한 두려움보다 더 강했지요.) 기이하리만큼 겸손하게 행동했습니다. 그는 기회만 있으면 무릎을 꿇었고 알리체는 스타킹에 올이 나갈까 두려워 그의 옆에 서서 기도를 올리고 성호를 그었어요.

하루는 그가 그녀의 미온적인 신앙을 비난했습니다. 그는 그리스도의 말씀을 상기시켰어요. "나에게 주님, 주님! 하고 말하는 자들은 천국에 들어오지 못할 것이다." 그는 그녀의 신앙이 형식적이고 외면적이며 유약하다고 말했습니다. 그는 그녀의 편안한 삶을 비난했어요. 그녀가 자기 자신에게 너무 만족한다고 비난했지요. 자기 주변에서 오직 자기 자신밖에 아무것도 보지 않는다고 비난했습니다.

그리고 그가 이렇게 말을 하는 사이 (알리체는 이런 공격을 예상 못 했다가 무기력하게 방어했어요.) 십자가상 하나가 눈에 띄었어요. 녹슨 양철 그리스도 상이 있는 오래된 청동 십자가인데 거리 한가운데 세워져 있었지요. 그는 알리체에게서 힘차게 자기 팔을 빼내더니 (아가씨의 무관심에 항의하기 위해 그리고 자신의 새로운 공격 개시를 나타내기 위해) 멈추어 섰고 보란 듯이 공격적으로 성호를 그었답니다. 그러나 이 행동이 알리체에게 어떤 효과를 낳았는지 그는 알 수가 없었던 것이, 바로 그 순간, 맞은편 보도에 있던 학교 관리인 여자를 보았기 때문이지요. 에드바르트는 망했다는 것을 깨달았습니다.

5

　그의 두려움은 이틀 후 그 관리인이 복도에서 그를 불러 세워 다음 날 정오에 교장실로 출두하라고, "동지, 우리가 할 말이 있습니다."라고 크고도 또렷한 목소리로 말했을 때 확실히 증명되었지요.

　에드바르트는 불안에 사로잡혔어요. 저녁에 그는 알리체와의 약속 장소에 가서 평소처럼 거리를 돌아다녔지만 뜨거운 종교적 열정은 내버리고 없었지요. 그는 완전히 낙담하여 무슨 일이 있었는지 알리체에게 알려 주고 싶었지만 별로 좋아하지 않는 (하지만 없어서는 안 되는) 자기 일자리를 지키기 위해 조금도 주저 없이 선하신 하느님을 배신하리라는 것을 알고 있었기에 그럴 용기가 나지 않았습니다. 그래서 그는 그 불길한 소환에 대해서는 한 마디도 하지 않았고, 그러니 위로의 말은 전혀 기대할 수 없었지요. 다음 날 그는 완전히 혼자 버려진 느낌으로 교장실에 들어갔습니다.

방에는 재판관 네 명이 있었어요. 교장, 관리인, 에드바르트의 (작고 안경을 쓴) 동료, 그리고 (머리가 희끗희끗한) 모르는 남자가 있었는데 다른 사람들이 그를 장학관 동지라고 불렀어요. 교장은 에드바르트에게 앉으라고 한 다음, 아주 우호적이고 비공식적인 면담을 하기 위해 그를 소환한 것이며, 그 이유는 학교 밖에서의 에드바르트의 행동 방식에 동지들 모두가 대단히 신경을 쓰기 때문이라고 했습니다. 그렇게 말하면서 그녀가 장학관을 쳐다보니 장학관은 그렇다는 표시로 고개를 끄덕였어요. 그러고 나서 그녀는 안경 낀 교사에게로 시선을 돌렸는데, 이 사람은 줄곧 한 번도 눈길을 떼지 않고 열심히 그녀를 쳐다보고 있다가 그녀의 시선을 포착하자 대뜸 일장 연설을 시작했습니다. 그는 말했어요. 우리는 아동에 대한 건전하고 편견 없는 교육을 지향하며, 우리(교사들)가 그 모범이 되기 때문에 아동에 대해 모든 책임이 있다고요. 그리고 바로 그렇기 때문에 우리 가운데 성직자 나부랭이가 있는 것을 용인할 수 없다고요. 그는 이런 의견을 장황하게 늘어놓고 나서 결론으로 에드바르트의 태도는 학교 전체에 충격을 주는 수치라고 선언했지요.

몇 분 전만 해도 에드바르트는 자신이 새로이 알게 된 하느님을 부인할 것이며 성당에 간 것이나 공개적으로 성호를 그은 것은 다 장난일 따름이라 털어놓을 거라고 굳게 믿고 있었습니다. 하지만 막상 상황에 직면한 지금 그는 진실을 고백하는 것이 불가능하다고 느껴졌습니다. 어쨌든 그렇게 심각하고 열심인 그 네 사람에게 그들이 그저 오해 때문에, 바보짓 때문에 그렇게 열을 올리는 것이라고 말할 수가 없었던 거지요. 자기가 그 말을 하면 의도치 않게 그들의 진지함을 우습게 만드는 꼴이 되리라는 것을 깨달았던 겁니다. 그는 이 사람들이 자신에게 단지 변명과 핑계만을 기대하고 그것을 즉각 내칠 태세라는 것을 알았어요. 그리고 또 그는 이 순간 자신에게 가장 중요한 것은 사실과 비슷하게 그럴듯해야 한다는 것, 아니 보다 정확하게는, 자신에 대한 이 사람들의 생각과 비슷하게 보여야 한다는 것임을 (퍼뜩, 왜냐하면 곰곰 생각할 시간이 없었으므로) 깨달았습니다. 이 사람들 생각을 어느 정도 수정하고 싶다면 그것을 또한 어느 정도는 받아들이기도 해야 했지요.

"동지들, 제가 솔직히 말해도 되겠습니까?" 그가 말했어요.

"물론이지요." 교장이 말했습니다. "바로 그러기 위해서 선생님이 여기 있는 겁니다."

"그래도 뭐라 하시지 않을 건가요?"

"할 말을 해 보세요." 교장이 답했어요.

"저, 그러면, 다 털어놓겠습니다. 저는 정말로 하느님을 믿습니다." 에드바르트가 말했어요.

재판관들을 올려다보고서 그는 모두들 안심하는 기색임을 확인했습니다. 관리인 혼자 그에게 소리를 질렀어요. "오늘 같은 세상에요, 동지? 우리 시대에요?"

에드바르트는 계속 말을 이어 갔습니다. "진실을 말씀드리면 화를 내실 줄 알았습니다. 하지만 전 거짓말을 못 합니다. 제게 거짓말을 하라고 하지 말아 주십시오."

교장이 그에게 (온화하게) 말했습니다. "아무도 선생님에게 거짓말하라고 하지 않아요. 진실을 말하길 잘했어요. 하지만 제가 원하는 건, 어떻게 해서 선생님이, 선생님 같은 젊은이가 신을 믿게 되었는지 설명해 보라는 겁니다."

"오늘날, 달에다 우주선을 쏘아 올리는 시대에." 있는 대로 열이 올라서 교사가 한술 더 떴어요.

"저도 어쩔 수가 없어요." 에드바르트가 말했습니다. "저도 신을 믿고 싶지 않아요. 정말로요. 믿고 싶지 않아요."

"그게 무슨 말이에요, 원하지 않는다니, 믿으면서!" 머리가 희끗희끗한 남자가 (말할 수 없이 상냥한 어조로) 끼어들었습니다.

에드바르트는 아주 작은 소리로 자신의 고백을 다시 반복했지요. "믿고 싶지 않아요, 그런데 믿어요."

안경 낀 교사가 웃었습니다. "그게 바로 모순이라고요!"

"동지들, 저는 있는 그대로 말씀드리는 겁니다." 에드바르트가 말했지요. "신에 대한 믿음이 우리를 현실과 동떨어지게 만든다는 걸 저도 너무나 잘 압니다. 모든 사람이 이 세상이 신의 권능 아래 있다고 믿는다면 사회주의가 어떻게 되겠습니까? 아무도 아무것도 하지 않고 신에게 다 맡겨 버릴 테지요."

"바로 그렇지요." 교장이 긍정했어요.

"아무도 신의 존재를 증명한 적이 없어요." 안경 낀 교사가 말했습니다.

에드바르트가 계속 이어 갔어요. "인류 역사와 역사 이전 간의 차이는 인간이 자신의 운명을 손에 쥐고 신을 더 이상 필요로 하지 않는다는 것입니다."

"신에 대한 믿음은 숙명론으로 이어집니다." 교장이 말했어요.

"신에 대한 믿음은 중세의 유산입니다." 에드바르트가 말했고, 뒤이어 교장이 다시 무슨 말을 했고, 그다음 교사, 그다음 에드바르트, 그다음 교사가 말했는데, 이 모든 견해가 서로가 서로를 보충하며 너무도 조화롭게 진행된 나머지 나중에는 결국 안경 낀 교사가 더 이상 참지 못하고 에드바르트의 말을 잘랐답니다.

"아니, 그럼 무엇 때문에 길거리에서 성호를 긋는단 말이죠, 이 모든 걸 다 알면서?"

에드바르트는 그에게 그지없이 슬픈 시선을 건네며 말했습니다. "하느님을 믿기 때문에요."

"그게 바로 모순이라니까." 안경 낀 교사가 기뻐 날뛰며 다시 말했어요.

"예, 앎과 믿음 사이에는 모순이 있습니다." 에드바르트가 말했지요. "신에 대한 믿음은 반계몽주의로 이어진다는 것을 인정합니다. 신이 존재하지 않는 편이 낫다는 것을 인정해요. 하지만 여기, 제 깊은 곳에서 — 이 말을 하며 그는 손가락으로 자기 가슴을 가리켰어요. — 그분이 존재하심을 느끼는데 제가 어떻게 할 수 있겠습니까? 제발, 동지들, 저를 이해해 주십시오! 저는 있는 그대로를 말씀드리는 겁니다, 진실을 말씀드리는 게 나아요, 위선자가 되고 싶지는 않습니다, 저의 진짜 모습 그대로를 아시기를 바랍니다." 그리고 그는 고개를 숙였지요.

교사는 시야가 좁았습니다. 가장 엄격한 혁명가라도 폭력은 필요악일 뿐 혁명의 선은 재교육이라 생각한다는 것을 그는 알지 못했지요. 그 자신이 바로 하룻밤 새에 혁명의 신조로 개종한 사람으로, 교장의 신임을 별로 받지 못했는데 지금 이 순간, 어렵겠지만 그래도 재교육해 볼 만한 대상으로 스스로를 재판관들의 처분에 내맡긴 에드바르트가 자신보다 천배는 더 값어치가 있다는 사실을 꿈에도 몰랐어요. 그리고 그걸 꿈에도 몰랐기 때문에 그는 이제 에드바르트에게 무지막지한 공격을 개시하여 중세적 신앙을 포기하지 못하는 그 같은 사람은 중세의 인간이며 새 시대의 학교에 그의 자리가 없다고 선언했답니다.

그가 말을 다 하게 두었다가 교장은 그를 나무랐습니다. "나는 목을 치는 건 좋아하지 않아요. 이 동지는 진실했고 우리에게 진실을 말했습니다. 우리가 고려해야 하는 사항입니다." 그런 다음 에드바르트에게로 몸을 돌리며 말했어요. "성직자 나부랭이가 우리 아동을 교육할 수는 없다고 동지들이 말하는 건 물론 옳습니다. 그러면 선생님 본인이 한번 제안을 해 보시지요."

"저는 모르겠습니다, 동지들." 비통한 표정으로 에드바르트가 말했습니다.

"제 생각은 이렇습니다." 장학관이 말했어요. "신구 간의 투쟁은 계급 사이에서만이 아니라 각 개인에게서도 일어납니다. 이 동지에게서 우리가 목도하는 것이 바로 이 투쟁입니다. 그는 머리로 다 알지만 감성이 그를 뒤로 끌어다 놓습니다. 우리는 그의 이성이 이길 수 있도록 이 동지를 도와야 합니다.”

교장이 동의했습니다. 그리고 말했지요. “좋습니다. 제가 직접 그를 맡도록 하지요.”

6

에드바르트는 그러니까 코앞에 닥친 위험을 피하는 데는 성공한 것이지요. 그의 교사직의 미래는 전적으로 교장의 손아귀에 들어갔으니 하여간 그는 다행이다 싶었습니다. 교장이 언제나 젊은 사람들에게 약하다고 했던 형의 말이 떠올랐고, 극도로 불안정하게 (하루는 과도하게 치솟았다가 다음 날엔 의심으로 무너지는) 젊은이의 자신감으로, 남자로서 여자 군주의 총애를 얻어 승자가 되어 이 시련을 벗어나겠노라 결심했던 것입니다.

며칠 후 정해진 대로 교장실에 갔을 때 그는 경쾌한 어조로 말을 하려 했고 단 한 번의 기회도 놓치지 않고 대화 중에 친근한 말이나 미묘한 찬사를 집어넣거나 또는 애매하게 슬쩍 자기 상황, 즉 여자의 처분에 맡겨진 남자라는 상황의 특이한 성격을 강조하곤 했습니다. 하지만 대화 어조를 선택하는 것은 그에게 허락된 것이 아니었습니다. 교장은 그에게 상냥하게 말했지만 극도로 조심스러웠어요. 그녀는 무슨 책을 읽고 있느냐고 물었고 본인이 책 몇 권의 제목을 알려 주면서 읽으라고 권했습니다. 분명하게 그의 정신에 대해 장기적인 재교육을 시작하고자 했기 때문이지요. 끝으로 그녀는 다음에는 자기 집으로 오라고 청했습니다.

교장이 보여 준 조심스러움이 에드바르트의 자신만만함을 누르고 승리를 거두어서 그는 고개를 숙인 채, 자신의 남성적 매력을 내세우려는 의도는 조금도 없이 교장의 원룸에 들어갔어요. 그녀는 그에게 안락의자를 권하고 아주 친근한 어조로 이야기를 시작했지요. 그에게 뭘 마시겠느냐고 물었어요. 커피? 그는 아니라고 했어요. 그러면 술? 그는 난처했어요. "코냑이 있으면 좀." 그러고는 금방 버릇없는 소리를 한 것 같아 두려웠어요. 하지만 교장은 상냥하게 대답했지요. "코냑은 없네요, 포도주 조금 있는 게 다예요." 그러고는 반쯤 빈 병을 가져왔는데 두 잔을 채우면 딱 맞을 양이었어요.

그다음 그녀는 에드바르트가 자기를 조사관으로 여겨서는 안 된다고 말했어요. 누구나 물론 자신이 옳다고 믿는 신념을 가질 권리가 있다. 물론 (그녀는 즉시 덧붙였어요.) 자신이 교직에 몸담은 사람인지 아닌지 스스로 물어볼 수 있다. 바로 그래서 그들은 (정말 내키지 않았으나) 에드바르트를 소환해서 의견을 물어야 하는 상황에 놓였던 것인데 그가 진실하게 답변해 주고 아무것도 부인하려 들지 않아서 그들은 (하여간 그녀와 장학관은) 매우 만족스러웠다. 이후에 장학관과 에드바르트에 대해 매우 길게 이야기를 나누었고 여섯 달 후에 다시 그를 소환하여 면담을 하기로 했다. 지금부터 그때까지 그녀가 영향을 끼쳐 그의 발전을 도와야 한다. 이런 이야기였지요. 그리고 그녀는 자신이 주고자 하는 도움은 오로지 우호적인 도움일 뿐 자기는 조사관도 경찰도 아니라고 또 한 번 강조했어요. 그러고 나서 그녀는 에드바르트를 심하게 공격했던 교사 이야기를 했습니다. "그 사람한테도 문제가 있어요. 그래서 다른 사람들을 궁지에 몰아넣고 좋아하는 거예요. 관리인도 온 사방에다 선생님이 아주 뻔뻔스러웠고 조금도 의견을 굽히지 않고 고집을 부렸다고 떠들어 대고 있지요. 그 아줌마는 선생님을 학교에서 쫓아내야 했다고 생각하는데 그 사람 의견을 바꿀 방도는 없는 거예요. 물론 나는 그 사람에게 동의하지 않아요, 하지만 또 한편으론 그 사람을 이해해야 합니다. 나라도 길거리에서 공개적으로 성호를 긋는 교사에게 내 아이들을 맡기고 싶지는 않을 겁니다."

이런 식으로 교장은 에드바르트에게 자기가 관용을 베풀 수도 있다는 매혹적인 가능성을 보여 주었다가 또 가차 없이 엄격할 수도 있다는 위협적인 가능성을 보여 주었다가 하면서 한참을 계속해서 말을 죽 이어 갔고, 그러고 나서 그들의 만남이 정말로 우호적인 만남이라는 것을 보여 주기 위해 화제를 다른 데로 돌려 책 이야기도 하고, 에드바르트를 서가로 데려가 로맹 롤랑의 『마법에 걸린 영혼』에 대해 한참 평을 하기도 하고, 그가 그 책을 읽지 않았다고 언짢아하기도 했습니다. 그러고 나서 그녀는 학교 생활이 마음에 드느냐고 묻더니 그에 대한 의례적인 대답을 듣고 나서는 폭포처럼 말을 쏟아 놓기 시작했어요. 그녀는 이 직업을 가지게 된 운명에 감사한 다고 했고 자신은 아이들 교육을 통해서 미래와 구체적으로 매 순간 만나기 때문에 교직을 사랑한다고 했지요. 그리고 오로지 미래만이 결국 모든 고통을 (예, 고통이 존재한다는 것을 인정해야만 하지요라고 그가 말했어요.) 정당화해 줄 수 있다고 했어요. "내 삶보다 더 큰 무언가를 위해서 산다고 생각하지 않는다면 나는 아마 살아갈 수 없을 거예요."

이 말을 하는 그녀가 갑자기 너무도 심각해 보여서 에드바르트는 그녀가 마음을 털어놓으려는 것인지 삶의 의미에 대해 이데올로기적 논쟁을 시작하려는 것인지 분명히 알 수가 없었습니다. 그는 이 말에 개인적인 암시가 담겼다고 보기로 하고 작은 소리로 조심스럽게 물었습니다.

"그러면 선생님의 삶 그 자체는요?"

"내 삶요?" 그녀가 따라 말했어요.

"예, 선생님 삶요. 만족스럽지 못한가요?"

쓸쓸한 미소가 교장 얼굴에 드리웠고 에드바르트는 그녀가 거의 불쌍해졌어요. 그녀의 못생긴 얼굴은 가슴이 저릿할 정도였지요. 길쭉하고 뼈가 앙상한 얼굴을 검은색 머리카락이 둘러싸고 있었고 코밑에 난 검은색 털은 콧수염 모양이었답니다. 그는 단번에 그녀 삶의 비애를 모두 간파했지요. 그는 격렬한 관능성을 드러내는 특징들을 보았고 또 동시에 그 격렬한 갈망이 다 채워지지 못한다는 것을 드러내는 추한 모습을 보았습니다. 그는 스탈린이 죽던 날 고통의 산 동상으로 열정적으로 변신했던 그녀를, 수천 개의 회합에 열정적으로 참여했던 그녀를, 저 가여운 예수에 맞서 열정적으로 투쟁했던 그녀를 머릿속에 그려 보았고, 그러면서 그는 이 모든 것이 다 원하는 곳으로 흘러갈 수 없는 그녀의 욕망을 위한 서글픈 분출구일 뿐이었음을 깨달았지요. 에드바르트는 젊었고 그의 연민의 능력은 아직 다 고갈되지 않고 남아 있었어요. 그는 교장을 이해심 가득한 시선으로 바라보았습니다. 하지만 그녀는 의도치 않은 침묵이 부끄러운 듯이 일부러 명랑하게 꾸민 목소리로 말했어요.

"아무튼 문제는 그게 아니에요, 에드바르트. 사람은 자기만을 위해서 사는 게 아니에요. 우리는 언제나 무언가를 위해서 살지요." 그녀는 더 그윽하게 그의 눈을 응시했어요. "하지만 문제는 그게 무엇인가를 알아야 하는 거예요. 그게 현실의 어떤 것인가 아니면 허구의 어떤 것인가 말이에요. 신, 그거 멋진 관념이에요. 하지만 인간의 미래는, 에드바르트, 그건 현실입니다. 그리고 나는 바로 이 현실을 위해서 살았고 모든 것을 희생했어요."

그녀가 이 말 역시 너무도 확신을 품고 했기 때문에 에드바르트는 조금 전 마음속에서 일어난 그 갑작스러운 이해심을 계속 느꼈답니다. 그리고 곁에 있는 사람에게 그렇게 뻔뻔하게 거짓말을 한다는 것이 어리석은 짓 같았고, 대화가 매우 친밀한 분위기를 띠게 되면서 마침내 그 어울리지 않는 (또 어렵기까지 한) 사기극을 그만둘 수 있는 기회가 왔다고 믿었지요.

"선생님과 전적으로 동감입니다." 그가 얼른 강력하게 말했어요. "저도 현실을 더 선호합니다. 저기요, 제 신앙을 너무 심각하게 받아들이실 필요 없어요."

그러나 그는 절대 갑작스러운 감정의 움직임에 휘둘려서는 안 된다는 것을 곧 깨달았습니다. 교장이 깜짝 놀란 듯 그를 쳐다보더니 확연히 싸늘하게 말했어요. "연극하지 말아요. 내 마음에 든 건 선생님의 솔직함이에요. 지금 선생님은 사람들이 선생님을 자신이 아닌 다른 사람으로 여기게 만들려고 하는군요."

그렇습니다, 어느 날 몸에 걸친 종교의 변장을 벗어 버리는 것이 에드바르트에게는 허락되지 않은 일이었습니다. 그는 그것을 재빨리 포기하고는 방금 전의 나쁜 인상을 지워 버리려고 애썼습니다. "아, 아닙니다, 빠져나가려고 그런 게 아닙니다. 물론 저는 하느님을 믿고 절대 그것을 부인할 수 없을 겁니다. 저는 다만 인류의 미래, 진보, 이 모든 것 또한 믿는다는 말씀을 드리고 싶었을 뿐입니다. 그것을 믿지 않는다면 교사로서의 제 모든 일이 무슨 소용일 것이며 우리 삶이 전부 무슨 소용일 것입니까? 그리고 말이지요, 사회가 발전하고 진보하는 것 역시 바로 하느님의 뜻이라는 생각이 들었습니다. 하느님을 믿으면서 동시에 공산주의를 믿는 것이 가능하다는 생각, 그 두 가지가 양립할 수 있다는 생각이 들었어요."

"아니에요, 그 둘은 양립할 수 없어요." 교장이 완전히 어머니처럼 위엄 있게 타이르며 말했어요.

"알아요." 에드바르트가 침울하게 말했어요. "저를 나무라지 마십시오."

"나무라지 않아요. 선생님은 아직 젊고 자기가 믿는 것에 고집스럽게 매달리죠. 아무도 나만큼 선생님을 잘 이해할 수는 없을 거예요. 나 또한 선생님처럼 젊었거든요. 나는 젊음이 뭔지 알아요. 그리고 내가 선생님에게서 좋아하는 게 바로 선생님의 젊음이에요. 선생님한테 호감이 있어요."

올 것이 드디어 왔어요. 더 일찍도 더 늦게도 아닌 딱 지금, 정확히 적절한 순간에.(이 적절한 순간은 보시는 바와 같이 에드바르트가 선택한 것이 아니라 그 순간이 스스로 실현되기 위하여 에드바르트를 선택했던 것입니다.) 교장이 그에게 호감이 있다고 말했을 때 그는 잘 들리지 않는 목소리로 대답했답니다.

"저도, 저도 선생님께 호감이 있습니다."

"정말요?"

"예."

"어머! 나같이 나이 든 여자한테." 교장이 답했지요.

에드바르트는 이렇게 답할 수밖에 없었답니다. "그렇지 않습니다."

"그렇다니까요." 교장이 말했어요.

에드바르트는 훨씬 더 열을 올려 답할 수밖에 없었지요. "선생님은 전혀 나이 들지 않으셨어요. 그런 말은 바보 같은 소립니다."

"그렇게 생각해요?"

"물론입니다. 저는 선생님이 아주 마음에 듭니다."

"거짓말하지 마세요. 거짓말하면 안 되는 거 아시죠."

"거짓말 아닙니다. 선생님은 아름다우세요."

"아름답다고요?" 믿을 수 없다는 듯 입을 삐죽거리며 교장이 말했어요.

"예, 아름다우세요." 이렇게 말하고서 에드바르트는 눈에 뻔히 보이게 사실이 아니라는 것이 두려워 얼른 다른 근거를 가져다 댔지요. "선생님 같은 갈색 머리 여자가 좋아요."

"갈색 머리 여자를 좋아해요?" 교장이 물었어요.

"미치게요." 에드바르트가 말했어요.

"그런데 학교에 오고 나서 나를 찾아오지 않은 건 어떻게 된 거죠? 나는 선생님이 나를 피하는 느낌이었어요."

"망설였지요." 에드바르트가 말했어요. "모두들 제가 선생님한테 비굴하게 아부한다고 했을 거예요. 오로지 선생님이 마음에 들어서 제가 선생님을 찾아간다고는 아무도 믿지 않았을 겁니다."

"이제 아무 걱정하지 않아도 돼요." 교장이 말했어요. "이제 우리는 가끔 봐야 한다고 사람들이 결정을 내려 놓았으니까."

그녀는 커다란 갈색 홍채로 (여기에 아름다움이 없지 않았다는 것을 인정합시다.) 그의 눈을 응시했고, 그가 그만 가 보겠다고 했을 때 그녀가 그의 손을 살짝 어루만졌는데, 이 정신없는 친구는 그래서 승리감에 잔뜩 부풀어 그녀와 헤어졌답니다.

7

에드바르트는 이 괴로운 사건이 자기에게 유리하게 돌아
간다고 확신했고 다음 일요일에 대담하게도 태연히 알리체와
함께 성당에 갔습니다. 그 정도가 아니라 그는 완전히 자신감
을 되찾고 당당했는데, 왜냐하면 (이런 생각이 우리에게는 연민의
미소를 불러일으킬 뿐이지만) 교장 자택을 방문했던 일을 돌이켜
생각해 보니 그는 자기에게 남성적 매력이 있다는 명명백백
한 증거를 얻었던 것입니다.

또 한편 그 일요일에 그는 성당에 도착하면서 알리체가 달
라졌다는 것을 확인했어요. 만나자마자 팔짱을 끼더니 성당
에서도 놓지 않는 거였어요. 평소에 그녀는 아주 조심스럽고
얌전했는데 그날은 이리저리 둘러보며 여남은 친구와 아는
이들에게 미소를 지으며 목례를 했어요.

이상한 일이었는데 에드바르트는 도통 영문을 알 수가 없

었습니다.

그다음 날, 둘이서 어두운 거리를 걷고 있는데 에드바르트는 평소 같으면 너무 서글프도록 무미건조한 알리체의 키스가 갑자기 촉촉하고 뜨겁고 열렬해졌다는 것을 확인하고 깜짝 놀랐답니다. 그녀와 가로등에 기대 섰을 때 그는 사랑을 가득 담은 두 눈이 자신을 올려다보다는 것을 보았지요.

"사랑해. 이 말을 듣고 싶다면 말이야." 알리체가 불쑥 그에게 말했어요. 그러고는 곧 그의 입을 다물게 했어요. "아니, 아니, 아무 말도 하지 마. 나 자신이 부끄러워. 아무 말도 듣고 싶지 않아."

그들은 몇 걸음 더 가다가 멈추어 섰고 알리체가 말했어요. "이제 다 알겠어. 당신이 왜 나보고 미지근하다고 비난했는지 알겠어."

하지만 에드바르트는 아무것도 알 수가 없어서 그냥 입을 다물고 있기로 했지요. 그들은 또 몇 걸음 걸었고 알리체가 또 말했어요. "그러고도 당신은 나한테 아무 말도 안 했어. 왜 나한테 아무 말도 안 한 거야?"

"무슨 말을 하길 바라는데?" 에드바르트가 물었어요.

"그래, 그게 바로 당신이지." 조용히 감격을 담은 어조로 그녀가 말했어요. "다른 사람들 같으면 떠벌여 댈 텐데 당신은 입을 다물고 있어. 하지만 바로 그 때문에 내가 당신을 사랑하는 거야."

에드바르트는 이제 일이 어떻게 된 건지 알아차렸지만 이렇게 물었지요. "무슨 말을 하는 거야?"

"당신한테 일어난 일."

"어떻게 그걸 알아?"

"나 참! 모두들 다 알아. 그들이 당신을 소환했고 위협했는데 당신이 대놓고 비웃었다고. 당신은 아무것도 부인하지 않았어. 모두가 당신을 우러러봐."

"하지만 난 아무한테도 아무 말도 하지 않았는데."

"순진하게 그러지 마. 그런 건 소문이 나는 법이야. 별것 아닌 일이 아니잖아. 그게, 조금이라도 용기라는 게 있는 사람이 오늘날에도 아직 존재한다고 생각해?"

에드바르트는 아주 조그만 사건이라도 소도시에서는 금세 전설로 변해 버린다는 것은 알고 있었지만 자기 자신의 하찮은 일, 중요하다고 전혀 생각해 본 적 없는 그런 사건에서 전설이 태어날 수 있으리라고는 짐작조차 하지 않았어요. 그는 같은 도시에 사는 사람들에게 자신이 어느 정도까지 딱 안성맞춤인 사람이 된 것인지 그리 분명하게 파악하지 못했지요. 이 사람들은 모두 아는 바와 같이 순교자를 무척 좋아하는데, 왜냐하면 순교자들은 삶이 두 가지 선택, 즉 사형 집행인에게 자신을 내주느냐 아니면 복종하느냐 중 단 하나만을 제공할 뿐이라는 것을 그들에게 보여 줌으로써 그들의 안온한 무위를 더 확고하게 만들어 주기 때문입니다. 에드바르트가 사형 집행인에게 내던져지리라는 것을 아무도 의심하지 않았고, 모두들 감탄하고 만족스러워하며 그 소식을 떠들어 대서 이제 에드바르트는 알리체를 통해 자신의 십자가 고난의 찬란한 이미지와 마주하게 된 것이지요. 그는 담담하게 반응하면서 말했습니다. "물론 나는 아무것도 부인하지 않았어. 하지만 그건 너무나 당연한 거야. 누구라도 그렇게 했을 거라고."

"누구라도?" 알리체가 외쳤어요. "당신 주위 사람들이 어떻게 행동하는지 좀 봐! 그 사람들은 비겁해! 자기 엄마라도 부인할 거야!"

에드바르트는 아무 말 하지 않았고 알리체도 아무 말 하지 않았습니다. 그들은 손을 꼭 잡고 걸었어요. 잠시 후 알리체가 작은 소리로 말했습니다. "당신을 위해 뭐든지 다 할 거야."

이제껏 아무도 에드바르트에게 해 준 적 없던 말이었습니다. 이 말은 하늘의 선물이었지요. 물론 에드바르트는 자신이 받을 자격이 없는 선물이라는 것을 모르지 않았지만 받을 만한 선물을 운명이 거부했으니 받을 자격 없는 선물을 받을 권리가 있다고 생각했답니다. 그는 말했습니다.

"이제 아무도 나를 위해 뭘 할 수 없어."

"무슨 말이야?" 알리체가 속삭였어요.

"나는 곧 학교에서 쫓겨날 거고 지금 나를 영웅처럼 이야기하는 사람들도 나를 위해 손가락 하나 까딱하지 않을 거야. 내가 확신하는 건 딱 하나, 결국 완전하게 혼자가 될 거라는 것뿐이야."

"아니야." 알리체가 고개를 저으며 말했어요.

"그래." 에드바르트가 말했어요.

"아니야." 알리체가 다시 말했는데 거의 소리 지르다시피 했지요.

"모두가 날 버렸어."

“난 당신을 절대 버리지 않을 거야.” 알리체가 말했어요.

“당신도 결국 날 버리게 될 거야.” 에드바르트가 슬프게 말했지요.

“절대로 아니야.” 알리체가 말했어요.

“아니야, 알리체, 당신은 날 사랑하지 않아. 날 사랑한 적이 없어.” 에드바르트가 말했어요.

“그렇지 않아.” 알리체가 속삭였고, 에드바르트는 그녀 눈에 눈물이 고인 것을 확인하며 흐뭇했지요.

“아니야, 알리체. 그런 건 느껴지는 거야. 당신은 언제나 나한테 너무나 차가웠어. 누구를 사랑하는 여자는 그렇게 행동하지 않아. 나는 알아. 그리고 지금 당신은 사람들이 나를 파멸시키려는 걸 아니까 나한테 동정심을 느끼는 거야. 하지만 나를 사랑하지는 않는 거고, 난 당신이 머릿속에 잘못된 생각을 집어넣는 걸 바라지 않아.”

그들은 여전히 걸었고, 아무 말 하지 않았고, 손을 잡고 있었다. 알리체는 소리 없이 눈물을 흘리다가 문득 걸음을 멈추고 서서 흐느끼며 말했답니다. “아니, 그렇지 않아. 당신은 그런 말을 하면 안 돼. 그렇지가 않다고.”

“그렇다니까.” 에드바르트는 이렇게 말했고, 알리체가 울음을 멈추자 다음 토요일에 시골에 가자고 했지요. 예쁜 계곡 시냇가에, 그들이 단둘이 있을 수 있는 작은 별장이 그의 형에게 있다고요.

알리체의 얼굴은 온통 눈물로 젖어 있었고 말없이 그러겠다고 받아들였습니다.

8

　이는 화요일의 일이었고, 다음 목요일에 에드바르트가 다시 교장네 집에 불려 갈 때 그는 명랑하고 자신감에 넘쳤는데, 왜냐하면 그는 자신의 매력이 성당 사건을 한 줄기 희미한 연기로 완전히 변하게 해 주리라고 철석같이 믿었기 때문이지요. 그러나 삶에는 늘 이런 일이 일어나는 법, 우리가 어떤 연극에서 한창 자기 배역을 연기하는데 누가 슬그머니 무대 장치를 바꿔 놓았다고는 짐작도 하지 못하고, 그래서 다른 연극이라는 건 꿈에도 모른 채 계속 연기를 하게 되는 그런 일 말입니다.

　그는 지난번과 같은 교장 맞은편 안락의자에 앉아 있었습니다. 그들 사이에는 낮은 탁자가 놓여 있었고 그 위에 코냑 한 병, 두 사람 앞에 잔 두 개가 놓여 있었지요. 그리고 이 코냑 병이 바로 새 무대 장치였던 것인데, 통찰력 있고 차분한 사람이었다면 이제 문제는 전혀 성당 사건이 아니라는 것을 즉각 알아차렸을 것입니다.

하지만 순진무구한 에드바르트는 자기 자신에게 너무 심취한 나머지 초반에는 아무것도 알아차리지 못했답니다. 그는 기분 좋게 대화 첫머리를 (막연하고 일반적인 주제로) 나누었고 권하는 술잔을 비웠으며 세상에서 가장 순진하게 지루해했습니다. 삼십 분 혹은 한 시간쯤이 흐른 후 교장은 화제를 슬그머니 좀 더 개인적인 데로 흘러가게 했지요. 자기 자신에 대해 한참 이야기를 하기 시작했는데, 그렇게 해서 자신이 원하는 모습의 인물을 에드바르트 앞에 턱 세워 놓으려는 것이었습니다. 즉 합리적이며 성숙한 나이에, 그리 행복하지는 않은 여인, 하지만 품위 있고 자기 운명을 체념하고 받아들인 여인, 그 무엇도 후회하지 않으며 결혼하지 않은 것을 다행이라고까지 여기는 여인이었지요. 다행이라 여기는 건, 그러지 않았으면 독립적인 삶의 그윽한 향취와 이 자그마한 예쁜 집에서의 사적인 삶의 만족스러운 즐거움들을 마음껏 맛보지 못했을 것이기 때문이고, 이 예쁜 집에서 자기는 참 행복하다고, 에드바르트도 불편하지 않았으면 좋겠다고 했습니다.

"예, 여기 아주 좋습니다." 에드바르트는 이렇게 말했는데, 갑자기 확 불편해졌기 때문에 꽉 잠긴 목소리로 말했지요. 코냑 병,(첫 번째 방문 때 그가 신중하지 못하게 요구했던, 그런데 위협적으로 신속하게 탁자 위에 모습을 나타낸 이 술병) 원룸 아파트의 사방 벽,(공간을 점점 더 좁게, 점점 더 닫힌 곳으로 경계 짓는 벽) 교장의 독백,(점점 더 개인적인 주제로 집중되는 독백) 그녀의 시선,(그에게 위험하게 고정된 시선) 이 모든 것이 그에게 프로그램 변경을 알아차리게 했습니다. 그는 이제 발전이 불가피한 상황에 놓였다는 것을 깨달았지요. 그에게 분명히 나타난 사실은, 직업을 잃을지도 모를 위험에 처하게 만드는 것은 자신에 대한 교장의 반감이 아니라 정반대로 코밑에 솜털이 난 이 여자, 술을 들라고 권하는 이 말라깽이 여자에 대해 자신이 느끼는 신체적 반감이라는 사실이었습니다. 그는 목이 조여 왔습니다.

그는 교장이 시키는대로 잔을 비웠지만 이제 불안감이 너무 심해서 알코올이 아무런 효과를 내지 못했어요. 반면에 벌써 여러 잔을 마신 교장은 평소의 절도를 아예 내던져 버렸고 하는 말에도 거의 위협적일 만큼 흥분된 열기를 띠고 있었답니다. "선생님한테 부러운 게 하나 있어요. 선생님의 젊음요." 그녀가 말했어요. "선생님은 아직 실망이 뭔지, 환멸이 뭔지 알지 못해요. 세상을 아직도 희망과 아름다움으로 바라보지요."

그녀는 낮은 탁자 위로 에드바르트의 얼굴을 향해 머리를 기울이고서, 우수 어린 침묵 속에 (경직된 미소를 지으며) 엄청나게 커다란 두 눈으로 그를 응시했고, 그러는 동안 그는 술에 좀 취하는 데 성공하지 못한다면 이날 저녁은 그에게 끔찍한 실패로 끝나리라고 생각했어요. 그는 코냑을 자기 잔에 따라 빠르게 죽 들이켰습니다.

그리고 교장이 이어서 말했어요. "그런데 나도 세상을 그렇게 보고 싶어요, 선생님처럼 그렇게 보고 싶다고요!" 그러고는 의자에서 일어나 상체를 불쑥 내밀며 말했습니다. "나한테

호감이 있다는 게 정말이에요? 정말이에요?" 그리고 그녀는
탁자를 돌아 에드바르트의 소매를 잡았어요. "정말이에요?"

"예." 에드바르트가 말했습니다.

"이리 와요, 우리 춤춰요." 그녀는 에드바르트의 손을 놓고
라디오로 달려가 춤곡을 찾을 때까지 버튼을 돌렸어요. 그러
고는 미소를 지으며 에드바르트 앞에 와 섰어요.

에드바르트는 자리에서 일어나 교장을 잡고서 음악 리듬에
맞춰 방 안 이리저리 그녀를 이끌어 나갔습니다. 교장은 그의
어깨에 다정히 머리를 기댔다가 문득 고개를 들어 에드바르
트의 눈을 응시하고는 노래를 따라 흥얼거렸어요.

에드바르트는 너무나 거북해서 여러 번 교장에게서 떨어져
나와 술을 마셨어요. 그는 이 끝날 줄 모르고 빙빙 도는 끔찍
한 노릇을 끝내고 싶은 것만큼 강렬하게 원하는 게 없으면서
또한 동시에 이것이 끝나면 다음에 이어질 끔찍한 일이 그보
다 더 끔찍해 보였기 때문에 끝나는 것이 두렵기도 했답니다.
그리하여 그는 노래를 흥얼거리는 그 부인을 이끌고 계속 좁
은 방 안을 왔다 갔다 했고, 그러는 가운데 원하는 알코올 효
과가 나타나는지 (불안 초조 속에서) 지켜보고 있었어요. 마침
내 코냑의 기운으로 감각이 약간 무뎌지는 느낌이 들자 그는
한 손으로 교장의 몸을 끌어당기고 다른 손은 그녀 가슴에 올
려놓았어요.

그렇습니다. 그날 저녁에 처음부터 생각만 해도 끔찍하게
두려웠던 그 몸짓을 방금 했던 것입니다. 안 할 수만 있다면
그가 뭘 다 내주었을지 모르겠지만, 그런데도 그가 그렇게 한

것은, 믿어 주십시오, 정말로 해야만 했기 때문이랍니다. 그가 그날 저녁 시작부터 잘못 빠져든 그 상황은 빠져나갈 그 어떤 구멍도 허락하지 않았던 것이지요. 진행을 늦출 수는 있을지 몰라도 멈추는 것은 불가능했기에 에드바르트는 교장의 가슴에 손을 올려놓음으로써 불가피한 필연성의 명령에 복종했을 따름이었던 것입니다.

그러나 그 몸짓의 결과는 모든 예상을 뛰어넘었습니다. 요술 막대기로 툭 친 것처럼 교장은 그의 품에서 몸을 꼬기 시작하더니 털이 난 윗입술로 그의 입을 짓눌렀습니다. 그다음 그녀는 발작적인 몸짓에 큰 신음소리를 내며 그를 소파 위로 밀어붙였고 그의 입술과 혀끝을 깨물어 아프게 만들었어요. 그런 다음 그녀는 그의 품에서 벗어나 "잠깐만!"이라고 말하고는 욕실로 달려갔지요.

에드바르트는 손가락을 핥아 보고 혀에서 피가 살짝 난다는 것을 확인했어요. 물린 데가 너무 아파서 아까 힘겹게 얻은 취기가 다시 가서 버렸고 다음에 기다리고 있는 일 생각에 그는 또다시 목이 조여 왔답니다. 욕실에서 물소리가 크게 들려왔습니다. 그는 코냑 병을 집어 입에 대고 길게 한 모금 들이켰어요.

그러나 벌써 교장이 투명한 (가슴이 레이스로 장식된) 나이트가운을 입고 문 앞에 다시 나타나 에드바르트를 향해 천천히 다가왔습니다. 그녀는 그를 껴안았어요. 그러고는 뒤로 떨어져서 나무라는 투로 말했지요. "왜 옷을 입고 있어?"

에드바르트는 (커다란 눈으로 그를 응시하는) 교장을 바라보면서 상의를 벗었는데, 딱 한 가지, 의지로 아무리 애를 써도 자기 몸이 따라 주지 않을 가능성이 높다는 생각밖에는 할 수가 없었습니다. 바로 그래서, 오로지 욕망을 채찍질할 생각만으로 그는 자신 없는 목소리로 말했어요. "옷을 다 벗어요."

그녀는 시키는 대로 후다닥 나이트가운을 휙 벗어던져 가느다란 하얀 형체를 드러냈고 그 가운데 무성한 검은색 털만이 황량하게 방치된 채 도드라져 보였습니다. 그녀가 천천히 그에게 다가왔고 에드바르트는 이미 알던 것을 공포 속에 깨달았어요. 불안 탓에 몸이 문자 그대로 마비된 것을 말이지요.

신사 여러분, 세월과 더불어 여러분도 이런 일시적인 육체의 불복종을 때때로 겪으셨고, 그걸 가지고 전혀 걱정하지는 않는다는 것을 저는 압니다. 하지만 이해하시겠어요? 에드바르트는 그때 젊었습니다! 육체의 태업은 매번 그를 믿을 수 없는 공포 속에 몰아넣었고, 그 증인이 어떤 예쁜 얼굴이건 교장 얼굴처럼 추하고 우스운 얼굴이건 그것을 복구할 수 없는 낙인으로 여겼답니다. 그런데 이제 교장은 그에게서 한 발짝밖에 떨어져 있지 않았고, 공포에 질려 어찌할 바를 모르다가 그는 어떻게 한 건지도 모른 채 (곰곰이 생각한 작전이라기보다 순간적인 충동의 결과였지요.) 갑자기 말했어요. "안 돼요. 안 돼요! 오, 하느님, 안 돼요! 이건 죄악이에요, 죄악이 될 거예요!" 그러면서 그는 확 떨어져 나왔답니다.

그러나 교장은 그에게 다가가며 중얼거렸어요. "죄악이라니? 죄악은 없어!"

에드바르트는 조금 전에 앉아 있던 탁자 뒤로 피했어요.

"아뇨. 전 그럴 수 없어요, 그럴 수 없어요."

교장은 앞을 막는 의자를 밀치고 그 커다란 검은 눈을 에드바르트에게서 떼지 않은 채 계속 그에게 다가왔습니다. "죄악은 없어! 죄악은 없어!"

에드바르트는 탁자를 한 바퀴 돌았고 이제 뒤에는 소파밖에 없었어요. 교장은 아주 가까이 다가와 있었고요. 이제 더 이상 빠져나갈 수가 없었는데, 아마도 바로 그 최고의 절망이 그로 하여금 교장에게 "무릎 꿇어!"라고 명령하게 했던 것 같습니다.

그녀는 어리둥절한 채 그를 바라보았으나 그가 절박하지만 단호한 목소리로 다시 "무릎 꿇어."라고 하자 얼른 후다닥 그 앞에 무릎을 꿇고 그의 다리를 감싸안았어요.

"이거 봐!" 그가 소리쳤어요. "손을 모아!"

또다시 그녀는 어리둥절한 채 그를 보았어요.

"손을 모아! 안 들려?"

그녀는 손을 모았어요.

"기도해!" 그가 명령했어요.

그녀는 손을 모으고 뜨거운 눈길로 그를 올려다보았어요.

"기도해! 하느님이 우리를 용서하시도록!" 그가 외쳤어요.

그녀는 손을 모으고 그 커다란 눈으로 그를 바라보았고, 그리하여 에드바르트는 귀한 시간을 벌었을 뿐만 아니라 위에서 내려다보는 자세를 하고 보니 한갓 사냥감 처지의 괴로운 느낌에서 벗어나 자신감을 되찾게 되었지요. 그는 그녀의 전체 모습을 보려고 뒤로 물러나 "기도해!" 하고 다시 한 번 명령을 반복했습니다.

그런데 그녀가 계속 입을 다물고 있자 그는 "큰 소리로!"라고 소리쳤어요.

그래서 정말로, 비쩍 마른, 벌거벗은, 무릎을 꿇은 부인이 기도문을 외기 시작했습니다. "하늘에 계신 우리 아버지, 아버지의 이름이 거룩히 빛나시며, 아버지의 나라가 오시며……."

기도문을 낭송하면서 그녀는 마치 그가 신이라도 되는 것처럼 그를 올려다보았습니다. 그는 점점 더 커 가는 희열을 느끼며 그녀를 지켜보았지요. 자기 앞에 그녀가, 아랫사람에게 굴욕당한, 무릎을 꿇은 교장이 있었어요. 자기 앞에 그녀가, 벌거벗음으로써 굴욕당한, 기도하는 여자가 있었어요.

이러한 삼중의 굴욕 이미지가 그를 황홀하게 취하게 만들었고 기대하지 않았던 일이 일어났어요. 그의 몸이 수동적인 저항에 종지부를 찍었던 겁니다. 에드바르트는 발기했어요!

교장이 "저희를 유혹에 빠지지 않게 하시고."를 외운 순간 그는 서둘러 옷을 다 벗어던졌습니다. 그녀가 "아멘."을 했을 때 그는 그녀를 거칠게 일으켜 세워 소파로 끌고 갔어요.

9

그러니까 이는 목요일 일이었고 토요일에 에드바르트는 시골 형네 집에 알리체를 데려갔습니다.

두 연인은 산책을 하러 나가 오후 나절 내내 숲과 초원에서 보냈습니다. 둘은 키스를 했고 에드바르트는 순진무구 지역과 간음 지역을 가르기 위해 배꼽 높이에 그어진 상상의 선이 완전히 의미를 상실했다는 것을 두 손으로 만족스럽게 확인할 수 있었지요. 처음에 그는 그토록 오래 기다려 왔던 이 사건을 말로 확인하려다가 좀 망설인 다음 가만히 있는 게 낫겠다는 것을 깨달았습니다.

현명했던 것 같아요. 알리체의 이런 급선회는 사실 에드바르트가 그녀를 설득하기 위해 몇 주 내내 기울인 노력과 아무 상관도 없고 에드바르트의 이성적인 논증과도 아무 상관 없었으니까요. 그게 아니라 그것은 오로지 에드바르트의 순교 소

식에, 그러니까 오류에 전적으로 근거했고, 심지어 이 오류와
알리체가 끌어낸 결론 사이에조차 그 어떤 논리적 연관도 없
었습니다. 왜냐하면, 잠시 생각해 봅시다. 에드바르트가 순교
의 정도까지 신앙에 충실했다는 사실이 왜 알리체로 하여금
신의 계율을 거스르게 해야 했을까요? 에드바르트가 조사단
앞에서 신을 배신하기를 거부했다고 해서 그녀는 에드바르트
앞에서 신을 배신해야 했을까요?

이런 상황에서는 소리 내서 무슨 생각이든 말을 하면 알리
체에게 자기 태도가 얼마나 일관성이 없는지 드러내 보여 줄
위험이 있었어요. 그러니 에드바르트는 입을 다물고 있길 잘
한 것이고 또 그가 아무 말 없는 것이 거의 눈에 띄지도 않았
는데, 알리체 자신이 충분히 말을 했고, 기분 좋았고, 그녀의
영혼에서 일어난 급선회가 극적이거나 고통스러웠음을 알려
주는 것이 아무것도 없었기 때문이지요.

밤이 오자 그들은 별장으로 들어갔고, 불을 켰고, 침대 위
이불을 걷었고, 키스를 했고, 알리체는 에드바르트에게 불을
꺼 달라고 했습니다. 하지만 창문으로 밤하늘의 어슴푸레한
빛이 스며들어 와서 에드바르트는 알리체가 해 달라는 대로
덧창 역시 닫아야 했답니다. 알리체가 옷을 벗고 그에게 자신
을 내준 것은 이렇게 완전히 깜깜한 어둠 속에서였지요.

그토록 오랜 기간 동안 이 순간을 기다렸는데, 이상한 일이
지요, 마침내 그 기다림의 순간이 이루어지고 있는 지금, 그
중요성이 기다림의 기간에 조금도 부합하지를 않았던 것입니
다. 사랑의 행위는 오히려 너무도 쉽고 너무도 아무렇지도 않

아서 에드바르트는 생각이 자꾸 다른 데로 갔고 머릿속에 스치는 생각들을 쫓아 버리려 해 봐도 소용이 없었지요. 그는 알리체가 냉정하게 굴어 괴롭게 보낸 그 아무 소용없던 기나긴 나날들을 떠올렸고, 그녀가 불러일으킨 온갖 골치 아픈 학교 일들을 떠올렸고, 그러다 보니 그녀가 이렇게 자기에게 몸을 허락해 준 것이 고맙지가 않고 오히려 복수심이 솟는 원한 같은 것이 느껴졌습니다. 그녀가 전에는 광적으로 숭배했던 그 간음 반대의 신을 그렇게나 쉽게 회한도 없이 배신한 것에 분개했어요. 그 어떤 욕망도, 그 어떤 사건도, 그 어떤 충격도 그녀의 평온함을 흔들어 놓을 수 없다는 것에 분개했어요. 그리고 그녀가 이 모든 것을 내면의 고통 없이, 자신에 대한 의심도 없이 아주 쉽게 해치우는 것에 분개했지요. 그래서 온통 분노에 사로잡혀 버리게 되자 그는 그녀를 난폭하고 거칠게 다루어 한 토막 비명이나 신음 또는 한 마디 말, 아니면 탄식이라도 끌어내려고 애썼지만 그렇게 하지 못했어요. 아가씨는 아무 소리도 내지 않았고 에드바르트의 온갖 노력에도 불구하고 그들의 결합은 소박하게 침묵 속에 끝나 버렸지요.

그러고 나서 그녀는 그의 가슴에 기대 몸을 웅크리고 금세 잠이 들어 버린 반면 에드바르트는 오랫동안 잠들지 않고 깨어 있었고 아무런 기쁨도 느껴지지 않는다는 것을 깨달았습니다. 그는 알리체를 (신체적 외양이 아니라 가능하다면 존재의 본질을) 머릿속에 떠올려 보려고 하다가 그녀가 막연하게밖에는 보이지 않는다는 것을 불현듯 깨달았습니다.

이 단어에 잠시 멈춰 보도록 합시다. 지금까지 그가 보아 온 알리체는 순진하기는 해도 윤곽이 뚜렷한 단단한 존재였어요. 그녀의 단정하고 아름다운 외모는 단순하고 기본적인 그녀의 신앙에 부응하는 것처럼 보였고, 그녀의 운명이 단순해서 그녀가 그런 태도를 보이는 것같이 보였습니다. 그때까지 에드바르트는 그녀를 하나로 이루어진 일관된 존재로 여겼지요. 아무리 그녀를 비웃고, 저주하고, 계략을 써서 꾀고 해 보아도 결국은 (자신도 어쩔 수 없이) 그녀를 우러러볼 수밖에 도리가 없었답니다.

그런데 잘못된 소식의 함정이 (그가 미리 계획한 것이 아닌 이 함정이) 이 인물의 일관성을 깨뜨려 놓았으며, 에드바르트는 알리체의 생각들이란 것이 사실 그녀의 운명에 접착된 어떤 것일 따름이며, 그녀의 운명도 실은 그녀의 몸에 접착된 어떤 것일 뿐이라고 생각했고, 그녀는 이제 그에게 단지 몸과 생각과 살아온 세월의 우연한 조합, 비유기적이고 임의적이며 불안정한 조합일 뿐으로만 보였습니다. 그는 (자기 어깨를 베고 깊은숨을 쉬고 있는) 알리체를 떠올리며 한편으로는 그녀의 몸을 보고 다른 한편으로는 그녀의 생각을 보니 몸은 마음에 들고 생각은 우습게 보였는데, 이 몸과 생각은 어떻게도 일체를 이루지 못했답니다. 그녀는 마치 압지에 흡수된 선처럼, 즉 윤곽도 형태도 없는 선처럼 보였어요.

그래요, 그 몸은 정말로 그의 마음에 들었어요. 다음 날 아침 알리체가 일어났을 때 그는 그녀를 그대로 벗은 채 있게 했는데, 전날 밤만 해도 흐릿한 별빛이 거북하다고 덧창을 닫으라고 했던 그녀가 이제 부끄러움을 완전히 잊어버렸더군요.

에드바르트는 그녀를 지켜보았고 (그녀는 아침 식사를 위해 차 상자와 마른 빵을 찾아 즐겁게 폴짝폴짝 뛰어다녔어요.) 잠시 후 그녀는 그의 시무룩한 기색을 알아차렸습니다. 그녀는 왜 그러느냐고 물었지요. 그는 아침 식사 후에 형을 보러 가야 한다고 대답했어요.

학교에서 어떻게 지내느냐고 형이 묻자 에드바르트는 나쁘지 않다고 했고, 그러자 형이 말했습니다. "그 체하츠코바가 나쁜 년이긴 하지만 나는 오래전에 용서했어. 자기가 뭘 했는지 모르기 때문에 용서한 거야. 그 여자는 나를 해치려고 했지만 내가 지금 이렇게 행복한 건 바로 그 여자 덕분이다. 농부로 돈도 더 잘 벌고 자연과 접하고 사는 덕분에 도시 사람들이 빠지게 되는 회의주의에서도 자유롭고."

"나도 그래. 그 아줌마가 나한테도 행운을 가져다줬어." 에드바르트는 생각에 잠긴 채 이렇게 말하고 나서 형에게, 알리체와 사랑에 빠졌었다는 것, 하느님을 믿는 척했다는 것, 위원회에 출두해야 했다는 것, 그 체하츠코바가 그의 재교육을 맡고 싶어 했다는 것, 알리체가 그를 순교자로 여기고 마침내 몸을 허락했다는 것을 이야기해 주었어요. 하지만 형의 눈에 나무라는 기색이 있는 것 같아서 어떻게 교장에게 주님의 기도를 암송하게 했는지까지 다 말하지는 않았습니다. 그가 말을 그치자 형이 말했어요.

"내게도 결점들이 있겠지만 한 가지는 확신한다. 무슨 척하는 연극은 한 적이 없고 언제나 사람들 앞에서 내 생각을 말해 왔어."

에드바르트는 형을 좋아했기 때문에 형의 비난에 상처를 받았어요. 그가 자기를 정당화하려 했고 그들은 언쟁을 벌이게 되었지요. 마지막에 에드바르트가 말했어요.

"형이 언제나 곧은 사람이었고 거기에 자긍심이 있다는 거 알아. 하지만 자신에게 이런 질문을 한번 해 봐. 무엇 때문에 진실을 말해야 하는가? 무엇이 우리를 그렇게 해야만 하게 하는가? 그리고 무엇 때문에 진실함을 미덕으로 여겨야만 하는가? 형이 미친 사람을 하나 만났는데 그 사람이 자기가 물고기고 우리도 다 물고기라고 주장한다고 가정해 봐. 그 사람하고 논쟁을 할 거야? 지느러미가 없다는 걸 보여 주려고 그 사람 앞에서 형은 옷을 다 벗을 거야? 그 사람 앞에서 형이 생각하는 걸 말할 거야? 자, 말해 봐!"

그의 형은 입을 다물고 있었고 에드바르트는 계속 이어서 말했어요. "형이 그 사람한테 진실만을, 정말로 그 사람에 대해 형이 생각하는 것만을 말한다면 그건 형이 미친 사람하고 진지한 토론을 하는 데 동의한다는 뜻이고 형 자신도 미쳤다는 뜻일 거야. 우리를 둘러싼 세상하고도 정확히 마찬가지야. 형이 세상 앞에서 진실을 말하겠노라 고집한다면 그건 형이 세상을 진지하게 생각한다는 뜻이겠지. 그런데 그렇게 진지하지 않은 어떤 것을 진지하게 생각한다는 건 자기 자신이 진지함을 다 잃어버린다는 거야. 나는, 나는 미친 사람들을 진지하게 생각하고 나 자신이 미친 사람이 되지 않기 위해서 거짓말을 해야만 해."

10

일요일이 끝나 가고 있었고 연인은 돌아가는 길에 올랐습니다. 객실 칸에는 그들 둘뿐이었고 (아가씨는 또다시 즐겁게 재잘거렸지요.) 에드바르트는 아주 최근까지도 자신의 필수 영역 의무들이 결코 줄 수 없는 진지한 것을 알리체라는 선택 영역 인물에게서 찾을 수 있으리라 생각하며 얼마나 기뻐했던가를 떠올렸고, 알리체를 만나 함께한 사랑, 우연과 오류로 이루어진, 진지함도 의미도 없는 그 사랑은 웃음거리밖에 안 되는 하찮은 것이었음을 서글프게 (기차 바퀴가 선로 이음새에서 철컥철컥 목가적인 소리를 내며 달리고 있었지요.) 깨달았습니다. 그는 알리체가 하는 말을 듣고 몸짓을 보면서 (그녀는 그의 손을 꼭 쥐었어요.) 그것들이 모두 의미 없는 기호들이며 금으로 환원될 수 없는 지폐, 종이로 만든 포환이라고 생각했고, 벌거벗은 교장의 기도에 신이 무슨 가치를 부여할 수 없는 것과 마찬가지로 자신도 거기에 가치를 부여할 수 없다고 생각했지요. 그러다가 문득 그는, 이 도시에서 가까이 지내는 모든 사람들이 실은 압지에 흡수된 선이거나 교체 가능한 태도들을 가진 존재들, 견고한 실체가 없는 존재들에 지나지 않는다는 생각이 들었어요. 하지만 그보다 더 나쁜 건, (그다음 자신에게 이렇게 말했지요.) 정말 더 나쁜 건, 자기 자신이 이 모든 그림자 인물들의 그림자라는 것이었는데, 왜냐하면 자기 지성의 모든 원천을 오로지 그들에게 적응하고 그들을 따라 하려는 데에 다 써버렸기 때문이고, 아무리 그들을 진지하게 생각하지 않고 속으로 비웃으며 따라 했다 해도 소용없고, 그렇게 해서 몰래 그들을 우스꽝스럽게 만들려고 (그리하여 적응하려는 자신의 노력을 정당화하려고) 애썼어도 소용없었으며, 그것이 아무것도 변화시키지 않았으니, 왜냐하면 반감을 품었다 해도 모방은 어쨌든 모방이며, 비웃음을 날리는 그림자라 해도 그림자는 어쨌든 그림자이고, 이차적인, 파생적인, 비참한 것이었기 때문입니다.

그것은 굴욕적, 끔찍하게 굴욕적이었습니다. 기차 바퀴가 선로 이음새에서 철컥 철컥 목가적인 소리를 내며 달리고 있었고 (아가씨는 재잘거리고) 에드바르트가 말했어요.

"알리체, 당신은 행복해?"

"응." 알리체가 말했어요.

"나는 말이야, 너무 절망스러워." 에드바르트가 말했어요.

"무슨 미친 소리야?" 알리체가 말했어요.

"우리 그거 하지 말았어야 했어. 그러면 안 되는 거였어."

“대체 무슨 일이야? 원한 건 당신이잖아!”

“그래.” 에드바르트가 말했어요. “하지만 그게 내 가장 큰 잘못이고 하느님도 용서하시지 않을 거야. 그건 죄악이었어, 알리체.”

“말해 봐, 무슨 일이야?” 아가씨가 차분하게 말했어요. “하느님은 사랑을, 무엇보다 먼저 사랑을 원하신다고 당신 자신이 수도 없이 말했잖아!”

최근까지도 힘겨운 그의 투쟁에서 별 도움이 안 되고 빈약하기만 했던 신학적 궤변을 알리체가 아무 생각 없이 편하게 가져다 쓰는 것을 보고 그는 분노가 머리끝까지 치밀었답니다. “당신을 시험하려고 그렇게 말한 거야. 이제 당신이 얼마나 하느님께 충실한지 알겠네! 하느님을 배신할 수 있는 사람이 사람을 배신하는 건 천 배는 더 가능한 법이지!”

알리체는 그러고도 여전히 미리 준비된 대답들을 찾아냈지만 이 대답들이 에드바르트의 복수심에 불타는 분노를 더 부채질하기만 했기 때문에 그러지 않는 편이 더 현명했을 터였지요. 에드바르트는 한참 이야기를 했는데 하도 많은 말을, 너무나 잘해서 (구역질이니 신체적 혐오감이니 하는 단어들을 사용했지요.) 결국 그 평화롭고 어여쁜 얼굴에서 (마침내!) 흐느낌과 눈물과 신음을 끌어내기에 이르렀답니다.

“잘 가.” 그는 역에서 그녀에게 이렇게 말하고는 울고 있는 그녀를 남겨 두고 떠났습니다. 집에 돌아온 후, 몇 시간밖에 지나지 않아서 그 이상한 분노가 마침내 가라앉았을 때 그는 자기가 아까 한 일이 어떤 결과를 가져올지 다 깨달았지요. 그는 오늘 아침만 해도 홀딱 벗은 채 자기 앞을 뛰어다니던 그 몸을 머릿속에 그려 보았고, 그 아름다운 몸을 자기 자신이 의도적으로 쫓아내 버렸다고 생각하자 자신이 멍청한 놈이라 여겨졌고 자기 뺨을 때리고 싶어졌답니다.

그러나 벌어진 일은 벌어진 일, 이제 달리 바꿀 도리는 없었습니다.

그건 그렇고, 사실에 충실하기 위해 한 가지 덧붙여야겠는데, 그 아름다운 몸이 자신에게서 벗어났다는 생각에 에드바르트는 좀 서글프기는 했지만 그 상실을 상당히 빨리 받아들였어요. 이 소도시에 온 지 얼마 되지 않았을 때 그는 육체적인 사랑의 결핍에 괴로워했지만 아주 일시적인 결핍이었지요. 에드바르트는 더 이상 그런 결핍에 시달릴 필요가 없어졌답니다. 일주일에 한 번 그는 교장을 보러 갔는데 (습관이 되자 처음의 불안에서 그의 몸이 벗어났지요.) 학교에서 자기 일이 완전히 분명하게 밝혀지지 않는 한 정기적으로 그녀 집에 가겠다고 작정했어요. 게다가 여러 여자와 아가씨 들을 점점 더 성공적으로 유혹해 냈답니다. 그렇게 해서 그는 혼자 있는 시간을 더 즐기게 되었고 홀로 길을 거니는 것이 좋아지기 시작해서 그러는 김에 가끔 (이 세부 사항에 다시 조금 주의를 기울여 주시기 바랍니다.) 성당을 한 바퀴 둘러보곤 했답니다.

아니, 걱정하지 마세요, 에드바르트가 신앙을 찾은 건 아닙니다. 제 이야기를 그렇게 뻔한 역설로 마무리할 생각은 없습니다. 하지만 에드바르트는 신이 존재하지 않는다고 거의 확신하면서도 향수에 잠겨 신에 대해 이런저런 생각을 하는 일이 잦았습니다.

신은 본질 그 자체인 반면, 에드바르트는 (이제 알리체나 교장과의 일이 있은 지 여러 해가 흘렀습니다.) 사랑에서도, 직업에서도, 사고에서도 본질적인 것을 발견한 적이 한 번도 없었어요. 비본질적인 것 속에서 본질적인 것을 찾았다고 인정하기엔 그는 너무 정직하지만 남몰래 본질적인 것을 열망하지 않기에는 너무 약하답니다.

아, 신사 숙녀 여러분, 그 무엇도, 그 누구도 진지하게 여길 수 없을 때, 산다는 것은 얼마나 슬픈 일인가요!

바로 그래서 에드바르트는 신에 대한 열망을 느끼는 것이니, 왜냐하면 오로지 신만이 어떻게 보여야 한다는 의무에서 벗어나 그저 존재하는 것으로 족할 수 있기 때문이지요. 오로지 신만이 (유일하며, 존재하지 않는 그만이) 비본질적인 만큼 더욱이 더 존재하는 이 세계의 본질적인 안티테제를 이루기 때문입니다.

그래서 에드바르트는 이따금 성당에 가 앉아 꿈꾸는 듯한 두 눈으로 둥근 천장을 올려다보곤 합니다. 바로 이런 어떤 순간에 우리는 그와 작별할 것입니다. 오후 끝 무렵이고, 성당은 아무도 없이 고요하고, 에드바르트는 긴 나무 의자에 앉아 신이 존재하지 않는다는 생각에 슬픔을 느낍니다. 그러나 그 순간, 그의 슬픔이 너무도 커서 그는 그 슬픔의 까마득히 깊은 바닥으로부터 하느님의 살아 있는 실제 얼굴이 불쑥 솟아오르는 것을 봅니다. 보세요! 정말이에요! 에드바르트가 미소 짓네요! 그가 미소를 짓고 그의 미소는 행복합니다……

이 미소와 함께 그를 여러분 기억 속에 간직하시기 바랍니다.

1959년에서 1968년 사이에

보헤미아에서

옮긴이 방미경   프랑스 파리 10대학에서 프랑스 문학 박사 학위를 받았다. 옮긴 책으로
『플로베르』(편역), 플로베르의『마담 보바리』, 뤽 페리의『미학적 인간』,
쿤데라의『삶은 다른 곳에』, 『농담』, 『무의미의 축제』, 레일라 슬리마니의
『달콤한 노래』, 마르그리트 뒤라스의『히로시마 내 사랑』등이 있다.
현재 가톨릭대학교 프랑스어문화학과 교수로 재직 중이다.

밀란 쿤데라 전집   Milan Kundera   02

우스운 사랑들

1판 1쇄 펴냄 2013년 9월 20일
2판 1쇄 찍음 2026년 2월 20일
2판 1쇄 펴냄 2026년 3월 10일

지은이 밀란 쿤데라
옮긴이 방미경
발행인 박근섭 · 박상준
펴낸곳 (주)민음사

출판등록 1966. 5. 19. 제16-490호
주소   (135-887) 서울시 강남구 신사동 506번지
              강남출판문화센터 5층
대표전화 02-515-2000 | 팩시밀리 02-515-2007
홈페이지 www.minumsa.com

한국어 판 ⓒ (주)민음사, 2013, 2026. Printed in Seoul, Korea

ISBN 978-89-374-0462-7 (04860)
        978-89-374-0460-3 (세트)

잘못 만들어진 책은 구입처에서 교환해 드립니다.